KB182512

어떤 어른

김소영 에세이

사계절

들어가며

간식 시간에 어린이들과 요구르트를 마셨다. 우리는 빨대를 쓰지 않고 덮개를 뜯어내고 마시기로 했다. 잘 뜯어지지 않아서 애를 먹는 어린이도 있었지만, 그래도 열두 살답게 어찌어찌 해결했다. 다들 조그만 통 조그만 구멍에 입을 대고 달짝지근한 요구르트를 홀짝, 또는 호로록 소리를 내며 마셨다. 한 어린이가 말했다.

"이상하게 요구르트를 마시면 일곱 살이 된 것 같아요."

일곱 살이면 초등학교에 입학하기도 전이다. 5학년인 지금은 기억이 가물가물한 옛날이다. 어른한테는 '언제 이만큼 컸나. 세월 빠르다' 하고 느낄 만한 시간이 어린이 자신한테는 추억을 쌓기 충분한 세월이다. 똑같이 입술을 오므리고 요구르트를 마시고 있자니, 나도 일곱 살이 된 것 같았다. 동그랗게 모여 앉아 어린이 네 명과 어른 한 명이 모두 일곱 살이 되었다. 무언가 공평해졌다.

독서교실에서 만나온 어린이 중에는 청소년이 된 어린이도, 어른이 된 어린이도 있다. 내가 보기엔 다들 어린이를 간직하고 사는 것 같다. 왜 그럴까? 곰곰이 생각해보았다. 내가 감정이 많은 편이기는 해도 이건 느낌 때문만이 아니었다. 나 자신의 지난날을 헤아리면서 어린이였던, 청소년이었던, 어른이었던 날들 내내 나는 나였다는 걸 알았다. 삶의 새로운 장을 시작하거나 덮어왔고 어느 부분은 영원히 달라졌으며 도저히 나아지지 않는 대목도 있지만 나는 나로서 살아왔고 앞으로도 그럴 것이다. 살아가는 한 인생의 어느 부분도 단절되지 않기 때문이다.

어린이는 한 사람으로서 존중받아야 한다. 이 말은 사람을 어리다는 이유로 차별하거나 괴롭히지 말자는 뜻이지 어린 시절 이후로는 존중하지 않아도 된다는 뜻이 아니다. 알고 보니 '어린이를 존중하자'고 말할 때, 나는 '어렸을 때부터 존중하자'는 말도 하고 있었다. 어린이한테 관심을 두면서 다른 소수자들 문제를 허투루 지나가기 어려웠던 것도 그래서였다. 내가 살고 싶은 세상은 사람들이 서로 존중하며 돌보고 돌봄을 받는 세상이다. 그건 내가 존중받고 싶고, 남한테 도움을 주고 싶고, 나 역시 도움을 받고 싶기 때문이다.

"작가님은 어린이한테 어떤 어른이 필요하다고 생각하세요?"

이런 질문을 자주 받는다. 여기에 답하려면 지금 어른이 어린이한테 어떻게 보이는지부터 살펴야 한다. 나는 어른으로서 어떤 모습을 보여주고 싶은지도 생각해본다. 나에게는 어떤 어른이 필요했는지도. 이 과정이 언제나 즐거운 건 아니다. 나날이 세상이 나빠진다는 생각이 들면 다 내팽개치고 도망가고 싶은데, 분명히 어느 부분이 나아지고 있는 걸 보면 나만 좋은 세상에서 쏙 빠질까 봐 자리로 돌아오게 된다. 나 자신의 결함을 똑바로 봐야 할 때는 나 하나 건사하기가 이렇게 벅차구나 싶은데, 어린이를 격려하고 위로하다 보면 어느덧 제 몫을 한다는 자부심이 빈자리를 메운다. 나에게 없는 것을 어린이에게 줄 수 없으니, 나 자신을 좋은 사람으로 만드는 수밖에 없다. 그럴 때면 나도 어른을 찾게 된다.

어린이한테도, 청소년한테도, 심지어 어른한테도 어른이 필요하다. 어떤 어른이 필요할까? 다양한 어른이 필요하다. 다가오는 세상에서는 다양성이 새로운 표준이 될 것이라고 한다. 그렇다면 지금부터 그 기준을 적용해야 하지 않을까? 나는 어린이한테 자신만의 삶을 살아도 된다고 말해주는 어른 중 한 명이 되고 싶다. 그러려면 세상이 어서 내가 바라는 모습이 되도록 내 몫을 다하는 수밖에 없다. 달리 도리가 없다.

　어린이 가까이에서 지내면서 나는 '미래'가 금방 온다는 것도, 그 모습이 결코 모호하지 않다는 것도 알게 되었다. 어린이를 따라서 나도 성큼성큼 미래로 간다. 어린이가 사는 세상이 곧 나의 구체적인 현실이다. 나는 미래를 예측할 수 없지만 두 가지 사실만은 알고 있다. 하나는 지금 우리가 어린이를 대하는 방식이 앞으로 우리가 대접받는 방식이 될 것이라는 점이다. 또 하나는 미래가 어떤 모습이 될지라도 나아가는 사람은 계속 나아가리라는 것이다. 나는 그중 한 사람이 되고 싶다. 이 세상이, 내 미래가 어떻게 되든 나도 끝까지 나아지는 어른이 되고 싶다. 이 책을 읽는 분들도 같은 마음이면 좋겠다.

2024년 11월
김소영

1부 어쩌면 좋아요?

2부 열일곱 살이면

3부 어른의 어른

 어쩌면
좋아요?

오늘이
며칠이에요?

독서교실에서 나의 하루는 칠판에 날짜를 적는 것으로 시작한다. 혼자 일하다 보면 오늘이 며칠인지, 무슨 요일인지 감각이 둔해져서 날짜를 확인하려면 달력을 봐야 한다. 일정에 대한 감마저 떨어지는 것 같다. 어린이들도 무얼 쓰다가 "선생님, 오늘이 며칠이에요?" 하고 물어볼 때가 많다. 급할 때는 스마트폰을 보고 날짜를 알려주는데 어린이들한테 그런 모습을 보이는 게 싫다. 이런 간단한 것까지 스마트폰에 의지하는 모습을 보이는 게 내키지 않는다. 하루를 잘 보내자는 마음도 다질 겸, 첫 일과로 날짜를 적는다. 스마트폰을 보고.

　날짜 아래는 그날그날 손에 잡히는 대로 마스킹 테이프를 골라 밑줄 긋듯 붙인다. 화이트보드가 한결 화사해 보인다. 그 아래 이제 올 어린이들의 이름을 적는다. 수업이 끝나면 이름을 지우고 다음 시간에 올 어린이들 이름을 적는 식이다. 처음엔 가나다순으로 적다가 그 반대로도 적다가, 그럼 중간에 있는 어린이들이 재미없어할까 봐 그냥 내 마음대로 적기로 했다. 어떤 날은 교실에 도착하는 순서대로 써주고, 어떤 날은 그걸 거꾸로 한다. 어린이들은 칠판에 자기 이름이 적혀 있는 것을 좋아한다. 한번은 "요즘 제 이름이 자꾸 꼴찌로 쓰이는 것 같아요" 하고 불평하는 어린이가 있었는데 다음 2주 연속 맨 앞에 써주는 것으로 잘 합의되었다. 이름 옆에 꽃이나 하트, 별 같은 걸 그려주면 또 좋아한다. 어린이는 정말 별별 작은 것을 다 좋아한다.

하루는 날짜 적는 걸 깜빡했는데, 먼저 온 어린이가 "오늘은 제가 써보면 안 돼요?" 하고 제안했다. 나는 그러라고 하면서 칠판 중간을 가리켰다.

"나는 키가 커서 저 위에 적지만, 너는 이쯤에 쓰면 될 것 같아."

그랬는데도 기어이 까치발을 하고 평소 내가 날짜 쓰는 자리부터 쓰기 시작하더니 다음 글자부터 앞 글자보다 조금 아래, 또 조금 아래 쓰게 되어서 결국 오른쪽으로 40도 정도 기운 한 줄이 완성되었다. 그날은 마스킹 테이프도 그

각도에 맞추어 붙이고, 어린이들 이름도 비스듬히 썼다. 오
는 아이마다 깔깔 웃었다.

어느 날은 어린이들이 각자 자기 이름을 써보고 싶다고
했다. "그래라" 했더니 다들 조르르 나와 정성껏 제 이름
을 적었다. 그런데 그날따라 기분이 안 좋아 보이던 은호가
관심 없다는 듯 "제 이름은 그냥 선생님이 써주세요" 하는
것이다. 나는 다른 어린이들 글씨보다 세 배 크게 은호 이
름을 적었다. 그러자 아이들이 또 깔깔 웃으며 "황성찬, 박
동건, 윤지혜"라고 이름들을 읽은 다음 "김은호!"라고 외
쳤다. 은호도 덩달아 웃었다. 그날은 모두 은호 이름만 "은
호야!" 하고 크게 부르기로 했다. 나는 일부러 은호 이름을
여러 번 불렀다. 나도 참 별별 것을 다 좋아한다.

자기들 이름 옆에 "선생님"이라고 써준 어린이가 있었다.
내가 "아니, 그럼 나는 이름이 생님이야? 내 친구들은 나
를 생님아 하고 부르는 거야?" 하고 웃으며 따졌더니 작은
목소리로 말했다.

"제가 선생님 이름을 몰라서……."

어린이들은 웃었지만 나는 미안했다. 그렇지, 내가 이름
을 알려주긴 했어도 외울 필요는 없었겠지. 옛날에 어떤 어
린이는 나랑 미술학원 선생님을 헛갈려 한 적도 있다. 나

는 메모지에 내 이름을 써서 어린이한테 주었다. 잊어버리면 또 물어보라고도 했다. 날짜와 이름 쓰기만으로 별별 일이 다 생긴다.

한번은 내가 착각해서 날짜를 전날 것으로 잘못 썼다. 그걸 본 세영이가 말했다.

"어? 선생님, 지우지 마세요! 저 어제 생일이었거든요. 오늘도 하면 안 돼요?"

다른 어린이들도 좋다고 해서 우리는 '어제인 것처럼' 수업을 했다. 특별한 일은 없었지만, 기분이나마 하루 시간여행을 다녀오는 게 재미있었다.

한 30년 뒤로 가보자고 칠판에 2054년이라고 쓴 날이었다. 느낌을 살리려고 어린이들 이름 뒤에 괄호를 치고 나이도 적었다. 황성찬(40세), 박동건(40세)…… 그리고 김소영(78세).

"하하, 내가 40살이래!"

"내가 우리 엄마보다 나이 많다!"

"아니지, 그때는 엄마들도 나이가 많지."

어린이들은 떠들썩한데, 왠지 나는 조금 마음이 복잡해졌다. 78세 김소영이라니. 이 어린이들은 40세인데. 당연하잖아, 지금 내가 48세니까. 그런데 내가 78세가 되는구나.

물론 그때까지 산다면 말이지만⋯⋯. 나도 옛날에는 38세
고 막 그랬는데.

갑자기 은호가 큰 발견을 한 것처럼 외쳤다.

"선생님, 그때는 저희가 선생님 이겨요!"

여기에는 설명이, 아니 해명이 필요하다. 얼마 전 이 어린
이들이 왠지 너무너무 신나 있어서 내 말을 잘 듣지도 않
고, 들은 다음에도 퐁당퐁당 말을 붙여대서 어쩔 수 없이
'나이주의'로 주도권을 되찾은 적이 있다. 너희 나이는 다
합쳐도 40살이 안 되니까(그때는 한 명이 생일이 안 지난 상
태였다), 48살인 내가 이기는 거라고. 그러니까 수업 시간
에는 선생님이 일등이라고⋯⋯. 쓰고 보니 변명인 것 같다.

"그래, 그땐 내가 지네. 여러분은 160살이고 나는 78살이
니까. 뭐야, 나 아기잖아?"

어린이들이 와그르르 웃었다. 그런데 내 마음은 와그
르르 무너졌다. 어린이들이 자라듯이 나도 자라는구나.
78세로.

집에 와서 이런 걸 적어보았다.

김소영(8세) : 초등학교(국민학교) 입학 #사회생활시작

김소영(18세) : 고등학교 2학년 #교복 #매점 #내신

김소영(28세) : 출판사 근무 #어린이책 #월급 #맥주

김소영(38세) : 독서교실 #광고포스터 #어린이

김소영(48세) : 독서교실 선생님 겸 작가가 됨 #오늘

김소영(   )

　그렇다. 다음 칸은 '김소영(58세)'다. 시간은 예나 지금이
나 똑같은 속도로 흘러간다. 나는 똑같은 속도로 나이를
먹어간다. 특별히 기준이 있는 것도 아니고, 어쨌든 나름
대로 발전적으로 살아가고 있으니까 그냥 계속 자라는 것
으로 쳐도 되지 않나? 앞 문장에 부사를 너무 많이 썼다.
이렇게까지 부사의 도움을 받아야 하는 진술은 믿을 수
없다. 책임을 다해야 할 어른이 나도 아직 자라고 있다고
주장하는 것은 너무 뻔뻔하다.
　그럼 몇 살부터 '자란다'가 아니라 '늙는다'가 되는 걸
까? 사전적으로는 중년이라 할 수 있는 마흔 살 안팎부
터라고 한다. '중년'에 대한 표준국어대사전의 설명은 이
렇다.

　청년과 노년의 중간을 이르며, 때로 50대까지 포함하는 경
　우도 있다.

"때로"라는 말이 신경 쓰였다. 원래는 40대까지인데 넉넉하게 50대도 중년으로 친다는 걸까? 사실 나 자신은 아직도 '중년'이라는 정체성을 외면하고 있는데, 만일 중년이 '50대까지 포함하지 않는 경우'라면 나는 이미 중년도 끝나가는 것이 된다. 나는 꽤 충격을 받았다.

  세상에 언제나 나보다 나이 많은 사람이 있으니까 어디 가서 나이 타령 하지 말아야지, 하고 늘 생각해왔다. 스스로 '나이'에 연연하지 않는다고 생각해왔다. 그런데 어린이와 나란히 놓고 보니 내 연령대가 어디에 놓이는 건지, 다시 말해 내가 얼마나 나이가 많은지 깨달은 것이다. 달리 표현할 길이 있다면 좋겠지만 없기 때문에 이렇게밖에 말할 수 없다. 나도 나름대로 오래 산 것이다.

  *

『일상과 감각의 한국디자인 문화사』□라는 흥미로운 책을 읽었다. 그릇, 전화기, 약, 간판 등 한국인이 사용하고 사랑해온, 그리고 잊어버린 사물과 환경을 디자인의 관점에서 살펴보는 책이다. 1940~50년대의 물건은 낯설었지만, 라면 봉지나 과자 포장지의 옛날 디자인 중에는 내가 알아볼 만한 것도 많이 있었다. '엑셀' '르망' '엘란트라' 같은 자동차 디자인은 너무나 반가운 나머지 차가운 재질의 자동차인데도 따뜻하게 느껴질 정도였다.

이 책에는 초등 국어 교과서 표지와 내지 디자인도 실려 있다. 저자는 교과서 디자인에 대해 "(아이들이) 어리다고만 할 것이 아니라 그들을 존중하면서 같이 살아갈 수 있는 진정한 가치의 세계를 제공해야" 한다면서 "교과서는 인간애를 기본으로 한 원칙하에 다양한 가치의 집합체가 되어야 한다"라고 썼다. 이런 소중한 글을 어린이들은 다 이해하기 어렵겠지만, 사진은 함께 볼 수 있을 것 같아 독서교실에 가지고 갔다.

재미있게도 어린이들은 하나같이 국어 교과서는 1960년대 것이 제일 예쁘다고 했다. 철수와 영이가 나오던 그 시절의 국어 교과서 말이다. 어린이들은 화폐 디자인의 변화나 광고 같은 것도 유심히 보았다. 특히 전화기 부분, 그중에서도 1970~80년대의 '다이얼' 전화기를 가장 재미있어 했다.

"예쁘다!"

"왠지 고급스러워요."

"장난감 같은데?"

"저 이거 엄마 따라 카페 갔다가 본 적 있어요."

문득 은수가 내게 물었다.

"선생님도 이거 써봤어요? 이렇게 돌리는 거요."

"그럼, 써봤지."

"재미있었어요?"

갑자기 숨이 탁 막혔다. 재미있었느냐고? 재미가? 전화기 다이얼 돌리기가 재미있었느냐고? 그럼 당연하지, 그게 재미없을 리가 있나! 동그란 구멍에 손가락을 넣고 돌리는 건데? 1은 짧게, 2는 조금 더 길게, 이런 식으로 다이얼을 당겼다 놓는 게 얼마나 재미있었는데. 같은 숫자를 반복하면 박자 같은 게 생겨서 짜릿했다. 나는 9나 0이 포함된 전화번호를 좋아했다. 호를 제일 길게 그릴 수 있었으니까.

내 이야기를 들은 어린이들은 부러움에 눈을 빛냈다.

"선생님은 좋으셨겠어요. 지금도 이런 전화기가 있으면 좋을 텐데. 해보고 싶어요."

그렇구나. 나는 그런 걸 해봤구나. 수업이 끝난 뒤에도 자꾸 그 생각이 났다.

지나간 시간을 생각하면 힘든 일이 너무 많았고, 행복한 순간은 그보다 적었던 것처럼 느껴질 때가 있다. 잊자고 마음먹을수록 또렷이 기억나는 일, 잊었다고 생각했는데도 꿈에 나와 재현되는 일 때문에 괴로울 때가 있다. 이제

행복해졌다고 느끼는 순간에도 한편으로는 '옛날에도 이
렇게 행복했다면 얼마나 좋았을까' 하는, 누구를 향한 건
지 알 수 없는 원망도 든다.

그런데 알고 보니 나도 좋은 것을 꽤 누리며 살아왔다.
학원을 거의 안 다녔지. 놀이터가 없어도 동네에서 잘만
놀았지. 마당이 있고 늘 문이 열려 있던 이웃집 할머니네
가서 개랑 놀면 할머니가 식혜 같은 걸 주셨다. 우리 동네
에서는 어린이도 어른도 그분을 '멍멍할머니'라고 불렀다.
매달 만화 잡지 『보물섬』을 기다렸지. 나는 「아기 공룡 둘
리」의 연재를 실시간으로 읽은 사람이라고! 그때는 가게마
다 떡볶이 맛이 달랐다. 짜장면 가게는 배달료를 따로 받
지 않았다. 김을 그 자리에서 구워서 팔았다. 화장을 시작
한 뒤로는 동네 화장품 가게 언니가 꼼꼼히 상담하면서
알맞은 제품을 추천해주었다. 요즘 젊은이들이 좋아하는
'레트로'의 진짜를 나는 보았지. 나는 50년 가까이를 마음
껏 누리고 살아왔다. 앞으로도 그럴 것이다. 오늘 당장 그
럴 것이다.

칠판에 날짜를 적는다. 새날이 온 것을 확인한다. 날짜
덕분에 계절을 생각한다. 어린이의 이름을 쓴다. 오늘은 무
슨 일로 우리가 깔깔 웃게 될까. 수업이 시작되려면 몇 시

간이 남았는데도 나는 속으로 어린이들을 부른다. 빨리
와, 빨리. 뭐 하는 거야, 빨리 오라고!

▢   조현신, 『일상과 감각의 한국디자인 문화사』, 글항아리, 2018.

등장

어떻게 매번 이러는지 모르겠지만, 어린이가 올 시간이면
조금 긴장이 된다. 급한 일이 아니면 수업 시간 30분 전부
터 전화 통화를 삼간다. 문자 메시지도 마찬가지다. 문 쪽
의자에 가만히 앉아서 어린이들을 기다린다. 눈을 감고 심
호흡을 하다가 눈을 뜨고 교실을 둘러보다가 다시 눈을
감는다. 내가 이렇게 명상 비슷한 시간을 보내는 건 수업
시간을 신성하게 여겨서가 아니다. 체력과 정신력을 비축
하는 것이다. 그러지 않으면 어린이들이 몰고 오는 압도적
인 에너지를 당해낼 수가 없다. 반대로 기운 하나 없이 어
깨가 늘어진 채 오는 어린이들은 내가 빈 곳을 채워줘야
한다. 신성하다고는 할 수 없어도 비장하다는 정도로는 말
할 수 있다. 힘 때문에라도 어린이를 만나는 일은 도저히

'초심'을 잃을 수 없는 일이다.

독서교실 문은 가운데 길쭉한 유리판이 끼워진 나무문이다. 그마저도 유리 부분 아래쪽은 불투명해서, 키가 작은 어린이들은 밖에서 안을 들여다볼 수 없다. 말하자면 독서교실은 개방적인 도서관보다는 비밀스러운 다락방에 가깝다. 처음 이 장소를 계약할 때는 문을 투명한 것으로 바꿀까 생각하기도 했는데, 어린이들은 이 문을 은근히 좋아하는 눈치다. 어린이가 똑똑 문을 두드리면 내가 "네!" 하고 문을 열어주는 게 어딘가 놀이 같다고 생각하는 것도 같다.

이 장난은 인류의 유전자마다 아로새겨져 있는지, 문을 두드리고 재빨리 숨었다가 나를 놀라게 하려는 어린이가 꼭 있다. 엘리베이터에서 만나 함께 와서는 요란하게 문을 두드리며 장난치는 어린이들도 있다. 문을 열어주면 서로 먼저 들어오겠다며 깔깔대고, 학교에서부터 들고 온 뭔가를 내 눈앞에 들이밀며 다짜고짜 "이거 보세요" "이거 가지세요" "이거 망가졌어요" 하고, 내가 그게 뭔지 살피는 동안 "저도 있어요" "이거 가지세요" 하면서 일차로 내 영혼을 쏙 빼 간다. 30분 동안 비축한 힘은 어린이들 등장 3분 이내에 일단 소진된다. 하지만 아무리 여러 명이 한꺼번에 들어와도 한 명씩 얼굴을 보는 건 내 규칙이다.

"'안녕하세요' 안 한 사람 누구야? 선생님하고 눈 안 마주친 사람 누구야?"

어린이들이 독서교실에 등장하는 모습은 제각각이다. 전에 어떤 어린이는 독서교실에 꼭 축구복을 입고 왔다. 축구 클럽 다음 시간이 독서교실 수업이기 때문인데, 선수의 땀 냄새가 얼마나 강렬한 것인지 덕분에 처음 알았다. 어머니가 집에 들러 씻고 가라고 신신당부를 하셔서 씻고 와도 그랬다. 왜냐하면 씻고 난 다음 다시 그 축구복을 입기 때문이다. 내 생각에 그 어린이한테는 축구복을 입은 자기 모습이 제일 마음에 들었던 것 같다. 그게 정복 차림이라고 여겼거나. 그러니 나도 수업에 진지하게 임하지 않을 수 없었다.

인하는 유난히 예의가 바르다. 3분만 늦어도 "늦어서 죄송해요" 하고(내가 제발 그러지 말라고 애원했는데도), 예외 없이 90도 인사를 한 다음 차근차근 신발을 벗어 정리한다. 색깔만 다른 실내화를 날마다 신중하게 골라 신는다. 비가 정말 많이 오는 날, 망가진 우산을 들고 함빡 젖은 채로 나타나서도 짜증을 내기는커녕 언제나처럼 격식을 갖추어 인사하고 말했다.

"올 때 우산이 열 번도 넘게 뒤집어졌어요."

온통 물 자국인 안경 너머로 특유의 예의 바른 웃음이 보였다. 어린이는 이렇게 덧붙였다.

"그런데 제가 발 다 젖었어요. 어쩌면 좋아요?"

수건을 내주면서 웃음을 참았다. 책에나 나올 것 같은 '어쩌면 좋아요?'라는 말이 왠지 좋아서였다. 한번은 인하가 수업 시간보다 일찍 도착했는데 교실 문을 두드리지 않고 서 있었다. 나는 교실 안에서 유리에 비치는 실루엣을 보고 문을 열었다. 문이 갑자기 열리면 놀랄까 봐 살짝 인기척을 내고서.

"인하야, 무슨 일 있어?"

"그게 아니고…… 제가 너무 일찍 온 것 같아서요. 어떻게 할까 하다가 들어오려고 하는데 선생님이 문을 열어주신 거예요."

이렇게 조심스러운 인하랑, "1층에서부터 제가 선생님! 김소영 선생님! 독서! 선생님! 하고 불렀는데 왜 안 내다보셨어요?" 하고 따지며 등장하는 예진이랑, 장염에 걸려서 "어제부터 연속적으로 슬퍼요" 하는 승규랑, 가방을 내려놓을 때까지 스마트폰에서 눈을 못 떼는 영주랑 한 책상에 둘러앉아 수업을 시작한다. 예진이랑 승규는 원래 친한

사이였고, 인하랑 영주는 친해지는 데 시간이 조금 걸렸다. 인하랑 예진이는 여태 데면데면하다. 그리고 모두와 일대 일 관계를 맺고 싶다는 야심에 불타는 내가 있다.

우리는 책을 읽고, 이야기를 나누고, 글을 쓰고, 발표를 한다. 서로의 글을 돌려가며 읽고 의견을 적어준다. 어떤 때는 같이 글을 쓰고, 같이 그림을 그린다. 과자를 먹고 화장실에 다녀오고 퀴즈를 푼다. 선풍기 바람에 오려놓은 색종이가 날아가 버리거나 누군가 물을 쏟거나 그 물에 색종이가 젖는 날도 있다. 누구는 누구랑만 한 팀이 되고 싶어 하고, 누구는 매번 누구의 글을 힐끗대고, 그걸 아는 누구는 언제나 누구를 견제한다. 나는 나대로 매번 누가 먼저 발표하게 할지 계산을 한다. 퀴즈를 함께 풀 짝꿍을 바꾸면서도 불평이 나오지 않게 농담이나 무서운 얼굴을 준비한다. 누구랑 누구가 다투기라도 할까 봐 개입했다가, 다툴 테면 다퉈보라고 포기할 때도 있다. 어떻게 매번 그러는지 모르겠는데 정말 매번 수업 시간이 후딱 지나간다. 마치 한 편의 공연을 끝낸 것만 같다.

수업이 끝나면 어린이들은 하나둘 교실을 나선다. 그토록 대단한 에너지를 발산하고도, 나갈 때면 다시 한번 혼돈의 에너지로 교실을 채운다. 신발을 신다 말고 필통을 가

지러 들어오고, 밖에서 기다리는 어머니를 모른 척하고 만
화책을 읽고 있고, 선생님이 첨삭하게 공책 놓고 가라고
했더니 "저 오늘 쓴 거 사진 찍어서 엄마한테 보내주세요.
네? 네?" 매달리고, 화장실 한 번 더 가고 싶은데 같이 갈
사람을 찾고(그러면 서로를 견제하던 누구와 누구가 같이 다녀
온다). 다음 시간 어린이가 일찍 와서 동선이 엉킬 때면 누
구 언니 누구 오빠 인사를 하고, 서로 "너 여기 다녔어?"
"너네 누나 오늘 학교에서……" 하며 복도가 시끌벅적해진
다. 등장만큼 요란한 퇴장이다.

   어린이들이 떠난 교실을 정리하다가 문득 둘러보면 교실
이 너무 조용하다. 어떻게 이 공간에 그 많은 움직임과 소
리와 열기가 있었을까. '연극이 끝나고 난 뒤' 무대를 정리
하는 스태프의 기분이 이럴까? 폭포처럼 쏟아지는 어린이
들의 힘을 받은 것 같기도 하고, 소나기가 그친 뒤 아무 일
도 없었던 듯 고요한 거리에 서 있는 것 같기도 하다. 나의
하루에 등장해준 어린이들이 고맙다. 차마 늘 그렇다고 할
수는 없지만, 어떤 때는 어린이한테 받은 상처마저도 귀하
게 여겨진다. 어린이들이 퇴장했다. 나는 혼자 남았다.

   그런데 얼마 전, 무대 뒤의 찬이 모습을 보았다. 수업 내
내 웃고 까불고 공부를 하는 건지 노는 건지 알 수 없을 만

큼 신나는 시간을 보내고 간 찬이가 안경을 놓고 갔기 때
문이다. 종이 더미 아래에서 찬이 안경을 발견하고 서둘러
쫓아갔다. 안경이라는 걸 처음 맞춰보았고, 일단 공부할 때
만 쓸 거라고 하더니 챙기는 게 익숙하지 않았나 보다. 가
만 근데 왜 종이 더미 '속'에서 발견되었지? 우리 공부했는
데? 찬아, 안경 언제 벗었니.

　나는 느리고 찬이는 빨라서 1층에 내려갔는데도 찬이가
안 보였다. 짚이는 게 있어 놀이터로 달려가니 안경 따위
무어냐는 듯 찬이는 친구들과 놀고 있었다. 수업이 끝난 지
는 10분밖에 안 지났는데, 찬이는 한 시간 전부터 놀던 어
린이처럼 공을 차고 있었다.

　"찬아! 안경!"

　나는 다음 수업 때문에 급하고 찬이는 노느라 급했지만
안경을 전달하는 데는 시간이 좀 걸렸다. 찬이는 안경을
놓고 간 줄도 몰랐다. 놀 때 안경을 쓰기는 불편하니까 가
방에 넣어야 하는데 안경집 찾기가 어려웠다. 결국 가방을
뒤집어 쏟고서야 안경집을 찾았다. 서둘러 교실로 돌아오
면서 생각했다. 찬이에게는 내가 일생의, 일상의 한 조각일
뿐이다. 퇴장한 건 찬이가 아니라 나였다. 내 아쉬움이나
애틋함과 상관없이 찬이는 독서교실이 끝나고 수학 학원

에 가기 전에 잠깐이라도 놀아야 했던 것이다. 찬이의 극에
시 니 는 안경을 가져다주는 아주 작은 역할을 맡았을 뿐
이다.

그래서 나는 '신 스틸러scene stealer(강력한 개성, 매력, 연
기력 등으로 주연보다 더 시선을 끄는 조연)'가 되기로 했다.
나에게 최고의 '신 스틸러'는 한국판 〈골든 슬럼버〉 영화
속 염혜란 배우다. 건우(강동원 배우)가 억울한 누명을 쓰
고 공개 수배되어 도망 다니는 신세일 때 염혜란 배우는
시장판 식당의 주인으로 30초 정도 등장한다. 손님들이 건
우를 알아보고 손을 쓰기 전에 그는 그 사람들의 등짝을
내리치며 건우가 도망칠 시간을 벌어준다. 내가 처음 그 영
화를 보았을 때는 그가 유명해지기 한참 전이었다. 그런데
도 인상이 얼마나 강렬했던지, 다른 극에서 중요한 역할로
나온 배우를 알아보고 혼자서 너무 반가웠다.

언젠가 어린이 인생에서 나는 퇴장한 배우가 될 것이다.
언제 등장해서 무슨 역할을 했는지 기억하기 어려운 작은
역할을 받은 건지도 모른다. 그래도 나는 최선을 다해 '독
서교실 선생님' 역할을 할 생각이다. 그 야심으로 오늘도
수업을 준비한다. 나는 눈을 감고 숨을 크게 들이쉰다.

말수가 적은
어린이

10초가 얼마나 긴 시간인지, 나는 윤서 덕분에 알게 되었다. 열한 살 어린이와 단둘이 마주 앉아 있는 교실에서 대화가 뚝 끊겨버린 10초. 첫 상담을 하는 한 시간 동안 거의 모든 대화에 그 10초가 생겼다. 내가 무슨 어려운 질문을 한 것도 아니었다. "떡볶이는 매운 게 좋아, 안 매운 게 좋아?" 같은 일상적인 이야기인데도 대화가 이어지지 않았다. 나는 몸 둘 바를 몰랐다. 결국 내가 다시 질문을 하거나 말을 돌리거나 해야 했다.

"선생님은 매운 걸 잘 못 먹어. 근데 떡볶이는 매워야 맛있잖아? (윤서가 고개를 끄덕인다.) 그래서 늘 매운 떡볶이를 먹고 후회해. 윤서는 어떠니?"

"매운 거 잘 먹어요."

"평소에 언니랑 윤서랑 얘기 많이 하니? (고개를 젓는다.) 그럼 언니가 독서교실 어떻다고도 얘기 안 해줬어? (고개를 젓는다.) 얘기는 했구나. 뭐라고 했어?"

"재미있대요."

이런 식이었다. 이렇게 말이 없는 어린이는 처음이었다. 어찌어찌 상담은 마쳤지만 내내 윤서를 곤란하게 한 것 같아서 마음이 무거웠다. 사실 윤서는 애초에 독서교실에 오는 것도 내켜하지 않았다. 먼저 다니기 시작한 언니가 어머니에게 추천하는 바람에 와본 것이다. 안 그래도 조금 걱정을 했는데 이렇게 되었으니 이제 독서교실에 안 오고 싶다고 해도 할 말이 없었다.

그런데 다음 날 윤서 어머니가 전화로 놀라운 이야기를 하셨다.

"선생님, 윤서가 어제 재미있었대요. 자기가 얘기 엄청 많이 했다고 그러던데요?"

윤서가 무슨 얘기를 했지? 나는 얼떨떨해서 기록을 살펴보았다. 윤서는 매운 떡볶이를 좋아한다. 언니하고 얘기를 많이 하지는 않지만 독서교실에 대해서는 들었다. 수학을 좋아하고 체육을 싫어한다. 피아노를 배운 지 2년 되었다. 강아지는 아무리 작아도 무섭다. 초록색을 좋아한다.

계절은 겨울이 좋다, 귤을 좋아하니까. 윤서로서는 처음 만나는 사람에게 정말 많은 정보를 알려준 셈이다. 윤서 덕분에 알게 된 것이 하나 더 있는데, 말수가 적은 어린이는 '말하기'가 아닌 '듣기'로 대화한다는 것이다. 내가 말하느라 애쓴 동안 윤서는 듣느라 애썼을 것이다. 그런데도 독서교실에 계속 오겠다고 하니 고마울 따름이었다.

어린이와 가까이 지내면서 말수가 적은 어린이들을 유심히 보게 되었다. 전에는 막연히 어린이는 말을 많이 하는 사람들이라고 생각했다. 어린이는 으레 재잘거리게 마련이고 그래서 어른들한테 종종 "조용히 해라" 하고 꾸중을 듣기도 한다고. 떠들썩하고 소란스럽게 구는 것이 마치 어린이의 본성인 것처럼 여기기도 한 것 같다.

실제로 독서교실에서 만나는 어린이들은 대체로 말하기를 좋아한다. 내 얼굴을 보면 신발을 벗기도 전에 점심으로 뭘 먹었는지부터 소상히 자랑하고, 내 말을 듣는 동안 자기도 할 말이 있음을 알리기 위해 손을 들고 엉덩이를 들썩인다. 자기를 소개하는 글에 "내가 제일 좋아하는 놀이는 말하기다"라고 쓰는 어린이도 있다. 말하기를 좋아하는 어린이는 자기를 잘 드러낸다. 어른들도 이런 어린이는 한 번이라도 더 보게 된다. 그에 비해 말수가 적은 어린이는 눈에 띄지 않는다. 조용하기 때문이다. 내가 으레 '어린이는 떠들게 마련이다'라고 생각했던 것도 그 때문이 아닐까.

말수가 적은 어린이와 대화할 때는 조금 긴장이 된다. '어떻게 하면 말을 하게 할까' 고민스러워서는 아니고 대화를 불편해할까 봐 조심스러워서다. 어린이가 대답을 준비할 수 있게 기다려주어야 한다는 건 아는데, 그게 정확히 얼마큼인지 헤아리기 어렵다. 정적이 너무 길어도 부담이 될 것 같고, 그 부담을 줄여주려고 내가 말을 하면 어린이가 말할 기회를 빼앗는 것 같다. 처음 말수 적은 어린이를 대할 때는 '몇 초 기다려주는 걸 좋아하는지 제발 알려주면 좋겠다'고도 생각했을 정도다. 방법이 없었다. 어린이가 무슨 생각을 하는지, 지금 말이 생각이나 마음에서 출발해 목울대 어디쯤까지 와 있는지 더 유심히 살피는 수밖에.

그러다 보니 말수 적은 어린이들이 적잖은 오해를 받는다는 걸 알게 되었다. 이를테면 '소극적이다'라는 것이다. 다른 자매나 형제는 활달하고 말하기를 좋아하는데 한 어린이만 말수가 적을 경우 특히 그렇다. 부모님들은 종종 "우리 땡땡이는 늘 주눅 들어 있다"라고 걱정하시기도 한다. 아마 안쓰러운 마음에 그러실 것이다. 그런데 막상 어린이를 만나보면 걱정과 다를 때가 더 많다.

한번은 어머니로부터 '오빠보다 친구도 적고 자신감이 없다'고 걱정을 듣는 열세 살 어린이를 만난 적이 있다. 말수가 적을 뿐 속이 아주 단단한 어린이였다. 초등학교 다니는 동안 마음이 맞는 친구를 만난 적이 없어서 친구랑 노는 데는 별로 관심이 없다고 했다. 오히려 중학교에 가면 만날 수 있지 않을까 기대가 된다고. 노래는 잘 못하지만 좋아한다며 뮤지컬과 관련된 일을 하고 싶다고도 했다. 그러면서 '진로'는 몇 살 때까지 정해야 되는 거냐고 진지하게 묻기도 했다. 동화책을 많이 읽었다기에 청소년소설들을 보여주었더니 조그맣게 한숨을 쉬었다.

"아…… 못 고르겠어요. 다 너무 읽고 싶어요."

자신감은 말하기로만 드러나는 게 아니다. 조심스럽지만 단호하게 "빨리 어른이 되고 싶어요"라고 말하는 어린이가 자신감이 없다고 할 수 있을까?

말수가 적은 어린이는 '표현력이 부족하다'는 오해도 종종 받는다. 그런데 자신을 꼭 말로만 표현할 수 있는 것은 아니다. 그림이나 연주도 표현의 도구가 된다. 어떤 어린이는 무언가가 표현되기까지 많은 시간이 필요하다. 평소에

속마음을 잘 표현하지 않는 어린이가 잠자리에 들면서 낮에 본 책 얘기를 하더라는 이야기를 들었다. 나는 그 어린이가 하루 동안 마음에 품고 있었을 무언가를 곰곰이 생각해보았다. 물론 잊고 있다가 잠들기 전에 퍼뜩 그림책의 한 장면이 떠올랐을지도 모른다. 중요한 건 어린이가 말하지 않는 동안에도 어떤 느낌이나 아이디어는 어린이 안에 있다는 사실이다. 나는 책을 매개로 어린이를 만나기 때문에 책과 관련된 것만 겨우 엿볼 뿐, 어린이의 마음속에서 얼마나 많은 일들이 일어나고 있는지 헤아릴 방법이 없다. 그 마음속의 일을 바로 표현하지 않는다고 해서 어린이가 '답답하다'고 할 수는 없을 것이다.

한편으로 어떤 어린이는 말을 적게 해서 성숙하다는 오해를 받기도 한다. 동생보다 조용하고 조심스럽다는 이유로 '어른스럽다'고 칭찬받는 어린이들도 사실은 '어린이'다. 책을 읽어주면 좋아하고, 농담에 소리 내어 웃고, 엉뚱한 실수를 하고, 칭찬에 얼굴이 붉어진다. 어떨 때는 나도 그걸 깜빡한다. 어린이가 잠잠하게 듣고 있으니까 이해하려니 하고 어려운 말을 하기도 하고, 양해를 구하는 듯 양보를 부탁하기도 한다. 한번씩 그걸 깨달을 때면 부끄럽고 미안하다. 아마 나처럼 뒤늦게 아차 하는 어른들이 적지 않을 것 같다.

그래서인지 어른들은 말수 적은 어린이들이 말을 좀 '잘' 했으면, 많이 했으면 하고 바란다. 나중에 커서 다른 사람들한테 자기를 충분히 드러내고, 잘 소통하고, 사회생활도 원활하게 하기를 바라는 마음에 어려서부터 연습을 했으면 하는 것이다.

나 자신이 말하기를 좋아하고 말하기가 중요하다고 생각하는 사람이지만, 좋은 말하기가 말수에 달려 있다고는 생각하지 않는다. 말수 적은 나의 '어른' 친구들이 그 증거다. 나는 그들이 내 말을 들어주는 것만큼이나 그 '적은 말'을 내게 들려주는 것이 늘 고맙다. 솔직히 말수 적은 게 멋있어 보여서 따라하고 싶을 때도 있지만 늘 실패한다. 그런 것은 타고나는 모양이다. 대신 이따금 그 친구들의 어린 시절을 상상해본다. 아마도 조용한 어린이였겠지. 오해를 받아 속상하고 답답할 때도 있었겠지만 대체로는 괜찮았을 것이다. 남들이 뭐라고 하든 익숙한 고요함 속에서 자기를 키웠을 것이다. 그래서 이렇게 멋있는 사람들이 되었겠지. 그러니까 말수가 적은 어린이도 괜찮을 것이다.

재희도 말이 없는 어린이다. 다른 어린이가 살짝 귀띔해주기를 친구들이랑 있을 때는 얘기를 잘 하는데 어른이 있

으면 조용해진단다. 독서교실에서도 수업 내용을 제외하
면 거의 한마디도 하지 않고 갈 때도 있다. 그리고 집에 가
서는 역시, 오늘 선생님하고 얘기를 너무 많이 해서 피곤하
다고 소파에 눕는다고 한다. 다행히 그러고도 계속 수업에
온다. 말수 적은 열 살의 마음을 알아내기는 여전히 어렵
다. 그래도 그간 쌓인 경력 덕분에 나도 기술이 늘었다. 재
희와 대화할 때는 10초 다음에 또 10초를 세어보았다. 덕
분에 재희는 13~15초 구간에서 말을 하거나 아니면 안 하
겠다는 의사를 표시한다는 걸 알게 되었다. 문제는 요즘
마스크 때문에 재희의 표정이나 분위기를 읽기가 다시 어
려워졌다는 것이다. 재희에게는 부담스러운 일일지도 모
르지만, 눈으로 레이저를 뿜는 기세로 집중하는 수밖에
없다.

　얼마 전에는 핼러윈 이야기를 나누었다.

　"어떤 언니가 핼러윈 때 사람들이 분장하는 게 무서워
서 싫대. 재희는 어떠니? 핼러윈 좋아?"

　13초.

　"네."

　"그래, 재희는 사탕 좋아하지. 분장하는 것도 좋아해?"

　8초.

"네. 근데 돌아다니는 건 싫어요."

"맞아. 원래 돌아다니면서 사탕 얻는 거잖아."

5초.

"이번에는 코로나 때문에 돌아다니는 거는 안 했어요."

"그럼 되게 좋네! 집에서 사탕 많이 먹으니까!"

아무 소리도 나지 않았는데 나는 재희가 웃는 것을 금방 알았다. 마스크에 가려져 보이지 않는 입술 대신 눈이 힘껏 웃고 있었기 때문이다. 나는 재희가 보낸 사인을 잘 받았다는 뜻으로 소리 내어 웃었다. 말수는 상관없다. 우리는 잘 통하고 있다.

어린이에게
친구란

"선생님, 제가 뭐 입었는지 보이세요?"

줌 화면 너머에서 현준이가 물었다. 현준이는 한겨울인데도 반소매 티셔츠를 입고 있었다. 코로나19 때문에 몇 주째 줌으로 만나던 때 일이다.

"이거 저희 반 티예요. 원래는 체육대회랑 현장체험학습 때 입는 건데요, 올해는 이거 입고 학교도 못 갔거든요. 너무 아쉬워서 그냥 오늘 입었어요."

오죽하면 독서 선생님한테 반 티를 자랑할까. 떨어져 있지만 그 마음만은 나에게 절절히 와닿았다.

현준이는 워낙에도 친구를 무척 좋아한다. 나에게 들려주는 일상 이야기도 대부분 친구에 대한 것이다. 친구 누구랑 축구한 일, 누구 생일에 영화 본 일, 친구들이 집에 와서 잔 일, 싸우는 친구들 말린 일과 자기가 싸운 일 등.
현준이는 4학년을 시작하면서 제일 기대되는 일이 새 친
구들을 만나는 거라고 했었다. 코로나19 때문에 개학 자체
가 미루어지고 등교 수업도 엄격한 방역 수칙을 따라야 하
는 상황이 되었을 때조차 현준이는 살짝 들뜬 모습이었다.

"그래도 친구들 만날 수 있어서 다행이고, 다 같이 마스
크 쓰고 수업하는 건 처음이니까 그 모습이 어떨지 조금
궁금하기도 해요."

결과적으로 현준이의 4학년은 친구들과 몇 번 놀지도,
만나지도 못하고 지나가버렸다. 현준이가 5학년이 되면서
가장 바라는 건 여름에 친구들이랑 수영장에 가서 노는
것이다. 친구 사귀는 데 심드렁한 윤아도, 친구 문제로 골
치 아파했던 예나도, 새해 소원은 코로나19가 끝나서 친구
들과 마음껏 노는 것이다.

거리 두기가 한참이던 때, 보고 싶은 친구들을 만나지
못한다는 건 어른들에게도 꽤 힘든 일이었다. 방역 당국의
간곡한 당부에도 불구하고 연말연시 모임을 하는 어른들
이 뉴스와 SNS에 자주 보였다. 어린이도 어른도 놀고 싶은
데, 어린이는 못 놀고 어른은 놀 수 있구나. 씁쓸했다.

평소 인간관계에 지쳐 있던 어른이라면 이 상황이 일면

반가울 수도 있다. 이참에 부담스러웠던 관계에 적당한 거리를 만들고, 찡말 소중한 관계의 우선순위를 정리해보았을 것이다. 솔직히 말하면 나 역시 그런 편이었다. "상황이 좋아지면 만나자"라는 말은 썩 내키지 않는 만남을 미룰 때 적당한 인사가 되었다. 이런 상황에도 만나고 싶은 친구야말로 진정한 친구 아닐까 생각하면서, 또한 그런 친구야말로 내가 꼭 지켜주어야 할 사람들이니 만나지 않고도 참을 수 있다고 자신했다. 머리로는 그랬다.

　내 확신이 얼마나 보잘것없는 것이었는지는 한 친구가 집 앞에 찾아온 어느 날 알게 되었다. 친구는 퇴근길에 들렀다면서 나를 불러내 복숭아 병조림과 쿠키를 주고 갔다. 방역 지침에 따라 독서교실 문을 닫고 의기소침해 있던 나에게 주는 선물이었다. '단것 먹고 힘내자'는 친구의 쪽지를 읽고 나는 펑펑 울고 말았다. 서로 떨어져서 마음만 함께한다는 것이 얼마나 어려운 일인지, 5분도 안 되는 시간 동안 친구 얼굴을 마주한 뒤에야 깨달았다. 그동안 우리는 문자 메시지도 주고받았고, 통화도 했고, SNS로 서로의 일상을 어느 정도 구경하고 있었지만 실제로 얼굴을 보는 것과는 비교할 수 없었다. 인간관계에 대해 이제 어느 정도 안다고 생각했는데 또 이렇게 배우는 날이 오는구나, 앞으로도 계속 배워가야겠구나 하는 생각도 들었다.

어린이에게 친구는 더욱 절실하다. 그런데 어떤 어른들은 이 문제를 가벼이 여기는 것 같다. 어린이에게 있어 친구란 '만나서 노는 존재'라고 단순하게 생각해서일지 모르겠다. 그러니 학습에 차질이 생기거나 스마트폰 사용 시간이 길어지는 문제에 비해 급한 일이 아닌 것처럼 보이는 것이다. 친구 대신 가족과 놀 수도 있고, TV를 보거나 게임을 하면서 놀 수도 있으니 친구를 못 만나는 것쯤은 덜 걱정해도 되는 것일까? 어른들은 경험으로 알고 있다. 어린 시절의 친구가 꼭 평생 친구로 이어지지는 않는다는 것을. 그래서 어린이의 친구 관계를 진지하게 여기지 않는 것일까?

어린이에게 친구란 단순한 '놀이 대상'이 아니다. 경험과 지식수준이 비슷한 사람, 학교생활 같은 중대한 일상을 공유하는 사람, 사회적인 위치가 비슷한 사람이다. 친구들끼리는 비슷한 것을 알고 비슷한 것을 모른다. 자기들만 아는 순간과 농담도 있다. 그렇기 때문에 부모님은 물론이고 자매 형제와도 온전히 나눌 수 없는 다양한 감정과 생각을 친구와는 나눌 수 있다. 어린이가 '친구'와 놀고 싶은 건 그래서다.

어떤 어린이는 친구 덕분에 가정 바깥에 숨 쉴 자리가

생기기도 한다. 어린이에게 가정은 거의 절대적인 조건이
지만 모든 어린이에게 가정이 이상적인 환경일 리 없다. 어
린이는 친구와 어울리면서 잠시 가족의 사정을 잊을 수도
있고 위로를 얻거나 희망을 가질 수도 있다. 이 어려운 시
기에 집 안의 무거운 공기를 감지하고 있는 어린이라면 친
구가 얼마나 필요할 것인가. 어린이에게 친구는 삶을 구성
하는 실질적인 요소다.

  팬데믹 때문이 아니었다면 어린이는 이렇게나 오랜 시간
친구와의 만남이 차단된 것을 어떻게 받아들였을까? 일반
적인 상황이라면 이런 고립은 차라리 벌에 가깝다. 규칙을
지키지 않아서, 부모님 말씀을 잘 듣지 않아서, 친구와 싸
우거나 문제를 일으켜서 받는 벌. 명백히 잘못을 저질렀다
해도 며칠씩 이런 벌을 받는 것은 괴로울 텐데, 1년여에 걸
친 고립이 어린이에게 어떤 스트레스를 주었을까 나는 걱
정이 된다. 물론 어린이도 사회적인 위기 상황을 알겠지만,
감당하기에는 아무래도 어려운 일일 것 같다.

  오래전 독서교실의 한 어린이는 친구 때문에 한참 고민
일 때 부모님으로부터 "졸업하면 다시 안 보는 사이니까
너무 신경 쓰지 마라" "어른 되어서 만나는 친구가 더 좋
은 친구다" 하는 말씀을 듣고 오히려 속상해했다. 어린이

입장에서는 졸업은 한참 뒤의 일이고 당장 내일 친구를 마
주 보아야 한다는 게 문제였다. 지금 친구를 잘 사귀지 못
하는데 중학생이 되고 어른이 되어서 어떻게 더 좋은 친구
를 만나겠느냐고 걱정이 드는 것도 당연했다.

　그런데 나는 그 어린이의 부모님이 '어른 되어서 만나는
친구가 더 좋은 친구다'라고 말씀하신 이유도 이해가 되었
다. 나도 그런 생각을 할 때가 있다. 어렸을 때의 친구는 학
교와 반, 동네 등이 우연히 겹쳐 만나게 마련이다. 그중에
마음이 맞는 친구가 있다면 다행이지만 어쩌다 내키지 않
는 아이와 '친구'라는 이름으로 묶여 지내야 할 때도 있다.
어렵게 관계망을 가꾸었는데 새 학년이 되면서 처음부터
다시 시작해야 하는 경우도 많다. '내년에도 땡땡이랑 같
은 반이 되고 싶다'는 어린이의 바람은 어쩌면 새 친구를
사귀는 긴장을 덜고 싶은 마음에서 비롯된 것인지도 모
른다.

　어른이 된 뒤에는 사정이 달라진다. 친구가 될 사람을
알아볼 수도 있고 관계를 알맞게 유지하는 나름의 요령도
생긴다. 지금 내가 '친구'라고 부르는 사람들은 나와 나이
도 사는 곳도 다르지만 관심사나 삶의 지향점이 비슷해서
친구가 된 사람들이다. 같이 책을 읽거나 공부하거나 글을

쓰면서 또는 놀면서 만나 자연스럽게 친구가 되기도 했고, 친구가 되고 싶어서 내가 먼저 나서기도 했다. 어떤 친구와는 결국 멀어질 때도 있지만 적어도 학년이나 반이 바뀌는 식으로 일이 허망하게 흘러가지는 않는다.

전에는 그런 사실을 떠올리면서 어렸을 때 그토록 친구 관계에 안달복달했던 시간이 아깝다고 생각하기도 했다. 그러다 "정말 초등학교 때 친구는 아무 의미도 없어요?"라고 묻는 어린이에게 해줄 말을 찾다가 깨달았다. 만일 내가 어렸을 때 그런 시간을 보내지 않았다면, 친구 때문에 애태우고 즐거워하고 실망하고 감동받고 천천히 잊어가고 추억해본 경험이 없다면, 나는 어떤 어른이 되었을까? 내가 지금의 친구들을 만날 수 있었을까? 오늘의 내 친구들은 어렸을 때 친구들이 만들어주었다고도 할 수 있다.

그리고 여전히 잊을 수 없는 어린 시절 친구도 있다. 나는 초등학교 3학년 때 전학을 했다. 전 학교에서의 마지막 날 수업을 마치고 엄마와 함께 택시를 탔는데 그 안에서 얼마나 많이 울었는지 모른다. 너무 좋아했던 친구 H와 헤어지는 것이 슬퍼서였다. 곱슬머리에 주황색 스웨터가 아주 잘 어울렸던 친구. 1학년 때 한 반이었던 H하고는 뭐가 그렇게 잘 맞았는지, 운동장 한구석에서 절대 헤어지지 말자고 손을 들고 서서도 했다. 내가 그 약속을 깨고 있다는 사실에 가슴이 찢어지는 것 같았다. 옮긴 학교에 그럭저럭 적응하고 새 친구를 사귀어가면서 '이러다가 헤어질 수도 있는 것'이라고 어렴풋이 생각하곤 했다. 그때 한두 살만 더 많았더라도 H의 주소를 적어 와 편지를 썼을 텐데. 어릴 때는 그런 요령조차 없었다는 게 지금 생각해도 안타깝다. 퇴근길에 선물을 주고받는 것도 어른이니까 할 수 있는 일이겠지.

시연이는 현지와 단짝이다. 학교는 같은데 서로 집이 멀기 때문에 따로 만나기가 어렵다. 그래서 학교에서 만나는 시간 '1분 1초가 아깝다'고 했다. 둘이 공통으로 좋아하는 만화책 시리즈가 있어서 서로 다른 편을 사서 바꿔 보기도 한다. 그런데 등교 인원 수 제한 때문에 학교 가는 날이 어긋났다. 둘은 서로의 자리에 만화책을 가져다 놓으면서 바꿔 보았단다.

"현지가 놓고 갔다고 톡을 해요. 그래서 학교에 가면 진짜 있어요. 그것도 재미있어요."

"그것도 재미있어요"라는 시연이에게 다행이라고 해야 할지, 미안하다고 해야 할지 몰랐다. 긴 시간 어린이의 생활은 계속해서 거리 두기 3단계 수준이었다. 아이들은 새

해 소원으로 '코로나 빨리 끝나라' 하고 빌었다. 2020년 초
시작된 겨울방학은 1년, 2년 내내 이어지는 것만 같았다.
자전거를 타고 친구와 놀러 다니는 어린이가, 멀리 있는 친
구를 소리쳐 부르는 어린이가, 편의점 앞에서 지갑을 열어
친구와 돈을 모으는 어린이가 보고 싶었다. 어느덧 그런 일
상을 되찾았지만, 이렇게 되기까지 어린이들이 어떤 고생
을 했는지 잊지는 말아야겠다.

이웃 어른

외출하는 길에 옷을 맡기려고 세탁소에 갔다가, 마치 누가 연출한 것 같은 장면을 보았다. 천장부터 몇 겹으로 옷들이 걸려 있어서 컴컴한 세탁소 안에 강아지가 든 상자가 있었다. 신탁을 받은 강아지라도 되는 것처럼 거기만 환했다. 다가가 보니 어린이 네댓 명이 쪼그리고 앉아 강아지한테 말을 걸고 쓰다듬고 감탄하고 있었다. 세탁소 사장님도 뒷짐을 지고 서 계실 뿐 표정은 어린이들과 비슷했다. 나도 자연스럽게 그 무리에 꼈다. 나는 앉는 쪽이었다. 강아지는 비교적 깨끗했고 사람 손을 무서워하지 않았다. 밀가루 반죽으로 만들어서 알맞게 구운 듯한 강아지였다. 아주 어린 강아지는 아니었고, 강아지 스스로는 "나 이제 강아지 아니야!" 할 정도의 강아지였다.

"어떻게 된 거예요?"

내가 묻자 어린이들이 앞다투어 설명했다. 놀이터에서 놀다가 누군가 혼자 걸어가는 강아지를 발견했단다. 처음엔 물릴까 봐 걱정하면서 다가갔는데, 강아지가 먼저 꼬리를 치면서 어린이들 냄새를 맡더란다. 어린이들은 강아지 주인을 찾아주기로 했다. 그런데 어떻게 해야 할지 몰라서 일단 '세탁소 할머니'한테 여쭤보았고, 세탁소 할머니는 아파트 관리사무소에 얘기해야 한다고 가르쳐주셨다.

문제는 세탁소와 관리사무소가 아파트 단지 끝에서 끝으로 떨어져 있다는 것이었다. 거기까지 강아지를 안고 가자니 아무래도 그건 힘들 것 같아서 우물쭈물하는 사이 사장님이 어린이들과 강아지를 도와주셨다. 강아지는 '할머니'가 지키고 있을 테니, 너희는 가서 관리사무소에 신고를 하고 와라. 내가 본 장면은 그 뒤의 상황이었다. 주민들한테 알렸으니 이제 주인이 찾으러 올 일만 남았다. 그때까지 강아지는 자기들 것이라는 듯, 옹기종기 모여 앉은 어린이들은 자리를 떠나지 못했다. 세탁소 사장님이 평소 손님들한테 친절하신 건 알지만, 어린이들을 대하시는 건 처음 보았기 때문에 나는 조금 놀랐다.

"마침 여기에 사장님이 계셔서 다행이네요."

그러자 사장님은 강아지한테서 눈을 떼지 않고 대답하
셨다.

"어떡해요, 그럼. 지들이 데리고 왔는데."

'지들?'

좀 이상하지만 왠지 알 것도 같은 어법이었다.

"강아지 주인 못 찾으면 어떡하죠?"

내가 묻자 어린이들도 일제히 '세탁소 할머니'를 바라보
았다.

"아이 뭐 어쩌기는 뭘 어째. 주인 오겠지……."

그때는 내가 개를 키우기 전이었다. 혹시 이 강아지가 나
의 운명의 강아지는 아닐까? 만일 오늘 세탁소 문 닫히기
전에 주인이 안 나타나면 내가 맡겠다고 할까? 심장이 요
동쳤다. 마치 그 말이 머리가 아니라 심장에 있는 것처럼.
그러는 사이 어린이들에게 선수를 빼앗겼다. 데려가겠다
는 어린이가 두 명이나 있었다.

외출을 마치고 집에 거의 다 와서야 퍼뜩 '아, 보호소에
신고를 해야 되는구나' 하는 게 생각났다. 급히 세탁소로
갔더니 어린이도 상자도 강아지도 사라졌다. 사장님 말씀
으로는 요 아랫동네의 어느 집에서 마당에 풀어놓고 놀게
하는 강아지인데 어쩌다 집 밖으로 나온 것이라 했다. 주인

이 강아지를 찾으러 여기저기 헤매다가 결국 세탁소에서 찾은 것이다. 분명히 기쁜 소식인데 좀 서운하기도 했다. 아마 어린이들도 그랬을 것이다.

"근데 사장님, 원래 개 좋아하세요?"

"아니 내가 좋아하는 게 아니라, 지들이 와서 좋다고 하는데 어떡해요."

또 '지들'이라고 하셨네. 사장님이 동네 아이들을 부르는 말인가 보다. 타박하는 말인데 왠지 정감 있게 들렸다.

세탁소는 아파트 상가 1층, 앞문과 뒷문이 있는 길쭉한 공간이다. 먼지 때문인지 사장님은 거의 항상 두 문을 다 열어두셨다. 어린이들이 세탁소에 찾아간 건 개방적인 분위기 때문이 아니었을까 싶다. 아무튼 '이웃'이라는 말이 오래간만에 떠오른 사건이었다. 아쉽게도 지금은 세탁소가 있던 자리에 과자 할인점이 들어왔다. 계산을 주인이 아니라 기계가 하는 무인 판매점이다. 세탁소보다 훨씬 밝은데도 왠지 문 열기가 꺼려진다.

이 동네에 산 지도 10년이 넘었다. 알음알음으로 알게 된 한두 분을 제외하면 알고 지내는 이웃이 없다. 동네니 이웃이니 하는 말이 와닿지 않는다. 아파트 단지라 더욱 그렇겠지만 요즘은 주택 단지도 마찬가지인 것 같다. 이렇게 쓰

면 마치 '동네 사람들끼리 좀 친하게 지냅시다' 하는 이야
기로 넘어갈 것 같지만, 사실 나는 이웃을 잘 모르고 지내
는 생활을 더 좋아한다. 참견하고 흉보고 싸우고 부침개를
나눠 먹는 사이는 원하지 않는다. 엘리베이터에서 서먹하
게 "안녕하세요"를 주고받는 정도면 충분하다.

　그런데 같은 동에 5~6세 되어 보이는 어린이가 두 명이
나 이사 온 바람에 그 댁들과는 아는 사이였으면 하는 생
각이 든 것이다. 부침개도 드리고.

　"어린이, 안녕하세요?"

　어린이들과 마주칠 때는 꼭 이렇게 인사한다. 그냥 하는
인사가 아니라 정확히 당신을 향한 인사라는 걸 알아주기
를 바라면서. 그러다 한번은 어린이가 내 인사를 받고 엄마
한테 "누구야?" 하고 물었다. 어머니가 당황스러워하는 사
이에 나도 모르게 이렇게 대답했다.

　"아, 동네 사람이에요."

　그 말을 하고 나서야 어린이한테는 '이웃'이 필요하다는
생각이 들었다. 정확하게는 '이웃 어른'이. 어린이들은 학
원이나 놀이터에서 마주치면서 '아는 사람'을 만들고, 그
중 누군가와는 친구도 된다. 하지만 어른하고는 그런 식으
로 아는 사이가 되기 어렵다. 세탁소와 강아지 사건 같은

일이 일어나지 않는 한. 어른들의 생활 공동체부터가 이미 파편화된 판국이니 어린이한테 아무 어른하고나 친하게 지내라고 할 수도 없다. 그러면 오히려 더 큰일이 난다.

'그런데 요즘 세상에 어린이한테 굳이 이웃이 필요한 가?' 같은 질문을 나 자신에게 던져보았다. 나는 이웃이 필요한가? 일상의 희로애락을 나눌 가족도 있고, 어디 살든 온라인으로 쉽게 연결되는 친구들도 있는데. 굳이 동네 사람을 알 필요가 있나? 친구와 이웃은 어떻게 다른가? 물음표가 세 개 이상 뜨면 대충 지나갈 수 없다. 이제 한참 생각을 해야 한다는 뜻이다.

먼저 친구는 사적인 관계다. 이웃은 사회적인 관계다. 나와 친구는 개인으로서 만나지만, 나와 이웃은 이웃 사람과 이웃 사람으로 만난다. 친구들은 정서적으로 친밀한 관계를 전제로 한다면, 이웃은 물리적 가까움을 전제로 한다. 앗, 물리적 가까움! 그러니까 이웃은 나라는 존재가 실제로 어디에 있는지 알려준다. 어린이에게 이웃은 이 세상에 '진짜' 사람들이 산다는 걸 알려준다. 동네 마트에서 아이스크림을 살 때, 모자 달린 외투를 머리에만 걸친 도련님 차림으로 신발주머니를 무릎으로 쳐가면서 학교를 오고 갈 때, 어린이는 실재하는 사람들을 본다. 이웃인 어른들

은 알게 모르게 어린이 삶의 배경에 이미 등장한 것이다. 어린이 자신도 이웃으로서 나의 삶에 영향을 끼치고 있다. 일상적으로, 날마다.

　얼마 전 아주 재미있는 일이 있었다. 옆 동네에 사는 지인이 이제 아이들이 다 커서 시간 여유가 좀 생겼다면서 가끔 아르바이트를 한다고 했다. 아파트의 온라인 게시판에 급히 사람을 구한다는 깜짝 공고가 올라왔을 때 여건이 맞으면 달려가 일을 해준다는 것이다. 예를 들어 아이를 어린이집에 데려다준다거나 중요한 우편물을 대신 받아준다거나 하는 것이다. 한번은 '녹색 어머니'를 대신 서줄 사람을 찾는 공고를 보았다. 지인은 나 때문에 어린이에 관심이 더 생겨서, 녹색 어머니를 하면서 학교 가는 아이들을 구경하는 게 즐거웠다고 했다.

　아침 일찍 어린이들한테 "어서 와" "안녕?" "잘 다녀와" 같이 '좋은 말'만 하니까 자신도 하루를 기분 좋게 시작했다고 한다. 어떤 애는 저대로 공부를 할 수 있을까 싶을 만큼 잠이 덜 깬 것 같고, 어떤 애는 왠지 성격이 좋아 보이고, 어떤 애는 스마트폰을 보며 걷느라 앞을 제대로 안 보고. 특히 1학년으로 보이는 어린이가 거의 자기만 한 가방을 메고 혼자 터덜터덜 걸어가는 걸 보면 왠지 안쓰러워서

한 번 더 보고 인사도 딱 그 애를 보면서 한다고 했다. 나
는 그 얘기가 너무 좋았다.

　그러던 어느 날 독서교실에 처음 오는 어린이와 면담 비
슷한 시간을 가졌다. 눈빛이 또랑또랑하고 눈썹이 짙고 매
우 과묵한 어린이였다. 이 어린이가 내게 어떤 공책을 주고
갔다. 담임 선생님이 아침마다 짧은 글이라도 쓰라고 하셔
서 공책 한 권이 빽빽해졌다고 했다.

　"이걸 선생님이 봐도 될까?"

　"네. 보시라고 가져온 거라……."

　"로운아, 이걸 선생님한테 보라고 하는 건 어떤 마음에
서야? 글쓰기를 어떻게 하는지 보여주고 싶은 걸까? 아니
면 엄마가 그러라고 하셨니?"

　로운이 대답에 나는 심장이 쿵쾅거렸다.

　"제가 하는 거예요. 선생님이랑 저랑 처음 만나서 서로
를 잘 모르잖아요. 여기는 제가 생각한 게 쓰여 있으니까,
이걸 보시면 저에 대해서 좀 알게 되실 것 같았어요."

　이렇게 해서 나는 로운이 공책을 일주일 동안 읽는 특권
을 누렸다. 한 글자도 안 빼고 다 읽었다. 그리고 정말, 수업
을 시작하기도 전에 로운이에 대해서 좀 알게 되었다.

　그런데 일기 중에 이런 내용이 있는 것이다.

"녹색 어머니 하시는 분들이 힘드실 것 같다. 그런데도 아침에 인사를 해주시면 기분이 좋다."

"나는 오늘 꿈이 하나 더 생겼다. 녹색 어머니를 하는 것이다. 가만히 보니까 남자도 할 수 있는 것 같았다. 그때가 되면 나도 아이들한테 인사를 잘 해줘야겠다."

로운이가 본 녹색 어머니들도 나의 지인처럼 반갑게 아이들을 맞이해주었나 보다. 어른들의 격려가 좋은 기분으로 하루를 시작하게 만들었나 보다. 어른들이 어린이를 보듯이, 어린이도 어른을 본다. 이웃과 이웃으로서.

이따금 어린이한테 잘 해주고 싶어도 주변에 어린이가 없어서 그럴 기회가 없다고 아쉬워하는 분들을 만난다. 우리가 실제로 이웃을 못 만나서 '이웃 어른'이 될 기회가 적어진다면 동네의 범위를 점점 더 넓게 잡자. 길에서 카페에서 식당에서 만나는 어린이 이웃을 환대하면 좋겠다. 그냥 어른끼리도 되도록 친절하게 대하면 좋겠다. 어딘가에 '세상이 이런 곳이구나' 하고 가만히 지켜보는 어린이가 있다는 걸 잊지 않으려고 노력한다. 어린이가 세상을 어떻게 보느냐에 따라 다가올 세상이 달라질 거라는 당연한 사실을 사람들이 많이 생각해보면 좋겠다.

듣기 싫은 말

설 연휴를 보내고 온 어린이들한테 의례적으로 하는 인사가 있다. 명절 잘 보냈니? 떡국 몇 그릇 먹었어? 맛있는 거 또 뭐 먹었어? 세배 잘 했지? 세뱃돈 많이 받았어? 선생님도 세뱃돈 받긴 했는데 나간 게 더 많아. 친척들 많이 만났어? 재미있었겠다. 이런 질문에 어린이들은 또 그들대로 고만고만한 대답을 한다.

　떡국 맛있어서 세 그릇 먹었어요. (그럼 세 살 많아졌어?) 저는 원래 떡국 싫어하는데 할머니가 먹어야 된다고 해서 먹었어요. (아이고, 떡국은 천천히 먹으면 점점 많아지는데.) 세뱃돈 엄청 많이 받았는데 엄마가 통장에 넣어준다고 가져갔어요. (엄마한테 통장 보여달라고 그래.) 나도 이 대화가 조금 건성으로 이루어진다는 건 알지만, 왠지 한국인으로서 건너뛸 수 없는 대화 같아서 그냥 한다.

그날도 미적지근한 대화를 이어가는데, 소은이의 대답이 귀에 탁 걸렸다.

"저는 할머니네 가서 사촌 언니 만났어요. 그런데 저희 지난주에도 만나고 할머니네도 자주 가서 뭐, 똑같았어요."

그러고 보니 요즘 어린이들은 할머니 할아버지와 '명절에나 한번 만날 만큼' 떨어져 사는 경우가 많지 않은 것 같다. 내가 어릴 때만 해도 농어촌이나 지방 소도시에 살다가 큰 도시로 나와 일가를 이룬 사람들이 명절만이라도 시골의 부모님을 뵈러 가는 풍경이 늘 TV 뉴스를 장식하곤했다. 그런데 요즘은 이모 삼촌네 또래 아이들이 어려서부터 자주 어울려 지내는 모양이다.

이런 변화를 알면서도 생각은 또 따로 해서 늘 하던 질문을 그대로 해왔구나 싶었다. 그러고 보니 내가 잘못 생각한 게 또 있었다. 명절이라고 해서 모두가 친척을 만나는 것도 아니고, 만난다고 해서 꼭 즐거운 시간을 보내는 것도 아니다. 오히려 친척 사이의 불화는 그 사연이 복잡할 때가 많아서 잘 드러나지 않거나 반대로 명절을 맞이해 격렬해지기도 한다.

나 자신도 명절이면 어느 방에 어느 자리에 어떻게 있어야 하는지 몰라 숨 막혔던 시절이 있었다. 평소 만날 일도 없고, 사실 누군지도 잘 모르는 친척네 가서 과일상을 앞에 두고 멀뚱멀뚱 앉아 있곤 했다. 내용은 잘 모르겠지만 무거운 분위기의 대화를 들으면서 괜히 고개를 숙이고 방바닥만 문지르기도 했다. 조금 자란 다음에는 그런 자리를 피하려고 갖은 핑계를 찾았는데, 명절 당일에는 쉬는 곳이 많아서 달리 갈 데도 없었다. 그때는 나도 명절 이야기를 싫어했으면서 그냥 또 물어보기 좋은 걸 물어봤던 것이다. 대답하기 좋은 걸 물어봐야 하는데.

그래서 그날은 이런 질문을 덧붙여보았다.

"명절의 싫은 점은 없어?"

어린이들 눈이 휘둥그레졌다. '명절에 싫은 점이 있어도 되나?' 하는 얼굴들이었다. 나는 잠시나마 불온한 질문을 던졌다는 아주 조그만 통쾌함을 느꼈다. 그러나 "아뇨, 뭐 딱히……" "친척들 만나서 놀고 게임하니까 좋은데?" 하는 대답에 '아아, 아이들이 엄마한테 가서 선생님 이상하다고 하면 어떡하지?' 하는 걱정이 그토록 조그만 쾌감을 덮어버렸다. 맞아. 어린이들이 또 의외로 보수적이지……. 대충 얼버무리고 지나가려는데, 대운이가 갑자기 손을 들었다.

"저 있어요."

표정이 진지했다.

"너무 시끄러워요. 텔레비전 소리도 크고, 어른들도 다 말하고 있고, 같이 말하면 진짜 시끄러워요."

"어린이들끼리 한 방에 모이게 되지 않아?"

"그런데 형아들이 다 어른이라 같이 놀 게 없어요. 그리고 어차피 게임만 해요."

대운이가 물꼬를 트자 다른 어린이들의 온갖 서러운 증언이 쏟아져 나왔다.

"그래도 그게 낫지. 저는 사촌들이 다 동생들이거든요? 엄마가 제 장난감도 다 동생들한테 양보하래요. 아예 보지도 않고 무조건 양보하래요."

"저는 삼촌들이 자꾸 저를 갖고 그네를 만들어요. 한 명은 팔 잡고 한 명은 다리 잡고 막 흔들다가 던지는 척을 해요. 제가 하지 말라고 하는데도 맨날 해요."

"그리고 만날 때마다 몇 학년이냐고 물어봐요."

여기서는 내가 뜨끔했다. 조카들 나이가 항상 헷갈린다. 조심스럽게 물어보긴 하지만……. 한번은 조카 방에 들어가서 문제집을 보고 학년을 아는 것처럼 말했는데 그게 선행 학습용이어서 틀린 적도 있다.

"맞아. 제일 잘하는 과목은 뭐냐, 싫어하는 과목은 뭐냐도."

"공부 잘하냐, 학원 어디 다니냐, 그런 것도."

등골이 서늘했다. 지난 연휴 때 내가 고등학생 조카한테 물어본 걸 다들 들었나? 공부 잘하느냐고는 안 물어봤지만. 아니야, "공부는 할 만해?"라고는 물어봤다. 조카가 듣기엔 그거나 그거나겠지.

"그게 어른들은 관심이 있어서 그러는 거야. 근데 솔직히 선생님도 생각이 잘 안 나거든······."

이것이 바로 변명이라는 것이다! 속으로만 생각하면서 슬쩍 질문을 바꾸었다.

"이렇게 어른들한테 맨날 들어서 지겨운 말 또 뭐가 있을까? 나는 '노력해'라는 말이 싫었어. 노력이라는 말이 왠지 힘들어 보여서."

내가 먼저 고백하자 어린이들도 쉽게 말을 이어갔다.

"이 정도는 해야 돼. 내년엔 이것보다 힘들어."

안 그래도 공부가 점점 어려워지는 건 알고 있는데, 엄마 아빠가 그런 말을 하면 기분이 좋을 리 없다.

"스스로 결정해."

이 학원 갈지 저 학원 갈지 스스로 결정하라고 하는데, 자기는 다 가기 싫다는 것이다. 스스로 결정하라는 말은 나중에 책임지라는 말 같다고도 했다.

예전에도 어린이들한테 '듣기 싫은 말'에 대해 물어본 적이 있다. 그때도 재미있는 대답이 많이 나왔다.

"엄마가 맨날 사람들한테 제가 욕심쟁이라고 해서 싫어요."

아마 어머니는 아이가 뭐든 열심히 하려고 한다는 뜻으로 말씀하셨을 것이다. 사실 그 어머니는 나한테도 비슷한 말씀을 하셨기 때문에 안다. 정확한 말씀은 "뭐든 한번 시작하면 잘하려는 욕심이 많아서 노력을 많이 하는 편이에요"였다. 모자간의 오해는 그런 식으로 생긴다는 걸 알았다.

"처음 보는 사람한테 인사를 똑바로 하라는 거요. 아니 그때도요, 저는 똑바로 한 것 같은데……. 어디 갈 때마다 그 얘기를 꼭 해요."

그때 어린이가 처음 본 사람은 나였다. 함께 오신 아버지가 어린이 인사 전에 그 말씀을 하셨다.

"자, 선생님한테 똑바로 인사드려야지."

지금 어린이가 인사를 삐딱하게 한 것도, 아니 아직 인사를 한 것도 아닌데. 그때는 몰랐는데 어린이 말을 듣고 보니 꽤 스트레스가 되었겠구나 하고 짐작이 되었다.

어린이들이 듣기 싫어하는 말 중에 내가 제일 많이 웃었던 것은 이것이다.

"잘 생각해봐."

수학 문제를 틀렸는데 왜 틀렸는지 몰라서 물어봤을 때, 책 읽다가 어려운 낱말이 나와서 물어봤을 때, 이유를 모르고 혼날 때, 어른들이 "잘 생각해봐"라고 하면 속상하고 솔직히 '어이가 없다'고 했다. 어린이들이 글감이 안 떠오른다거나, 이다음에 뭐라고 써야 할지 모르겠다거나 할 때 가끔 쓰던 말이어서 나는 깜짝 놀랐다. 나로서는 '스스로 생각'할 기회를 주려고 말한 건데 당시에 누군가는 싫어했겠구나.

어린이 입장에서는 그럴 수도 있을 것 같다. 몰라서 틀렸는데, 생각해봐도 모르겠는데, 자꾸 잘 생각해보라고 하니 분통이 터질 만도 하다. 생각은 어차피 '스스로' 하는 것이기도 하고. 그 말을 들은 후로 나는 질문을 바꾸었다.

"만약에 아무렇게나 쓴다면 뭐라고 쓸 거야?"

"어디까지 떠올려봤어? 이상하게라도 말해봐. 그럼 선생님이 말이 되게 도와줄게."

이건 어느 어머니를 통해 들은 이야기인데 한 어린이는 이 말을 싫어한다고 했다.

"오늘 급식 뭐 나왔어?"

그 어머니는 아이들을 돌보기 위해 1년 휴직 중이셨다. 어머니로서는 아이에게 관심을 표현하려고 물으신 건데, 아이는 날마다 같은 걸 묻는 어머니가 이상했던 모양이다. 아이가 하루는 뾰로통한 얼굴로 답하더란다.

"엄마, 학교 홈페이지에 가면 점심에 뭐 먹었는지 다 나와요."

그 얘기를 하면서 어머니도 나도 한참 웃었다.

어린이도 어른도 대화를 하려면 사회성을 발휘해야 한다. 즐거운 대화에도 에너지를 써야 하는데, 하나 마나 한 말에 대꾸하기는 어린이도 힘들다. 물어보느라고 물어보는 말, 하느라고 하는 말에 어린이의 답은 "네, 네, 알았어요"밖에 없다. 어린이와의 귀한 시간을 세뱃돈 얘기로나 허비해온 나도 마음을 새로 다졌다.

다음 명절에는 그런 거 물어보지 말아야지. 대신 떡이나 쌀 과자와 주스로 우리만의 명절 상을 미리 차려봐야겠다. 생각해보면 어린 나에게 필요했던 명절도 그런 건지도 모르겠다. 어린이의 마음이란 배워도 배워도 끝이 없는 것 같

은데, 알고 보면 그게 다 내 마음에 대한 공부다. 내가 나
에게 말한다. 공부 열심히 해야지. 네, 네, 알았어요.

어린이와 어른이 만나는 박물관

국립중앙박물관의 좋은 점을 세 가지 말해보겠다. 첫째, 로고가 아름답다. 이 로고는 직선으로만 표현되었는데, 박물관의 외관을 담백하고 기품 있게 표현한 선들이 멋있다. 둘째, 앞마당 전경이 시원스럽다. 이렇게 탁 트인 곳에서는 마음도 얼마간 넓어지게 마련이다. 움직임도 커진다. 정도의 차이가 있을 뿐 어린이들은 반드시 뛰게 된다. 셋째, 어린이가 많다. 정책이나 실제 상황은 어떤지 몰라도 이 공간이 어린이를 환영한다는 건 확실하다. 어린이만큼 이 문제에 민감한 사람은 없는데, 어린이가 이렇게 많은 걸 보면.

'영원한 여정, 특별한 동행: 상형토기와 토우장식토기' 전이 열리는 국립중앙박물관에 갔다가 모처럼 모르는 어린이를 많이 보았다. 식당에서 어린이 일행이 오르르 몰려

다녔다. 동행한 어른들이 식당 앞 키오스크와 씨름하는 동
안 어린이들이 자리를 맡아두는 모양이었다. 누구는 스마
트폰을 들여다보고 누구누구는 티격태격하는 동안, 나란
히 앉은 어린이 셋은 말없이 넓은 창 너머 푸르른 정원을
구경했다. 그 눈에 무엇이 담기고 마음에 무엇이 남을까?
어쩌면 전시보다 이 풍경이 더 선명하게 기억될지도 모
른다.

　전시장 안에서는 지친 남매를 만났다. 둘은 엄마가 전시
를 보는 동안 의자에서 쉬다가 엄마가 이동하면 근처 의자
로 터덜터덜 걸어가 털썩 주저앉기를 반복했다. 사실 그 정
도로 쉬면 몸이 힘들지는 않을 텐데. 내 입술에 잔소리가
들락날락했다. 이렇게 재미있고 귀여운 전시를 좀 잘 보라
고. 하지만 정작 그들의 엄마는 이런 상황에 익숙한 듯 아
이들을 채근하거나 하지 않고, 솔직히 아무 상관이 없다
는 듯 느긋한 걸음으로 꼼꼼하게 유물을 구경했다. 그게
좋아 보였다. 기념품 가게에서도 재미있는 어린이를 만났
다. "엄마! 엄마!" 새처럼 노래를 부르던 어린이는 결국 거
의 "꽥!"에 가까운 소리로 엄마의 주의를 끄는 데 성공했
다. 그러고는 갑자기 정확한 발음과 반듯한 태도로 이렇게
말했다.

"엄마, 이것 좀 보세요. 정말 멋져요."

'정말 멋진' 호랑이 목각 인형을 사달라는 뜻이었다. 내가 보기에는 꽤 좋은 연기였으나 이 엄마도 익숙한 듯 "응"하고는 시선을 돌렸다. "응"으로 끝이라니. 어린이, 힘내요.

역사교실 같은 데서 온 어린이들이 복도에 조르르 앉아서 선생님의 설명을 들었다. 누구는 받아 적고 누구는 졸았다. 한쪽에서는 악 악 우는 아기를 아빠가 안고 엄마가 달랬다. 그 옆으로 한 부부가 모처럼 여유를 즐기는 듯 웃으며 유아차를 밀고 지나갔다. 아니 저 집 아기는 동료가 이렇게 절규하는데 어째 저리 태평하지? 슬쩍 보니 그는 자고 있었다. 부드럽게 움직이는 유아차 안에서. 박물관은 잠을 자기에도 좋은 곳이구나.

김서울 작가는 『박물관 소풍─아무 때나 가볍게』 에서 박물관이 "사계절 내내 일정한 온도에 습도에 조도를 유지"하는 곳, "무엇보다 음악이 없"는 곳이라고 썼다. 작가는 박물관을 향한 절절한 사랑과 해박한 지식을 절대로 들키지 않으려는 듯 조심스럽게, 그러나 모조리 들통나면서 전국의 국립, 시립 박물관들을 소개한다. 그는 대구박물관에서 편안한 시간을 보내는 어린이들을 보며 박물관이 "포용적인 장소"라고 썼다. 로비에는 빛이 가득하고

사람들이 정답게 오가는 그 풍경을 그려보니 꼭 가보고
싶어졌다.

책에서 이 대목이 특별히 반가웠던 건, 나도 어린이가 박
물관이라는 '공간'을 이용하고 누리는 모습을 더 많이 보
고 싶기 때문이다.

어린이에 관심을 두고 지내다 보면 전에는 그냥 지나쳤
을 곳을 유심히 보게 된다. 박물관의 '어린이 전시실'이나
어린이를 위한 기획 전시, 애초에 어린이를 위해 만들어진
박물관 등이 그렇다. 포스터와 안내문이 눈길을 끄는 것은
물론이고 실제 전시 내용도 재미있는 것이 많다. 어린이 덕
분에 나도 좋은 전시를 많이 보았다. 나 자신의 어린 시절
기억 속 박물관은 어둡고 지루하고 다리 아픈 곳인데, 오
늘날 어린이에게는 그렇지 않은 듯하다. 자신들을 위해 고
안된 다양한 체험 활동에 열중하거나 즐거운 얼굴로 기념
품을 고르는 어린이들을 보면 기분이 좋다. 어린이들에게
점점 더 좋은 것이 주어진다는 게 나의 작고도 강한 희망
이다.

다만 좋은 것을 보니 더 좋은 것을 바라게 된다고 해야
할까. 어린이 관람객을 위한 프로그램이 체험 활동 위주의
전시와 교육으로 채워지는 경향에 대해서는 조금 다른 의

견을 보태고 싶다. 어린이가 박물관을 '친숙한 곳'으로 여기는 것과 박물관을 '노는 곳'으로 여기는 것은 다르기 때문이다. 물론 많은 어린이가 직접 보고 만지고 만드는 경험을 통해 더 잘 배운다. 자기 손으로 만든 작품이 곧 기념품이 되기도 하니까 그 점도 좋다. 하지만 그런 식의 접근이 때로는 어린이를 어른 관람객과, 의미 있는 유물이나 자료들과 떼어놓는 결과를 낳기도 한다는 걸 한 번쯤 생각해보면 좋겠다. 어린이는 어린이 전시실로, 어른은 어른 전시실로 가는 분위기가 만들어질 수도 있기 때문이다.

어린이의 박물관 관람이 놀이보다는 '공간 체험'이 되면 좋겠다. 어른들이 '오감을 자극하는 흥미로운 체험'을 위해 박물관을 찾는 게 아닌 것처럼, 어린이도 우선은 박물관에 간다는 자체에서 즐거움과 보람을 느꼈으면 하는 것이다.

예컨대 국립중앙박물관에서는 크고 아름다운 공간 자체에서 역사의 힘과 그것에 대한 국가적인 존중을 느끼면 좋겠다(내 생각에 이것은 지금도 잘 되는 것 같다). 지역 박물관에서는 그곳의 역사와 대표 유물을 연결 지으며 박물관이 하는 일이 무엇인지 구체적으로 배우면 좋겠다. 여행 중 우연히 들른 부여 정림사지박물관의 소박하지만 알찬

전시는 몇 년이 지난 지금도 나에게 좋은 기억으로 남아
있다. 백제의 불교문화를 흥미롭게 재현했고 정림사지 발
굴 당시 쓰인 도구까지 정성스럽게 전시되어 있었다. 구석
구석 어린이와 어른이 함께 보고 배울 수 있게 한 점이 가
장 좋았다. 그런가 하면 색다른 기획을 가진 작은 박물관
에서는 옛날 물건을 새로운 시각으로 보는 전시 자체가 창
의성을 보여줄 것이다. 이런 경험을 통해 어린이 관람객들
은 박물관을 '좋은 곳'이라고 느끼지 않을까?

어린이만을 위한 공간이 불필요하다는 뜻은 당연히 아
니다. 다만 어린이에게 책 읽기를 가르치는 입장에서 책의
내용만큼이나 '읽는 방법'을 가르치는 것이 좋은 독서 교
육이라고 생각하듯이, 박물관에서의 어린이 교육은 전시
주제에 따른 새로운 지식만큼 연구와 전시, 관람 예절에
대한 것도 포함되어야 한다고 생각하는 것이다.

'어린이를 위한 전시'도 좋지만, 어린이도 이해할 수 있
는 설명이 따르는 '모두를 위한 전시'가 나는 더 좋다. 그런
공간에서 어린이들이 역사와 문화를 존중하는 어른들의
모습을 보면 좋겠다. 연구하고 전시하는 어른들, 주의 깊게
유물을 감상하고 탐구하는 어른들의 모습이 어린이에게
는 체험이나 기념품만큼이나 기억에 남을 것이다.

나는 박물관이 좋다. 박물관의 전시물들은 공공의 유산이다. 나한테 그걸 볼 권리가 있다는 점이 좋다. 박물관에서 어린이가 시민의 한 사람으로서, 나아가 인류의 일원으로서 더 많이 환영받으면 좋겠다. 유산은 그렇게 다음 세대로 이어진다고 믿는다.

▫ 김서울, 『박물관 소풍−아무 때나 가볍게』, 마티, 2023.

어린이와
문화 예술

나는 그림일기 숙제를 싫어하는 어린이였다. 그림 부분이 어려웠기 때문이다. 그림 칸은 글 칸보다 훨씬 넓은데 어떻게 채워야 할지 늘 막막했다. 아이디어가 떠올랐을 때도 마음대로 그려지지 않았다. 소풍을 가서 돗자리를 펴고 친구들과 배를 깔고 누워 놀던 순간이 너무 재미있었는데 일기에 그린 그림은 내가 봐도 영 어색했다. 엎드린 사람을 어떻게 그린담? 어쩔 수 없이 그림을 지우고 단체 사진 찍는 장면으로 바꾸었다. 글도 그에 맞추어 써야 했다. 내가 실제로 말하고 싶은 것을 담을 수 없어서 속이 상했다. 글로 쓰면 되는데 왜 그림을 그려야 하는 건지 이해가 되지 않았다.

그래서 독서교실의 한 어린이가 "그림으로 그리면 되는

데 왜 써야 돼요?" 하고 물었을 때 조금 당황했다. 시를 읽고 '시에서 일어나고 있는 일(시적 상황)'을 산문으로 써보기로 했을 때였다. 나는 머릿속에 그려진 그림을 글로 옮기는 연습을 하는 거라고 설명했다. 하지만 어린이도 물러서지 않았다.

"머릿속에 그려졌으니까 그림으로 그리면 되잖아요."

마땅한 말이 떠오르지 않았다. "이 시간은 글쓰기 시간이니까 글로 먼저 써보고 그다음 그림으로 그리면 어떨까?" 하고 넘어가야 했다.

글과 그림에 대해, 언어와 비언어에 대해 생각해보았다. 물론 독서교실 수업은 언어를 중심으로 진행되게 마련이고, 글쓰기와 말하기가 우리 생각을 정리하고 표현하는 데 유용한 도구인 것도 사실이다. 내 역할은 어린이가 그 일을 자기 힘으로 해낼 수 있게 돕는 것이다. 그러면서 한편으로는 언어로 정리된 내용만을 중요하게 여기거나 유일한 목표로 삼은 것은 아닐까 생각하지 않을 수 없었다. 그림일기의 '글' 부분을 난감해하는 어린이가 있다는 사실을 가볍게 여기고, 나도 모르는 사이에 그림을 글쓰기의 전 단계 정도로만 생각해온 것이다.

누구에게나 언어로는 표현할 수 없는 생각과 느낌이 있

다. 책과 관련해 원하는 활동을 선택하게 하면 어린이는
각자에게 제일 유리한 방식으로 자신을 표현한다. 종이를
오려 붙이고, 그림을 그리고, 광고를 만들고, 뒷이야기를
지어내고, 시를 쓴다. 사실은 비언어적인 방법을 선호하는
어린이가 더 많다. 교실에 어린이 작품을 붙여두면 다른 어
린이들이 유심히 본다. 서로 수업 시간이 달라서 모르는
사이라도 나를 통해 작품의 의도를 묻기도 하고("이 부분
은 뭘 그린 거예요?"), 관람자의 평가를 궁금해하기도 한다
("제 그림 보고 애들이 뭐라고 해요?"). 어린이는 창작자이기
도 하고 감상자이기도 하다.

　그런 모습을 볼 때면 독서 수업이 결국 문화 예술 교육의
하나라는 것을 확인하게 된다. 책 자체가 언어를 매개로
한, 문화 예술의 산물이다. 그리고 어린이에게 문화 예술
은 세상을 배우는 길인 동시에 세상에 자신을 드러내는 일
이기도 하다. 작품을 이해하고, 작가의 의도를 알고, 맥락
을 이해하고, 다른 감상자를 만나는 것. 어린이 자신이 창
작자가 될 때도 그렇게 전달되는 작품을 추구하게 해야 한
다. 문화 예술은 사회적인 것이기 때문이다.

　오늘날 교육에서 중요하게 여기는 '창의성'을 중심으로
생각해보면 분명해진다. 창의적인 무언가를 만들기 위해

서는, 무엇이 창의적인 것인지 알기 위해서는 먼저 이전의
것들을 배워야 한다. 비윤리적이거나 사회적 합의에 어긋
나는 것을 창의성과 혼동하지 말아야 한다. 표현의 기술을
익히는 것만으로는 부족하다. 다시 한번, 창작은 사회와
무관하지 않다.

　그런가 하면 창의성이 어떻게 우리의 세계를 확장시키는
지 실감할 필요도 있다. 예를 들어 평범한 낱말이 '시' 안
에서 새롭게 쓰인 것을 볼 때 어린이는 은유와 함축성 등
을 이해하게 되는데, 그러고 나면 어린이가 세계를 이해하
는 데 새 지평이 열린다. 언어만의 강력한 힘을 알게 되는
것이다. 마찬가지로 음악만이 보여주는 세계가 있고, 춤만
이 자극하는 감각이 있고, 그림만이 전달하는 감정이 있
다. 그렇게 어린이들이 각자의 무한한 세계를 만든다면 얼
마나 근사할까?

　사회적이면서 동시에 개인적인 변화를 일으키는 것. 그
것이 문화 예술이 하는 일이다. 그런 점에서 문화 예술은
특정 계층의 전유물이 될 수 없다. 코로나19 시대에 개인적
인 기회로 전시회나 공연장을 찾고 예술 교육을 받은 어린
이들이 있는가 하면, 학교 수업을 제외한 일체의 활동으로
부터 소외된 어린이들도 있었다. 문화 예술 교육은 시민 교

육이다. 공공성을 강화하지 않으면 계층 간의 격차뿐 아니라 세대 안에서의 이해와 소통에도 큰 어려움이 생길 것이다.

학교 바깥에서 도서관이 책을 공공의 자산으로 관리하듯이, 문화 예술의 다른 영역에서도 모든 어린이에게 열려 있고 다가가기 쉬운 길이 많아지면 좋겠다. 어린이에게는 공연과 전시, 일상적인 교육을 아우르는 공간이 아주 많이 필요하다. 그곳에서 어린이가 스스로 진지한 창작자가 되어보고 감상자, 비평가도 되었으면 좋겠다. 평생 예술 안에 머무는 시민이 되기 위한 첫걸음이 될 것이다.

문화 예술의 공공 교육을 생각할 때 내가 기대하는 것이 또 하나 있다. 어린이 세대와 다른 세대의 교류다. 우리는 가르치기만 하는 것이 아니라 새로운 세대의 감각과 표현을 배우기도 할 것이다. 신선함에 즐거울 때도 있고 낯설어 놀랄 때도, 심지어 걱정스러울 때도 있겠지만, 동료 시민인 어린이의 세계를 만나고 싶다. 언어뿐 아니라 다양한 방법으로 소통하면서 우리의 세계는 더 다채로워질 것이다. 어린이를 위한 문화 예술 교육은 결국 모두의 삶을 풍요롭게 만든다.

아동은 표현할 권리가 있다. 이 권리는 말이나 글, 예술 형
태 또는 아동이 선택하는 다양한 매체를 통해 국경과 관계
없이 모든 정보와 사상을 요청하며 주고받을 수 있는 자유
를 포함한다.

「유엔아동권리협약」 제13조 제1항[□]

어린이가 쓰고 그리고 노래하고 춤추는 일을 먹고 입고
자는 것만큼 시급한 문제로 고민하면 좋겠다.

□ 유니세프한국위원회, 『유엔아동권리협약 소책자』, 유니세프한국위원회,
    2022.

도자기
찻잔론

나는 '도자기 찻잔론'의 창시자다. 이 거창한 이름을 스스로 붙였다면 부끄러워서 이렇게 쓰지 못할 것이다. 존경하는 어린이문학 연구자 C 선생님이 붙여주신 이름이라서 한번쯤은 자랑하고 싶었다. 사실 이 이론이랄까 주장의 내용은 싱겁다. 독서교실에서 어린이에게 차를 대접할 때 제대로 된 찻잔을 꺼내는 것. 언젠가 이 이야기를 재미있게 들으신 C 선생님이 멋있는 이름으로 격려해주셨다.

내가 어린이에게 받침이 있는 찻잔이나 사기로 된 머그잔에 차를 내준다고 하면 걱정부터 하는 분도 있다. 어린이는 조심성이 없는데 혹시 깨뜨리면 어떡하나 하는 것이다. 그런데 여태 독서교실에서 그릇을 깬 어린이는 단한 명도 없었다. 독서교실에서는 집에서보다 훨씬 의젓하게 행동하는 데다, 그릇을 곱게 다루기 때문이다. 차를 쏟는 경우도 정말 드물다. 머그잔은 받침과 함께 내는데, 잔을 들고 자리를 옮길 때면 모든 어린이가 그 받침도 꼭 챙긴다. 격식을 갖추는 걸 사양하는 어린이는 여태 만나보지 못했다.

언젠가 예쁜 찻잔을 좋아하는 은규에게 어렵게 구한 빈티지 찻잔을 보여준 적이 있다. 이 찻잔이 나보다 나이가 많다고 했더니 은규는 눈이 커다래져서 "여기에다 진짜 마시기도 해요?" 하고 물었다. 그날은 나도 마음을 크게 먹어야 했지만, 그 잔에 레몬차를 냈다. 그동안 은규가 보여준 차 예절에 대한 보답이었다. 은규는 무슨 보물을 다루듯이 조심스럽게 찻잔을 들어올렸다. 그리고 그날은 차를 마시는 동안 말을 거의 하지 않았다. 꽤 긴장되었던 모양이다.

어린이들은 조심성이 없다는 오해를 많이 받는다. 그런데 가만히 지켜보면 조심성이 없다기보다는 서툴러서 실수할 때가 더 많은 것 같다. 어떤 일에 서투르면 아무리 조심해도 사고를 낼 수 있다. 초보 운전자들이 조심성이 없어서 사고를 내는 게 아닌 것처럼. 어린이는 실선을 따라 신중하게 가위질을 하면서 겹쳐 있던 종이까지 자르고, 그렇게 긴장하고 걷는데도 식판의 국을 흘리고, 비 오는 날

물 웅덩이를 살피느라 마주 오는 사람과 부딪힌다. 어른들에게는 '조금만 조심하면' 될 일이 어린이에게는 경험과 연습이 필요한 일이다. 그런 과정을 통해 자라는 것이 날마다 어린이가 하는 일이다.

어린이는 충실한 작업자다. 배우고 익히고 적용하고 발전시킨다. 현성이는 총 열다섯 권짜리 만화책 시리즈를 만들고 있다. 지금 제7권까지 나왔는데, 한 권이 완성될 때마다 나에게도 가져와 보여준다. 솔직히 말하면 제1, 2권은 그림도 이야기도 너무 실험적이어서 작가의 의도를 파악하기가 쉽지 않았다. 창작 중 흥에 겨워 쓴 글자를 알아보기도 어려웠다. 하지만 기대에 차서 나의 감상을 기다리는 현성이에게 그렇게 말할 수는 없어서 얼버무렸다.

"정말…… 선생님은 생각하지도 못했던 전개다…… 그런데 이 글자는 뭘까?"

한참을 들여다본 현성이는 머리를 긁적이며 말했다.

"쓸 때는 알았는데 지금은 저도 잘 모르겠어요. 아, 다음에는 글씨를 잘 써야 되겠다."

출간이 이어질수록 정말 글씨가 더 반듯해졌다. 그림에 안정감이 생기고, 내용을 알아보기도 한결 쉬워졌다. 그러자 현성이의 질문이 늘었다.

"선생님은 지금까지 본 것 중에 몇 권이 제일 재미있어요?"

"이번에 나온 게 제일 재미있네!"

현성이는 싱글벙글 웃으며 이렇게 대꾸했다.

"왜냐하면 제가 실력이 점점 늘고 있으니까요. 그러니까 다음에 나올 거는 더 재미있을 거예요!"

'앞으로 점점 더 잘하게 된다'는 확신은 어린이가 자신을 성장시키는 큰 동력이다. 그런 확신의 근거는 무엇일까? 그건 바로 현재의 자기 모습이다. 재작년보다 작년, 작년보다 지금 더 그림을 잘 그리고, 축구를 잘하고, 아는 게 많다. 앞으로도 지금보다 더 잘하게 될 것이라고 믿기 때문에 열심히 공을 차고 공부도 한다. 그러고 보면 서툴다는 것도 어른들 생각이지, 어린이 입장에서는 연습을 거듭한 '지금'이 가장 잘하는 때다.

설령 어린이에게 미숙한 점이 있다고 해도 그것이 어린이의 인격이 미숙하다는 뜻은 아니다. 당연히 어린이에게도 생각이 있고, 감정이 있다. 옳고 그름을 판단할 수 있다는 뜻이다.

어린이들과 톨스토이의 『사람은 무엇으로 사는가』를 읽은 적이 있다. 열한 살 어린이들에게 조금 어려울 것 같았지만, 삶의 가치나 도덕에 대해 이야기 나누고 싶은 욕심에 수업을 준비했다. 읽기 전에 '대문호'의 뜻도 알려주고 "엄청, 정말 엄청 유명한 작가"라며 분위기를 띄웠는데, 다은이가 고개를 갸웃하며 "그럼 저도 들어봤을 텐데, 저는 처음 듣는데요?" 해서 나는 말문이 막혔다. 어린이 앞에서 대문호가 다 무슨 소용인가…… 그냥 이름도 몰랐던 작가일 뿐인데. 어쨌든 수업은 그럭저럭 되었다. 그런데 마무리하면서 '내 인생에서 가장 중요한 것'에 대해 발표할 때, 성민의 답이 인상적이었다.

"저는 저의 행복이 가장 중요해요."

성민이는 친구를 잘 돕는 다정한 어린이이고, 아이들 사이의 다툼도 잘 중재해서 '성민이가 있으면 싸움이 안 난다'고들 할 정도다. 그래서 '가족의 행복'이나 '세계 평화' 같은 게 나올 줄 알았는데 의외였다. 한편으로는 스스로를 챙기는 것이 다행스러워서 물어보았다.

"맞아. 그거 정말 중요해. 그런데 성민아, 그러면 다른 사람들 행복은 어떻게 해?"

성민이는 내가 당연한 걸 묻는다는 듯한 얼굴로 답했다.

"옆에 있는 사람이 불행하면 저도 안 행복하잖아요. 그러니까 그 사람도 행복해지게 도와줘야죠."

성민이는 '이타심'이라는 말을 모르지만, 바로 그것을 삶의 중요한 가치로 추구하고 있었던 것이다.

서준이가 스케이트 대회에 나간다고 했을 때 어머니는 내심 걱정했다고 하셨다. 그 대회에 참가하는 아이들은 보통 예비 선수들이라, 취미 삼아 배우는 서준이와는 실력 차이가 날 것 같아서였다. 그런데 서준이는 자기도 안다면서 "그래도 괜찮아. 그 아이들은 얼마나 잘하는지, 지금 내 실력은 어느 정도인지 알고 싶어"라고 했단다. 나는 그 작은 심장에 얼마나 큰 용기가 들어 있는 걸까 싶었다. 어린이도 어른처럼, 삶을 진지하게 여긴다.

코로나가 한참 유행이던 시기, 예나는 마스크 쓰는 일에 민감했다. 그냥 쓰는 게 아니고 '제대로' 쓰는 게 중요하다고 했다. 분명히 학교에서 '코를 내놓고 쓰는 건 안 쓰는 거랑 똑같다'고 배웠는데 그렇게 하고 다니는 어른들을 보면 불안하다고 했다. 한번은 편의점에 갔더니 계산대에 계신 분이 마스크를 턱에 걸치고 있었단다.

"그래서 제 차례가 됐을 때 제가 용기를 내서 마스크 좀 잘 써달라고 부탁을 했어요. 그랬더니 지금 더워서 잠깐 내린 거라면서 제대로 안 써주시더라고요."

어른들은 어린이의 지적을 받아들이기 싫어하는 것 같

다. 아무튼 예나는 편의점에서 나오자마자 손 소독제로 여러 번 손을 닦고 곧장 집으로 가서 손을 씻었단다. 그 사이 얼마나 걱정이 되었을까? 그리고 나라면 껄끄러워서 그런 말을 하기도 어려웠을 텐데 배운 대로, 옳다고 생각하는 대로 어른에게 요구한 예나의 판단력과 용기가 대단하다고 생각했다.

코로나19 사태가 아니어도 어린이는 '배운 대로' 한다. 최소한 '배운 대로 해야 한다'는 것은 알고 있다. 나쁜 말을 쓰면 안 되고, 쓰레기를 줄여야 하고, 동물을 보호해야 한다는 것을 안다. 그래서 그렇게 하려고 노력한다. 차별이 나쁘다는 것, 서로 달라도 존중해야 한다는 것을 안다. 스스로 생각해야 하고 자기 행동에 책임을 져야 한다는 것도 안다.

그리고 또 어린이는 안다. 사람은 혼자 살 수 없다는 것, 모두를 위한 규칙은 반드시 지켜야 한다는 것을. 그래서 마스크를 꼼꼼하게 쓰고, 30초를 세면서 손을 씻고, 자주 열을 잰다. 학교생활에 제약이 많아도 지침을 따른다. 아는 것을 바탕으로 행동하고 전문가의 의견에 귀를 기울이며 공동체의 한 사람으로서 책임을 다하는 것이 지성주의다. 나는 이 시대의 어린이야말로 지성주의자라고 생각한

다. 나이나 학력과 상관없이 누구나 지성주의자가 될 수
있다는 것을 어린이에게서 배운다.

　여전히 어린이를 '동료 시민'으로 부르기를 주저하는 분
도 있다. 어린이를 보호하고 교육해야 하는 것은 맞지만,
시민으로서 권리와 의무를 어른과 똑같이 가진다고 볼 수
는 없다는 것이다. 하지만 코로나19 시기를 보내면서 그런
분들의 생각도 많이 달라졌을 것이다. 어린이는 교육받을
권리, 놀 권리에 심각한 제한을 받으면서도 방역 주체로서
의무를 다해왔다. 만일 '몇 살 이상 성인' '심각한 기저 질
환이 있는 사람' '특정 지역 주민' 등에게 어린이들에게 하
듯이 제한을 두었다면 어떻게 되었을까? 이만큼의 협조를
얻을 수 있었을까?

　그해 여름, 마스크 착용이 의무이고 사적 모임도 자제하
던 때, 식당은 테이블마다 가림막을 설치했고, 택시나 엘리
베이터처럼 좁은 공간에서는 대화도 삼가는 분위기였다.
그런데 어떤 사람들이 서울 한복판 광장을 가득 메워버렸
다. 방역 지침에 반대하는 사람들이 관광버스를 빌려 전국
에서 모여든 것이다. 그 뉴스를 보면서 나는 두 가지 두려
움을 느꼈다. 하나는 바이러스가 얼마나 확산될까 하는 점
이었다. 시위에 온 사람들이 아무렇게나 음식을 나누어 먹

고, 서점이나 카페의 화장실을 함부로 사용하면서 몰려다
녔기 때문이다. 또 하나는 이 물결을 사진이나 영상으로 보
았을 어린이들이 어떤 생각을 할까 하는 것이었다. 나는 뭐
라고 설명해야 할까?

　가까스로 마음을 다잡고 생각했다. '어린이도 생각이 있
고, 감정이 있다. 어린이도 옳고 그름을 판단할 수 있다.' 그
러니까 어린이의 동료 시민인 어른으로서 내가 할 일은 우
리가 옳았다는 걸 증명하는 것이다. '이제 소용없다. 다 끝
났다'고 하는 순간 악의를 가진 이들에게 동조하는 셈이
된다. 나는 혼돈에 빠져 두려움을 확산시키는 대신 이 상
황이 안정 국면을 찾을 수 있도록 시민으로서 할 일을 하
기로 했다. 외출을 자제하고, 개인위생을 잘 챙기고, 규칙
을 지키고, 기다리는 것. 어린이들이 하는 대로다. 우리가
가르친 대로다.

나의
어린이 독자들

정말 귀여운 아기였다. 바지 안에 기저귀를 입어 엉덩이가 빵빵했다. 기저귀 때문은 아닐 텐데, 배도 빵빵했다. 긴 옷을 입어 정확하게는 모르겠지만 팔다리도 통통할 것 같았다. 머리카락은 부분적으로만 길고 자유롭게 뻗쳐 있었다. 약간 펑크스타일이었다. 혹시 머리카락이 듬성듬성 난 아기인가 했는데, 아기와 거리가 좁아지고 나서 보니 그건 아니고 아직 자기 스타일을 만들어가는 단계인 듯했다.

   아기는 방을 가로질러 내 쪽으로 걸어왔다. 아기의 양 옆으로는 강연을 들으러 온 분들이 앉아 계셨다. 아기는 런웨이를 걷는 모델처럼 모두의 시선을 한 몸에 받으며, 그러나 결코 서두르지 않고 아장아장 최선을 다해 걸었다. 강연 중인 나조차 말을 끊고 아기에게 집중할 수밖에 없었다. 드디어 아기가 내게 도착했을 때, 나를 포함해서 거기 있는 사람 모두가 웃었다. 아기는 엄마에게 붙잡혀 '들려' 나갔다. 그걸 보고 다들 또 웃었다.

나는 작은 도서관에서 '그림책 읽는 법'에 대한 강연을 하고 있었다. 내가 책을 추천하는 기준, 읽으면서 아이와 생각할 점, 특별한 재미가 있는 그림책 소개 등이 강연 내용이었다. 제일 중요한 부분은 거기에 오신 분들에게 그림책을 읽어드리는 것이다. 특별히 연기 톤으로 읽는 것도 아니고 그냥 책장을 넘기면서 읽어드리는 것뿐인데 모인 분들은 대부분 어린이 얼굴이 된다. 누가 책을 읽어주는 게 이렇게 좋다는 걸 새삼 느끼시는 모양이다. 그 기분으로 그림책을 읽으셨으면 하고 책을 정성껏 골라 간다. 그러니까 그림책 강연에서 제일 중요한 부분이라고 할 수 있다.

이 순간에 아기가 나타난 것이다. 자리로 돌아가서도 아기는 계속해서 엄마 품을 벗어나려고 용을 썼다. 칭얼대던 소리가 점점 커지자 아기 어머니는 어쩔 줄 몰라 하셨다. 아마도 잘 달래서 강연을 끝까지 듣고 싶으신 것 같았다. 어차피 아기를 데리고 나가려고 해도 강연자인 내 앞을 지나가야 했다. 이러지도 저러지도 못하는 상황에 아기 어머니 얼굴이 빨개졌다. 그런데 거기에 계신 어떤 분도 그 소리에 눈살을 찌푸리지 않았다. 심지어 뒤를 돌아보는 분도 없었다. 나는 꽤 단호하게 말했다.

"제가 더 크게 말해서 저 아기 꼭 이길 거예요. 누가 이기나 보세요."

마이크가 없는 곳이라 안 그래도 목에 부담이 있었지만, 절대 지지 않겠다는 마음으로 목청을 키워 책을 읽었다. 아마 내가 이겼을 것이다. 강연이 끝날 때까지 아기는 물론이고, 아무도 나가지 않으셨으니까.

자리를 정리할 때 관장님은 내게 마이크가 없어서 미안했다고 말씀하셨다. 그리고 오신 분들을 향해서는 이렇게 말씀하셨다.

"오늘처럼 또 아기들 데리고 오셔도 돼요."

몇 년 전의 일이지만 나는 여전히 그 말씀을 마음 깊이 새겨두고 있다. 나와 이야기를 나누러 오는 분 중에는 아기와 함께 와야 하는 분이 있다. 그 상황을 당연한 것으로 받아들이는 청중이 있다. 아기가 와서 생기는 소란도 당연한 것이다. 그리고 나는 마이크가 없을 경우를 대비해서 목 관리를 잘 해야 한다.

어린이책과 관련된 일을 하다 보니, 독서 교육에 관심이 있는 독자들을 자주 만난다. 『어린이책 읽는 법』을 주제로 강연을 할 때면 주로 학부모님이나 선생님들이 오신다. 그래서 보통은 어린이들이 학교에 간 평일 오전에 일정이 잡히지만, 도서관 강연은 주말에 진행되기도 한다. 지역 축제나 도서관 행사의 하나로 초대해주시는 것이다. 그럴 때는 어린이들도 종종 온다. 홍보물에 대상을 어른으로 하는 강연이라고 안내가 되어 있어도 그렇다. 굳이 물어보지는 않았지만 부모님을 따라 조금은 억지로 왔을 것이다. 강연 내용이 어린이한테 재미있는 건 아니라서 늘 미안한 마음이다.

한번은 어린이 세 명이 맨 앞줄에 앉아 진지하게 내 이야기를 들은 적이 있다. 들어오면서 보니까 도서관 행사 중이던데, 무슨 스탬프 같은 것을 받으러 왔나? 엄마랑 같이 왔는데 엄마가 앞에 가서 앉으라고 했나? 끝나면 선물을 주나? 독서교실에서 어린이를 만나는 것과 행사장에서 어린이를 만나는 것은 또 다른 일이라서 오히려 내가 긴장을 하고 강연을 시작했다. 그런데 내가 중간에 청중에게 질문을 던질 때마다 그중 한 어린이가 그야말로 '정답'을 맞히는 것이었다! "편독은 나쁜 습관일까요?"라는 질문에 자신 있게 "아니요!"라고 답할 때부터 놀랐지만, 그건 '예/아니요' 문제이니까 맞힐 수 있다. 그런데 "그래도 여러 분야

의 책을 소개하는 건 중요하지요. 그럴 땐 어떻게 해야 할
까요?"는 질문이라기보다 관심을 끌기 위한 의문문이었는
데 어린이가 이렇게 답하는 것이다.

"3 대 2 대 1로요."

정말 깜짝 놀랐다. 어린이에게 다양한 책을 소개하고 싶
을 때, 책을 고르는 기준으로 '제일 좋아하는 책, 필요해서
읽어야 하는 책, 관심 없던 책'을 권하는 비율인데 이건 내
가 생각해서 책에 쓴 내용이다. 깜짝 놀라서 "어린이, 그런
데 어떻게 알았어요?" 하고 물었더니 그 어린이는 질문에
다른 의도라도 있을까 미심쩍어하는 얼굴로 답했다.

"작가님 책 보고요."

쉬는 시간에 못 참고 어린이에게 다가가 말을 붙였다.
4학년이고, 책을 좋아하고, 자기가 읽는 게 어린이책이라
서 『어린이책 읽는 법』을 읽어봤다는 것이다. 어린이는 단
상 앞의 이동식 책꽂이 쪽으로 갔다. 도서관 선생님들이
내 책에 소개된 어린이책 중 도서관에 있는 것들을 모아
꾸려두신 것이었다. 나란히 앉아 있던 세 어린이가 소곤소
곤 하면서 이 책 저 책을 들추어 보았다. 나는 용기를 내서
대화에 끼어들었다.

"아, 그 작가님 책 좋아해요? 이번에 새 책 나왔는데!"

"이건 지도 책인데 생각보다 재미있어요. 이렇게 열면…
…."

그러고 있으니 강의실 군데군데 흩어져 있던 어린이들
이 하나둘 모여들었다. 잊지 못할 순간이었다. 책이 있고,
읽어주는 사람이 있고, 어린이가 있으면, 어린이들이 모여
든다. 웃음과 탄성이 터져 나온다.

그날 집으로 돌아오는 기차 안에서 그 감동을 생각하다
가 문득 정신이 번쩍 들었다. 어린이가 내 책을 읽었다고?
어린이가 직접? 내가 어린이에 대해 뭔가 잘못 썼으면 어떡
하지? 어린이가 읽을 수도 있다는 걸 왜 생각하지 못했을
까? 한동안 내 책을 열어보기가 두려웠다.

『어린이라는 세계』라는 책을 쓴 뒤에는 더 많은 어린이
독자들을 만났다. 제목에 '어린이'가 들어가고, 임진아 작
가님의 그림이 지나치다 싶을 만큼 귀엽기 때문에 어린이
들이 자기들 책인 줄 알고 읽는다는 것이다. 그런 얘기를
들을 때마다 모골이 송연해진다. 내가 엉뚱한 말을 했으면
어떡하지? 그러다가 SNS에서 어린이가 엄마 아빠 책에 밑
줄을 그었다는 게시물을 보면 조금 마음이 놓인다. 강연장
에서 질문을 하거나 나중에 따로 말을 거는 어린이도 종종
있다. 가장 인상적이었던 질문은 이것이다.

"책을 쓸 때나 이렇게 어린이에 대해서 심각하게 생각하는 세 힘들었은 겨 같아요. 그래도 잘했다고, 보람 있다고 생각할 때가 있어요? 왜냐하면 저도 사실 책을 좋아하고, 작가가 되는 것도 궁금하거든요."

내가 뭐라고 답했는지는 기억나지 않는다. 터지는 눈물을 목 어디쯤에 가둬두느라 정신이 없었기 때문이다.

강연을 시작할 때 자리에 어린이가 있으면 꼭 먼저 인사를 한다. 그리고 당부한다.

"오늘 내용은 어른들을 위한 거라서, 사실 어린이들은 좀 재미없을 수도 있어요. 그러니까 어린이들은 중간에 들락날락해도 되고, 나가버려도 돼요. 하지만 어른들은 안 됩니다. 집중하세요."

*

운이 좋게도 인도네시아에서 『어린이라는 세계』가 『The World Called Children』이라는 제목으로 출간되었다. 그리고 정말 운이 좋게도, 인도네시아에서 독자들을 만날 기회가 있었다. 그중 한 행사는 저녁에 시작되었다. 어린이를 동반한 일행이 둘 있었다. 한국에서 자주 그렇게 하듯이, 또 마치 약속이나 한 것처럼, 두 가족 다 강연장 맨 뒷줄에 자리를 잡았다. 강연을 시작하기 전에 통역 선생님께 부탁해서 먼저 인사를 했다.

"어린이 이야기를 하는 자리에 어린이가 두 분이나 왔어요. 환영하는 뜻에서 어린이들한테 박수를 보내주면 좋겠습니다."

박수가 쏟아지자 한 명은 기분 좋게 웃었고, 한 명은 부끄러운 듯 엄마 품을 파고들었다.

사인회를 할 때는 그중 한 가족만 남아 있었다. 웃으며 박수를 받던 어린이네였다. "어린이한테는 지루했을 것 같다"고 했더니 엄마가 답하시길 아이가 낯선 언어로 말하는 걸 듣기를 좋아한단다. 아, 그런 줄 알았으면 좀 더 아름답게 말할걸.

다음 날 인스타그램으로 쪽지가 왔다. 엄마 품을 파고들던 그 어린이의 엄마였다.

"아이가 너무 좋아했고, 평생 기억할 거예요. 그날 끝까지 함께하지 못해서 미안했어요. 딸이 너무 졸려했거든요. 함께 사진은 못 찍었지만, 그만큼 소중한 추억을 만들어줘서 고마워요."

나도 답을 했다.

"저도 다시 못 만나서 아쉬웠어요. 그런데 어린이가 졸

려서 그랬을 거라고 쉽게 짐작했어요. 그건 (어린이라는) 세
계 곳곳에서 일어나는 일이니까요You know it happens all
over the world (called children)."

　세계 곳곳에 어린이가 산다. 어른의 세계와 어린이의 세
계는 늘 겹치게 마련이다. 나의 세계에 어린이가 있다는 걸
잊지 말고, 정신을 똑바로 차리고 살아야 한다. 어린이한
테 모범적인 '사람'이 되자고 또 다짐한다.

인간을
사랑합니까

강연이 끝나자마자 다급히 건물에서 나왔다. 누구하고도
마주치지 않으려고 화장실에도 들르지 않고, 고개를 들어
위치를 살피지도 않았다. 걸어가며 택시 호출 앱을 열었다.
제일 가까운 데 있는 택시도 20분 뒤에나 온다고 했다. 여
기 올 때 기차역에서 버스를 탔다가 엉뚱한 곳에 내려 고
생했기 때문에 다시 버스 정류장을 찾거나 할 여유는 없었
다. 택시를 기다리기로 했다. 그나마 기차를 탈 때까지 시
간 여유가 충분해서 다행이었다. 그런데도 나는 패닉 상태
였다. 어지럽고 땀이 나고 심장이 크게 두근거리고 눈앞
이 말 그대로 하얘졌다. 어디라도 좀 앉아야 했다. 마침 가
까운 데 편의점도 카페도 없었다. 들어갈 수 있는 데라곤
길 건너 커다란 잡화점밖에 없었다. 시끄럽고 어수선한 장

소라는 걸 알지만, 이렇게 건물 앞에서 얼쩡거리는 것보다
나을 것 같았다. 선택의 여지가 없었다.

　그날따라 가방에 손수건이 없었다. 별별 것을 다 파는
잡화점을 샅샅이 뒤졌지만 거기에도 손수건은 없었다. 직
원들이 물건을 옮기고, 어떤 손님이 멀리 있는 직원을 부
르고, 새 상자가 연신 들어오는 가게 안에서 차마 손수건
이 어디에 있느냐고 물을 수 없었다. 혹시라도 직원분이 쌀
쌀맞게 대하면 더는 견딜 수 없을 것 같았다. 나는 제일 작
은 수건을 골라 계산했다. 가게 한구석에서 연신 얼굴을
닦아냈다. 화장이 지워지든 말든 상관없었다. 지금은 정신
을 똑바로 차리는 게 제일 중요했다. 다행히 택시가 생각보
다 빨리 왔다. 나는 기차를 타고 집에 가는 내내 생각했다.
오늘 내가 강연을 그렇게 못했나? 집에서 새벽에 나와 한
밤에 들어가는데, 한 사람의 마음을 조금도 움직이지 못
한 건가? 내가 맞게 대답한 걸까?

　＊

모 공공기관의 직원 연수였다. 강연장에 오신 분들은 이틀
째 이러저러한 교육을 받느라 다들 조금 지친 얼굴이었다.
내 강연은 점심시간 바로 다음 프로그램이자 이번 연수의

마지막 시간이었다. 아마 이분들 중 60퍼센트는 잠에 빠질 거라고 각오했다. 실제로는 70퍼센트에 가까웠다. 그래도 이해가 갔다. '대한민국 어린이의 현주소, 어린이에 대한 새로운 이해' 같은 내용이 행정직 공무원들에게 흥미로운 이야기는 아니었을 것이다.

그렇다면 행사 기획자는 왜 나를 이 자리에 불렀을까? 짐작하기로는 '인권 감수성' 관련 시간으로, 동시에 작가와의 만남 시간으로 어떤 정해진 형식을 채운 듯했다. 책상 위에 내 책을 올려두신 분이 두어 분 계셨다. 당연히, 강연장에 오는 분들이 꼭 내 책을 읽어야 하는 것은 아니다. 책의 제목조차 몰라도 된다. 나는 나에게 자리가 주어졌을 때 되도록 많은 사람들한테 '어린이' 이야기를 하려는 것이니까. 어떤 의미에서는 독서에도 어린이에도 무관심한 분들이 더 반가웠다. 그동안 생각도 안 해본 문제를 강연 시간 동안이나마 떠올리기를 바란다. '노 키즈 존' '민식이법 놀이' 같은 말의 폐해를 같이 생각해보기를 바란다. 당장은 아니더라도 언젠가 더 깊이 생각해보기를 바란다. 그런데 그날은 책을 가진 몇 분 덕분에 겨우 강연을 할 수 있었다. 죄송하게도 눈을 마주치며 말할 만한 분들은 그분들뿐이었다. 졸지 않는 사람들은 스마트폰을 들여다보았다.

졸음만큼이나 스마트폰 보기도 전염성이 있는 법이니까.
예정보다 몇 분 일찍 강연을 마치면서 내가 물었다.

"혹시 질문 있으세요? 없으셔도 되니까 부담은 갖지 마
세요. 또는 이 자리를 통해서 어린이에 대해 하고 싶은 말
씀이 있으면 해주시면 좋겠어요. 어렵게 모인 분들과 생각
을 나누는 차원에서요."

집작대로 손을 드는 사람은 없었다. 그래서 마무리 인사
를 하려는데 졸지 않았던 30퍼센트 중 한 분이 손을 들었
다. 거기 있는 모두의 이목이 집중되었다. 젊은 남성이었다.
그는 질문자용 마이크를 받아 들고는 강연을 잘 들었다는
의례적인 인사와 함께 이야기를 시작했다.

"작가님이 말씀하시는 것도 사실 좀 이해가 안 되는 건
아니거든요? 그런데 아까 그 '노 키즈 존'하고 '민식이법'
얘기도 그렇고…… 사람들이 생각이 많이 나뉘잖아요?"

"그런가요?"

차별과 보호 문제에 의견이 나뉜다는 사실 자체를 인정
하고 싶지 않아서 나는 말을 끊었다. 그는 내 말을 신경 쓰
지 않았다.

"네, 뭐 저는 '노 키즈 존' 같은 거는 잘 모르는데, '민식
이법' 얘기는 확실히 좀 다른 것 같아요."

반론을 제기하는 사람의 자신감, '아닌 건 아닌 거'라고 소신을 밝히는 이의 자부심이 그의 얼굴에 어려 있었다. 나도 그를 똑바로 보고 있었기 때문에 안다.

"이거는 진짜 제 경험이라서 그래요."

이런 말이 나오는 건 불길한 징조다.

"'스쿨 존'이라고 해서 저도 천천히 가고는 있었는데, 애들이 갑자기 확 튀어나오는 거예요. 애들이 공을 갖고 놀고 있었는데 그게 차도로 가니까, 제 차가 오고 있는 걸 뻔히 보면서도 튀어나오더라고요."

"천천히 가고 계셨던 거라서 정말 다행이네요. 그리고 감사합니다. 그런데 어린이들은 놀다 보면 생각보다 몸이 앞서는 경우가 많아요. 어쩌면 선생님 차가 오기 전에 자기네가 빨리 공을 가져올 수 있을 거라고 생각했을지도 모르고요. 그래서 어린이보호구역이 필요한 것 같아요."

나는 속이 울렁거렸지만, 약간의 미소를 머금고 대답했다. 그도 마이크를 놓지 않았다.

"아니 진짜 확 튀어나왔다니까요? 뻔히 보면서요? 이거는 완전히 '민식이법 놀이'죠. 제가 블랙박스도 있어요. 그럴 때도 어른이 잘못이라고 생각하세요?"

강연장이 술렁였다. 이제는 모두가 그와 나의 대화를 듣고 있었다. 대답을 잘 해야 했다.

"일단 저는 '민식이법 놀이'라는 명명 자체가 문제라고
봐요. 민식이는 희생자인데 거기에 이름을 붙여서 어린이
를 폄하하는 말을 만들다니요. 그리고 아까 말씀드린 것처
럼 '민식이법'은 어린이보호구역에서 규칙을 지키지 않아
서 사고가 났을 때 가중 처벌하는 것이잖아요. 아무튼 선
생님은 규칙을 지키셔서 사고를 막으셨네요. 잘하셨어요!"

대화를 마무리 지으려는데 그는 물러서지 않았다.

"아니, 지금 잘하고 못하고가 아니라, 그게 진짜 갑자기
인데 마음 같아서는 진짜 내려서 한 대 확 때려주고 싶더
라고요."

내가 어지간해서는 말문이 막히지 않는 사람인데 그 순
간에는 할 말을 잃었다. 따귀를 맞는 기분이었다. 나를 때
리겠다는 말도 아닌데, 내가 위협받는 것만 같았다.

그런데 놀랍게도 장내에는 옅은 웃음의 물결이 지나갔
다. 나는 거기에 있는 사람들이 모두 어린이를 "한 대 확"
때리고 싶다는 데 동감하지는 않았을 거라고 믿는다. 그
사람의 말이 아주 감정적이었기 때문에 분위기를 누그러
뜨리려고, 웃어넘기려고 그랬으리라 믿는다. 그래도 "잠깐,
이건 웃을 일이 아니죠" 하고 한마디 해야 했는데 못 했다.

그의 다음 질문 때문이었다.

"그러면요, 애가 그렇게 막 해도 운전자는 그냥 참아요? 어른이니까? 그건 확실히 애들이 잘못한 거잖아요. 그럴 때 작가님은 누구 편을 드시겠어요?"

"이건 참고 안 참고의 문제는 아니라고 생각하고요, 상황이 그랬다면 어른으로서 아이들한테 주의를 주실 수는 있겠죠. 위험한 걸 위험하다고 가르치기 위해서요."

"그래서 누가 더 잘못했다는 거예요?"

이제는 아무도 웃지 않았다. 나는 그 사람의 눈을 똑바로 보았다.

"굳이 따지신다면 역시 저는 어린이 편에 서겠습니다."

그가 마지막으로 한마디 했다. 비아냥대는 말투였다.

"작가님은 정말 애들을 사랑하시네요."

나는 논쟁을 잘 못한다. 그래서 논쟁을 안 해도 되게 말하는 방법을 고민한다. 그런데도 공격받는 상황이 되면 심장이 두근거려서 제대로 말을 못 한다. 하지만 그 순간은 나도 물러서지 않았다. 나도 모르게 이런 말이 튀어나왔다.

"제가 인간을 사랑합니다."

당연히 그는 내 말을 듣고 있지 않았다.

나는 담당자와 인사를 하는 둥 마는 둥 강연장을 빠져
나왔다. 그 자리에 있던 누구와도 마주치고 싶지 않았다.
혹시 눈인사라도 나누는 분이 아까 웃었던 사람 중 하나
일지도 모르니까. 나는 웃음이 있던 그 장소에서 멀어지고
싶은 마음뿐이었다.

*

그날 이후 며칠을 마치 몸을 얻어맞은 사람처럼 끙끙 앓았
다. 그 사람의 공격적인 말투와 말의 내용이, 주변 사람들
의 옅은 웃음이 자꾸만 생각났다. 그리고 나 자신이 어리
고 힘이 없을 때부터 몸과 마음으로 받아온 폭력이 자세
히 떠오르기 시작했다. 스스로 기억하고 있는 줄도 몰랐던
말과, 그 큰 목소리와, 육체적인 충격과, 수치심이 하나하
나 생각났다. 그 몇 분 사이의 일이 어른인 나에게도 이만
큼 영향을 주는데 어린이들은 어떨까. 어린이를 존중하자
거나 보호하자는 내 말과 글은 나보다도 약했던 걸까. 아
니면 그저 하기 좋고 듣기 좋은 이상일 뿐이었을까. 한동
안 회의에 빠졌고 희망을 찾으려는 노력이 다 부질없이 느
껴졌다. 제일 고통스러운 건 나 자신의 말이었다.

제가 인간을 사랑합니다.

나는 왜 그런 말을 했을까? 그때 나는 솔직히 무서웠다. 나보다 힘이 확실히 세 보이는 사람의 공격적인 태도에 잠깐 얼어붙었다. 싸우고 싶었는데. 이건 내가 어린이를 사랑하고 말고의 문제가 아니고, 사회적 약자를 우선 살피는 상식의 문제라고. 내가 두 시간 내내 어린이를 존중해야 하는 이유와 근거를 논증한 건, 어린이를 사랑하는 감정과 별개의 문제라고. 그런데 그런 말을 이어가기가 무서웠다. 그렇다고 내가 '어린이를 사랑해서' 이런 말을 한 것으로 정리되는 건 참을 수 없었기 때문에 그런 말이 튀어나온 것이다.

그런데 내가 정말 인간을 사랑하나? 내 몸과 마음에 상처를 남긴 사람들도? 아이를 때리고 싶었는데 참았다고 공적인 자리에서 자랑스럽게 말하는 사람도? 약자를 괴롭히고 거짓말을 일삼는 사람들도? 전쟁을 일으키고 생태계를 망쳐놓은 인간을 내가 정말 사랑하나? 혹시 인간이 너무 싫고 무서워서 그런 생각을 안 하려고, 그냥 사랑하는 쪽으로 성급히 결론을 내린 건 아닐까?

나는 고민이 생기면 생각을 사방으로 열어놓는다. 답을

찾기 어려울 때는 들고 나는 정보가 많은 게 유리하기 때문이다. 하지만 이번엔 이쪽 마음을 닫고 저쪽 마음만 열어두기로 했다. 만에 하나 사실이 아니라 해도, 어린이들한테 선생님은 인간을 사랑한다는 걸 보여주고 싶기 때문이다. 나의 친구들과, 글을 통해 만나는 사람들과, 심지어 나 자신에게도 우선 인간을 사랑하는 것으로 해두기로 했다. 잡화점 구석에서 수건으로 연신 얼굴을 문지르던 기분으로 살아갈 수는 없다. 겁에 질려 살 수는 없다. 내가 정말 '인간'을 사랑하는지 알아내는 데는 오랜 시간이 걸릴 것 같다. 어쩌면 글을 쓰는 이상 죽을 때까지 고민해야 할지도 모른다. 그리고 어쩌면, 그것을 알아내려고 글을 쓰는 것인지도 모른다.

어린이
가까이

고속도로 휴게소에서 있었던 일이다. 화장실에서 손을 씻고 있을 때 한 여성이 아기를 안고 들어섰다. 잠시 두리번대더니 한쪽에서 이야기를 나누고 있던 작업복을 입은 여성 두 분에게 다가갔다.

"저기, 죄송하지만 제가 화장실이 급해서요. 아기를 좀……."

처음에는 무슨 말인가 하는 얼굴로 보던 두 분은 곧 "그래요, 그래" "여기 주고 어서 들어가요" 하며 아기를 받아 안았다.

"맞아. 화장실 간다고 아기를 모르는 사람한테 맡길 수는 없지."

"아기가 너무 예쁘네. 울지도 않고."

두 분은 아기 엄마가 들어간 화장실 문 바로 앞에서 아기를 어르며 이런저런 이야기를 계속했다. 두 분도 사실 '모르는 사람'이면서 그렇게 말씀하시는 것이 재미있지 않은가. 아기 엄마를 안심시키려는 듯 일부러 큰 소리로 말씀하시는 것도 보기 좋았다. 다급한 상황에서 거기서 일하는 분들에게 아기를 맡긴 것도 현명한 판단이라고 생각했다. 마침 거기에 두 분이 계셔서 다행이었다. 내가 부탁을 받았어도 흔쾌히 들어드렸겠지만 아무튼 나는 확실히 '모르는 사람'이니까.

그때 문득 내 머릿속에 '아기 아빠는 뭐 하고 있지? 다른 가족들은? 같이 좀 봐주지' 하는 생각이 지나갔다. 그런데 사실 그게 이 문제의 핵심은 아니다. 아기 엄마(그러고 보니 그분이 엄마라는 보장도 없지만)가 아기와 단둘이 여행할 수도 있고, 중요한 건 그럴 때도 공공시설을 이용하는 데 불편함이 없어야 한다는 것이다.

그러자 이어서 어디선가 본 '가족 화장실'이 생각났다. 나오면서 보니 그 휴게소에도 가족 화장실이 있었고 그 앞에서 차례를 기다리는 가족도 있었다. 기다리는 가족에 비해 시설이 부족해 이용을 포기하는 가족들도 많을 것 같았다. 필요로 하는 사람의 수를 고려해 지은 걸까, 구색 맞추기는 아닐까 하는 생각에 이르자 아까 본 장면이 마냥 훈훈하게만 느껴지지 않았다.

내가 이런 이야기를 하면 어떤 분들은 "하나라도 있는 게 어디냐. 옛날에는 그런 것도 없었다. 세상 좋아졌다"라고 할지 모르겠다. 어린이와 관련된 일을 하면서 많이 듣는 이야기다. 옛날에 비해서 요즘은 어린이를 많이 "위해 준다" "우리 자랄 때보다 많이 누린다"는 말. "솔직히 질투가 난다"는 분을 만난 적도 있다. 미술관, 연주회장처럼 문화 예술을 즐기는 곳에서 어린이를 마주칠 때면 "나 어릴 때는 이런 게 있는 줄도 몰랐는데" 싶고, 조카에게 그림책을 읽어주다 보면 "나도 어렸을 때 이런 걸 읽었더라면 얼마나 좋았을까" 싶어 울컥해지기까지 한다는 것이었다.

나 역시 어린이책 편집자로 일하면서 "와, 요즘 어린이들 부럽다. 이렇게 좋은 책을 어렸을 때 읽었으면 나도 훌륭한 사람이 되었을 텐데!" 같은 말을 농담 삼아 하곤 했다. 어린이들의 출발점이 나의 세대와 다르다는 게 좋기도 하고, 고백하자면 조금은 샘도 났다. 그런데 사회 전체를 볼 때는 우리가 다 같이 더 좋은 경험을 만들어가고 있다고 하는 게 맞는 것 같다.

어린이 가까이에서는 못 보던 것들이 눈에 들어온다.

도서관의 일반 자료실 문 앞에 붙은 '어린이는 어린이 자료실을 이용하라'는 안내가 눈에 띄었다. 어린이 자료실에는 '어른은 일반 자료실을 이용하라'는 안내가 없는데. '어린이 자료실'은 어린이의 편의를 위한 것이지 어린이의 공간을 제한하려고 만든 게 아니다. 어린이가 찾고 싶은 책이 일반 자료실에 있을 수도 있고, 어린이도 나처럼 이 책저 책 구경하면서 시간을 보내고 싶을 수 있다. 설마 어린이가 일반 자료실에 들어가려고 할 때 실제로 막아서지는 않으리라 믿는다. 하지만 그 안내문을 보는 어린이의 마음은 어떨까? 공공시설에서 되도록 안 오기를 바라는 이용자가 되는 것은 분명 좋은 경험은 아닐 것이다.

전에 사망한 아동 학대 피해자의 이름과 사진이 노출되는 뉴스며 SNS 게시물을 보면서 피해자가 성인이어도 이만큼 적나라하게 사생활이 공개되었을까 생각했다. 사건에 분노하고 슬퍼하는 데 공감하면서도, 피해자가 얼마나 예쁘고 순진했는지 경쟁적으로 보도하는 뉴스들은 공유하고 싶지 않았다.

어린이 덕분에 보게 되는 건 어린이에 대한 것만이 아니다. 초등학교 앞 횡단보도에서 "옐로 카펫에서 기다려요"라는 표지를 보았다. 어린이들이 신호를 기다리는 동안 보도 안쪽에 서 있으라고 바닥에 큰 삼각형을 그린 것이다. 나는 어린이들에게 차도 가까이 서 있으면 위험하니 세 걸음 떨어지라고 말하곤 하는데, 그렇게 시각적으로 안내된 걸 보니 반가웠다. 하지만 "노란 삼각형 안에서 기다려요"라고 하면 영어에 익숙하지 않은 어린이와 어른 모두에게 좋았을 것이다. 영문으로만 표기된 간판이나 'PULL, PUSH' 같은 안내문을 볼 때도 그런 생각을 하게 된다. 그냥 '당기세요, 미세요'라고 쓰면 안 될까?

자주 다니던 길의 보도블록이 울퉁불퉁해졌다. 가로수의 뿌리가 넓게 뻗으며 땅이 솟아오른 것 같았다. 속으로 '세금을 어디다 쓰는 건지' 같은 뻔한 불평을 하며 걷다가 길에서 넘어지는 어린이를 보았다. 아이 어머니는 한 손으로는 유아차를 붙잡고 한 손으로 아이를 일으켰다. 이 길에서는 유아차를 끌기도 어렵겠다는 생각이 들었다. 유아차에 장본 것을 담고 가는 노년 여성도 눈에 들어왔다. 길이 좁기 때문에 휠체어를 이용하는 사람이라면 아예 길을 건너서 돌아가야 했다.

지하철에서는 휠체어 칸인데도 전동차와 승강장 사이를 연결하는 어떤 장치도 없다는 것을 알고 놀랐다. 발아래 틈이 넓은 문으로 아슬아슬하게 유아차를 끌고 타는 여성을 보고서였다. 어린이가 그 문을 이용할 때도 발이 빠질까 봐 무서울 것이다. 어렸을 때의 나처럼. 수년을 지하철로 출퇴근했고 지금도 제일 마음 편히 이용하는 교통수단이 지하철인데 한 번도 의식한 적이 없었다. 교통 약자에 대해서는 뉴스에서 보고 들어서 나도 안다고 생각했는데 아니었다. 더 가까이에서 봐야 했다. 장애인들의 '지하철 타기'가 곧 이동권 보장 '시위'가 되는 일도 그저 멀게만 느껴지지 않았다. 그런 점에서 어린이와 가까이 지낸다는 것이 나에게는 세상을 새롭게 배우는 일이 되었다.

　사실 이 글을 쓰려고 '고속도로 가족 화장실'에 대해 검색을 해보았다. 혹시 그 사이에 수가 늘어났다거나 할 수도 있으니까. 그런데 내가 찾은 기사는 장애인 화장실을 '장애인도 사용할 수 있는 가족 화장실' 형태로 개조했는데 실제로는 휠체어가 움직이기 어려운 공간이라는 문제점을 지적한 것이었다. 이름도 아예 '가족 화장실'로 바뀌었고, 장애인들은 대기 시간이 더 길어져 불편을 겪는다고 기사에는 적혀 있었다.[ㅁ] 장애인 화장실도, 가족 화장실도 증설할 수는 없는 걸까? 둘을 합쳤으면 사용하기 더 편리해져야 하는 것 아닌가? 맥이 빠졌다.

　그럼에도 불구하고 나는 '옛날에는 하나도 없던 그런 것'

이 두 개, 세 개가 되어야 한다고 계속 주장하고 싶다. 우리를 키우고 가르친 세대가 그 없던 '하나'를 만든 덕분에 우리가 더 많은 것을 요구하는 세대가 되었다는 사실에 감사하면서, 어린이에게 더 좋은 것을 줄 수 있다는 데 자부심도 갖고 싶다. 촌스러운 말이지만 세상은 그런 식으로 좋아진다고 믿는다.

나는 특별히 의지가 강한 사람도, 낙천적인 사람도 아니기 때문에 앞날을 생각하면 캄캄해질 때가 더 많다. 그럴 때는 어린이처럼 오늘만 생각하는 게 도움이 된다. 독서교실에 들어서자마자 "빅 뉴스! 빅 뉴스가 있어요!"라더니 "오늘 학교에서 시력 검사했는데 우리 반 땡땡땡이 이쯤영에 있는 새 맞혔어요!"라던 규민이처럼. "아까 놀이터에서 모기한테 두 군데나 물렸어요. 그래서 만져봤더니 기분이 엄청 좋았어요. 볼록볼록하고 통통해서 복숭아 같았어요" 하던 자람이처럼. 선생님들 앞에서 동아리 면접을 보고는 "잘하고 왔어요. 합격할지는 모르겠지만, 제가 그것보다 잘할 수는 없었으니까 그걸로 일단 됐어요"라던 은규처럼. 요즘처럼 불안정한 때는 하루하루 최선을 다해 살아간다는 것 자체가 의미 있을 때가 더 많다.

나는 평소에 어린이를 '미래의 희망' '꿈나무'로 부르는

데 반대한다. 어린이의 오늘을 지우고 미래의 역할만을 강조하는 것 같아서다. 하지만 이 글에서만큼은 조심스럽게 말해보고 싶다. 어린이는 우리가 가장 가깝게 만날 수 있는 미래의 사람이다. 오늘의 어린이는 우리가 어릴 때 막연히 떠올렸던 그 미래에서 어린 시절을 보내고 있기 때문이다.

세상의 어떤 부분이 영원히 변하지 않을 것 같을 때, 변화를 위해 싸울수록 오히려 더 나빠지는 것만 같을 때가 있다. 그럴 때 우리는 종종 '미래에서 누군가가 와서 지금 잘하고 있는 거라고, 미래에는 나아진다고 말해주면 좋겠다'고 생각한다. 실제로 그런 말을 해줄 수 있는 사람, 미래에 가장 가까운 사람이 어린이다. 어린이의 생명과 안전을 보장하고, 어린이가 '나답게' 살 수 있게 격려하고 보호해야 한다. 어떤 세상을 만들고 싶은지 의견을 가질 수 있게 가르치고, 그들의 말에 귀를 기울이고, 한 사람 한 사람을 시민으로서 존중하면서 어린이와 함께 살아가야 한다. 어린이는 우리 가까이에 있다. 미래가 바로 그러하듯이.

☐ 「장애인 불편 가족사랑화장실 재보수 약속 '어디로'」, 에이블뉴스, 2020년 11월 27일 자.

여러분이 어렸을 때
좋아했던 어른이 되어주세요

'세바시' 강연 원고(2023년 4월 6일)

상가 건물 앞에서 어린이 둘이 소란스럽게 장난을 치고 있었습니다. 저는 그때 눈앞이 캄캄해서 참견할 여력이 없었습니다. 치과에 가는 길이었거든요. 엘리베이터 문이 닫히기 직전 그중 한 어린이가 숨을 몰아쉬며 달려왔습니다. 같이 놀던 어린이를 따돌린 모양이었습니다.

"아휴 죽을 뻔했네."

그 말투가 웃겨서 저도 모르게 조금 웃었더니 어린이가 선뜻 말을 걸었습니다.

"쟤가 자꾸 쫓아와가지고요."

저는 갑자기 진지해졌습니다.

"어린이, 혹시 친구가 괴롭혔어요? 도와줄까요?"

어린이는 웃으면서 대답했습니다.

"아니에요. 그냥 잡기 놀이 한 거예요. 제가 이겼어요."

그래도 저는 안심이 되지 않아서 "만약에 불편하면 어른들한테 말해야 하는 거 알죠?" 했더니 안다고 했습니다. 어린이는 저와 같은 층에서 내렸습니다. 치과 옆 학원에 가는 모양이었습니다. 이번에는 어린이가 저를 걱정해주었습니다.

"치과…… 가시는 거예요?"

저는 대수롭지 않은 것처럼 "아, 네. 안녕히 가세요" 하고는, 최대한 가슴을 펴고 치과에 들어갔습니다. 어린이가 혹시 보고 있을지도 모르니까요. 그러니까 저도 조금 용기가 생기더라고요.

치과에서는 어린이 환자가 치료를 받고 있었습니다. 어떻게 알았느냐면, 원장님은 물론이고 온 병원의 간호사 선생님들이 "와, 잘 참네" "잘한다" "이렇게 잘 참는 3학년은 처음이야" 같은 말을 쏟아내고 있었기 때문입니다. 원장님이 "불편하면 오른손 들어요" 했더니 어린이가 뭐라고 뭐라고 하는 듯했습니다. 잠시 기계를 멈추자 어린이 말소리가 또렷이 들렸습니다.

"이거 언제 끝나요?"

대기실의 어른들이 동시에 웃음을 터뜨렸습니다. 주변

에서 아무리 잘한다 잘한다 해도 어린이한테 치과가 괜찮을 리 없겠지요. 그렇게 웃고 나니 저도 치과 의자에 앉을 준비가 되었습니다. 물론 괜찮았던 것은 아니지만요.

어떤 날은 동네에 새 단장을 하는 가게가 과연 무엇을 파는 곳일지 토론하는 어린이들의 대화를 엿들었습니다. 문방구다, 핫도그 가게다, 분식점이다 하며 그냥 근거 없이 각자 바라는 것을 주장하는 이상한 대화였습니다. 장애어린이재활병원에서는 보조 도구를 써서 걷는 어린이가 쾅 하고 문을 열고는, 힘 조절 같은 건 하지 않고 박력 있게 한 걸음씩 내딛는 어마어마한 장면을 보았습니다. 정신이 번쩍 들더라고요. 친구랑 둘이 와서 도서관 회원증을 만드느라 까치발을 하고 서류를 작성하는 어린이도 보았습니다. 어린이가 힘껏 살아가는 모습을 본 날이면 제 마음에도 온기가, 힘이, 의지가 차오릅니다.

그런데 이렇게 어린이와 관련된 이야기를 하면 종종 "나도 어린이랑 친하게 지내고 싶은데 주변에 어린이가 없다"는 말씀을 듣곤 합니다. 저도 전에는 그렇게 생각했습니다. 자녀가 없고, 조카들은 자주 못 보고, 종교 활동을 하거나 봉사를 다니는 것도 아니어서 어린이를 만날 기회가 없다고요. 그런데 아닙니다, 여러분. 우리 주위에는 항상 어린이가 있습니다. 어린이는 편의점에도 있고, 건널목에도 있고, 마트에도 식당에도 버스에도 있습니다. 수가 줄었다고 해서 어린이가 없는 게 아니지요. 어린이가 없는 것처럼 여길 뿐이지요. 나와 상관이 없다고 생각하니까 그런 것일 수도 있습니다.

인류가 존재한 이래 어린이는 언제나 '있었습니다'. 누구나 한때 어린이였고, 누군가는 지금 어린이이니까요. 저는 과감하게, 인류의 역사를 어린이의 역사라고 생각하기도 합니다. 너무 긴 세월이니까, 이야기를 최근 100년으로 좁혀볼까요? 방정환 등이 주축이 된 조선소년운동협회가 「어린이날 선언」을 발표한 것이 1923년. 꼭 100년 전의 일입니다. '어린이'라는 말이 어린 사람을 가리키는 말로 탄생한 것도 이때입니다. 일제강점기의 한복판이었지요.

아시다시피 일제강점기는 1910년 시작되었습니다. 그해에 태어난 사람은 1923년에 열세 살이었겠지요. 그 무렵 어린이들의 삶은 어땠을까요? 나라 자체가 폭력의 그늘에 있던 시절이니 온 국민이 고통받고 있었습니다. 폭력의 가장 나쁜 점은 아래로 흐른다는 것입니다. 가진 것 없는 사람들, 아픈 사람들, 넘어진 사람들이 더 고통받았으리라는 걸 어렵지 않게 짐작할 수 있지요. 그 사슬의 가장 아래에 어린이가 있었습니다. 당시의 어린이들은 일상적인 아동 학대에 노출되어 있었습니다. 버림받고, 병들고, 힘든 일을 강요당하고, 배우지 못한 채로 남의 집을 전전하는 경우가 많았지요. 학교에 간다 해도 우리 역사를 부정하고 제국주의를 찬양하는 교육을 받았습니다.

"어린이를 내려다보지 말고 쳐다보아주시오"로 시작되는 「어린이날 선언」이 발표되었을 때는 길에 쓰러진 어린이 한 명 한 명을 안아 일으키는 것이 가장 급한 과제였을 것입니다. 어린이를 돌보고 가르치지 않고서는 나라의 미래가 없다고 생각했기 때문입니다. 단지 어린이를 귀여워하고 찬양하기 위해서가 아니라, 어린이가 귀한 존재이고 사람이 귀한 존재라는 걸 알리기 위해 절박한 마음으로 '어린이'를 부른 것입니다.

그렇게 살아남은 어린이들이 다음 세대의 어린이들을 구했습니다. 한국전쟁 시기, 보호자를 잃고 극단적인 결핍 상태에 놓였던 어린이들을 떠올려봅니다. 그 어린이들은 어떻게 살아남았을까요? 더 많은 어른들이 남의 집 아이들도 돌보아주었기 때문입니다. 오늘날과 같은 형태는 아닐지라도 아이들을 위하고 사랑하는 마음으로, 인간의 도리로 어린이를 돌본 어른들이 있었던 것입니다. 예전에 어

린이였던 어른들 말입니다. 압축적인 경제 성장의 그늘에
시, 민주 주의이 시련 속에서도 어떤 어른들은 어린이를 보
호하고 가르치고 민주 시민으로 길러냈습니다. 아무리 혹
독한 시절이라고 해도, 결국 길을 만드는 것은 좋은 어른
들이었습니다. 어린이를 돌보는 사람들이었습니다.

지금 우리는 코로나19 팬데믹 속에서 2023년을 보내고
있습니다. 2020년 3월에 초등학교 입학식을 미루어야 했
던 어린이들이 올해 4학년이 되었습니다. 시간이 새롭게
실감 나시지요. 팬데믹 속에서 어린이는 어른과는 또 다른
어려움을 겪고 있습니다. 등교를 비롯한 당연한 권리가 제
한된 시간이 길었습니다. 공공의 지원이 턱없이 부족한 상
황에서 누가 어떤 상처를 입었는지 지금 다 헤아리지도 못
하고 있습니다. 이 말은 우리 사회가 앞으로 어떤 값을 치
러야 하는지 다 모른다는 뜻이기도 합니다.

그런데 지금 어린이는 어떤 대접을 받고 있나요? 어린이
들에게 세상은 어떤 곳으로 보일까요? 우리는 선배 시민들
이 그랬던 것처럼 최선을 다하고 있을까요?

공공장소에서 어린이를 배제하는 경우가 많습니다. 이
른바 '노 키즈 존'이라는 세련된 말로, 어린이라는 존재에
대해 아무렇지 않게 "노"라고 말합니다. 어린이가 떠들면

다른 손님에게 방해가 된다는 이유를 대지요. 여러분, 우리는 소비자이기도 하지만 그 전에 시민입니다. 어린이라는 이유로 출입을 제한하는 건, 동양인이라는 이유로, 안경을 썼다는 이유로 출입을 제한하는 것과 마찬가지입니다. 어린이의 출입을 제한해야 할 때는 오직 어린이를 보호할 때뿐입니다. 어린이가 너무 떠들면 중재를 해야겠지요. 그런데 그게 또 어려우니까 어지간하면 참게 될 것입니다. 참을 만한 정도는 참는 것. 저는 그게 오늘날 우리가 가져야 할 관용의 정신이라고 생각합니다. 만일 공공장소에서 악을 쓰고 있는 어린이가 있다면, 그곳에서 제일 힘든 사람이 바로 그 어린이라고 생각해주세요. 자기도 답답하겠지요.

학교를 비롯해서 어린이가 생활하는 구역에서는 자동차 속도를 줄여야 합니다. 거북이처럼 천천히 가야 합니다. 운전하다가 갑자기 속력을 줄이는 게 불편한 것은 사실입니다. 하지만 역시 오늘날 시민이 지켜야 할 질서입니다. 마트 주차장이나 골목길에서 자연스럽게 속도를 줄이는 것처럼, '스쿨 존'에서도 천천히 가야 합니다. 만에 하나, 정말 만에 하나 어린이가 일부러 장난을 친다 해도 그렇습니다. 바로 그런 어린이를 구하기 위해 '스쿨 존'이 있는 것입니다.

　어린이는 이 사회의 어엿한 구성원입니다. 어른은 어린이를 보호할 의무가 있습니다. 또한 어른은 어린이를 존중해야 합니다. 어린이와 함께 미래의 위기와 새로운 기회에 대응해야 합니다. 이때 어린이는 누구보다 적극적인 동료 시민입니다. 왜냐하면 미래는 곧 어린이가 살아갈 현재이기 때문입니다. 잊지 마세요, 여러분. 세상에는 언제나 어린이가 있습니다.

　어린이를 환영해주세요. 도움이 필요한지 물어봐주세요. 처음 보는 어린이와 대화해야 한다면 존댓말을 써주세요. 그럴 때 여러분에게는 "나도 이제 다 컸다!" 하는 보람이 있을 것입니다. 버스나 지하철을 탈 때 어린이와 보호자에게 순서를 양보해주세요. 어린이 일행은 언제나 시간이 더 걸립니다. 뒤에서 천천히 해도 된다고 하고 시간을 벌어주세요. 제 말을 믿으세요, 여러분. 하루 종일 기분이 좋아집니다. 유아차를 들고 계단을 오르는 보호자가 보이면 도와주세요. 어린이를 가르치고 돌보는 선생님들께 감사하고 그분들이 정당한 대접을 받도록 목소리를 모아주세요. 생각보다 빨리 우리 생활이 달라질 것입니다. 어린이는 빨리 자라니까요.

더 간단하게 어린이에게 영향을 끼치는 방법이 있습니다. 평소에 멋있는 어른인 척하는 것입니다. 편의점 직원에게 예의 바르게 대하는 어른, 횡단보도를 건널 때는 스마트폰을 보지 않는 어른, 뒷사람을 위해 문을 잡아주는 어른이 되어주세요. 여러분이 어렸을 때 좋아했던 어른이 되어주세요. 만일 그런 어른을 만난 적이 없다면, 여러분에게 필요했던 바로 그 어른이 되어주세요. 미래는 달라질 수 있습니다. 우리에게 어린이가 있기 때문입니다.

□ 세바시 강연 영상 https://www.youtube.com/watch?v=gXKc_bz9d4g

2부 열일곱 살이면

중학교
1학년

나는 남의 나이를 통 짐작하지 못한다. 전에는 누가 장난
스럽게 "저 몇 살 같아 보여요?" 같은 질문을 하면 속으로
질색하면서 백 살 같다고 대답하곤 했다. 다행히 요즘은
그런 걸 묻는 사람이 별로 없다. 사회 분위기가 달라진 덕
도 있고, 어느덧 주위에 나와 나이 경쟁을 할 만한 사람들
이 줄어들었기 때문이기도 하다. 이따금 독서교실 어린이
들이 나에게 몇 살이냐고 물어보기는 한다. 나는 즐거운
마음으로 백 살이라고 대답한다.

어린이와 관련된 일을 하면서는, 어린이를 딱 보고 몇 학
년인지 알아맞히고 싶다는 생각을 해보았다. 그러면 더 전
문가다워 보일 것 같아서다. 물론 못 맞힌다. 한번은 강연
장에서 "학교에 있다 보면" 하는 중학생 참가자를 교사로

착각해 실례를 했다. 마스크 탓이라고 얼버무렸지만 진땀
이 났다. 이렇게 감이 없는 나지만, 한눈에 알아보는 학년
이 있다. 바로 중학교 1학년이다.

이들은 일단 교복 입은 모습이 어색하다. 몸집보다 옷이
큰 경우가 많다. 신입생들은 대부분 넉넉한 치수로 교복을
준비하기 때문이다. 반대일 때도 있다. 독서교실 예희는 교
복을 맞춘 다음 키가 훌쩍 커버려서 입학할 무렵 이미 옷
이 작아졌다. 교복이 몸에 딱 맞아도 신입생 태가 나는 건
마찬가지다. 팔과 엉덩이 부분이 뻣뻣하다. 높은 확률로 가
방도 새것이다. 어딘가 경직된 분위기도 느껴진다.

그와 달리 얼굴은 그렇게 말갛고 부드러울 수가 없다. 정
말 이상한 일인데, 중학교 1학년은 초등학교 6학년보다 어
려 보인다. 사실 6학년은 인생의 거의 절반을 초등학교에
서 보낸 사람들이다. 선생님, 교과목, 주요 행사 등 학교생
활에 대해 모르는 게 없다. 최고 학년이니 나름의 권위도
있다. 새 학년 새 학기를 맞이하는 독서교실의 6학년들은
"이제 다 마지막이다 하는 마음뿐"이라고 한다. 다들 조금
영감님 같다. 그랬던 어린이가 중학생이 되면 교복 안으로
들어가 조그매지는 것이다.

중학교 1학년. 새 직장에 가거나 이사를 하는 것처럼 큰

변화가 어린이 생활에 일어난다. 기대되고 재미있는 부분
도 있지만 대체로 긴장의 연속이다. 대해야 하는 선생님이
갑자기 많아져서, 과목마다 규칙과 과제가 복잡해서, 모
르는 아이들과 하루를 보내야 해서, 지나가는 2학년들이
왠지 무서워서 힘들어한다. 공부 부담이 커지는 건 말할
것도 없다. 잘 적응한다고 해서 힘이 들지 않는 게 아니다.
어른도 괜찮아 보이려고 무리할 때가 있다. 어린이는 더 자
주 그런다. 얼마큼 감당할 수 있는지 자기도 잘 모르니까.

중학교 입학은 커다란 사건이다. 어엿한 새 출발이다. 그
런데 초등학교 입학 때와 비교하면 어린이는 좀 외로울 것
같다. 내 눈에는 어린이날 선물을 못 받는 것만으로도 의
기소침해지는 '어린이'인데. 잘하라는 말보다, 잘하지 못해
도 괜찮다는 말을 더 많이 들려주고 싶다. 초등학교 때보
다는 어렵겠지만, 그때와는 다른 재미가 기다리고 있다고
말해주고 싶다. 그냥 하는 위로의 말이 아니라, 그게 바로
진짜 내 생각이다.

세상
아름다운 것

예지는 그날 '아, 죽을 때 이런 걸 보겠구나' 하고 생각했단다. 길고 긴 여름이 겨우 끝날 기미를 보이는 날이었다. 터덜터덜 학원에 가는데, 길 가던 사람들이 갑자기 걸음을 멈추고 하늘을 올려다보더란다.

"영화에서는 그럴 때 하늘에 우주선 같은 게 떠 있잖아요. 근데 엄청나게 커다란 무지개가 떠 있더라고요."

15년 평생에 그렇게 아름다운 광경은 처음이었다. 그날따라 하늘마저 분홍색이었다. 예지는 종교가 없지만, '하늘나라'가 저건가 싶었다. 다른 사람들처럼 예지도 서둘러 스마트폰에 무지개를 담았다. 그걸 증거처럼 내게 보여주었다. 그러면서 실제로는 사진보다 훨씬 예뻤다고 몇 번이나 강조했다.

"응, 무슨 말인지 알아. 나도 봤거든."

나도 그날 내가 찍은 사진들을 보여주었다. 찍힌 날짜가 같았다.

그날 나는 강아지의 배변 패드를 바꿔주려고 잠깐 베란다에 나갔다가 우연히 무지개를 보았다. 마치 원래 있던 자리를 되찾은 것처럼 당당하고, 영원히 사라지지 않을 것처럼 선명한 무지개였다. 나 역시 스마트폰으로 사진을 찍었지만, 자연을 찍을 때 늘 그렇듯이 어떻게 해도 그 모습이 잘 담기지 않았다. 종일 집에만 있던 날이라 하마터면 못 볼 뻔했는데 본 것만도 행운이었다.

사진을 들여다보고, SNS에 올리고, 남이 올린 무지개 사진을 보면서 즐거웠다. 예지처럼 "저기가 천국인가" "멸망 전 지구가 주는 선물인가" 하는 농담(또는 진담)을 올리는 사람들도 보았다. 무지개를 보고 아무렇지도 않은 사람이 얼마나 될까. 이런 걸 보면 인간에게도 좀 귀여운 구석이 있는 것 같다.

그런데 그날 무지개는 얼마나 오래 떠 있었을까? 예지도 모른다고 했다. 그러고 보니 무지개가 사라질 때까지 지켜본 적은 한 번도 없다. 나의 한구석에는 아름다운 무언가가 사라지는 걸 보기 괴로워하는 마음도 있는지 모른다.

애초에 아름다움은 그 안에 언젠가는 사라진다는 전제를 품고 있는 것 같다. 벚꽃은 비에 지고, 단풍은 바람에 쓸려 간다. 그림은 낡아가고, 음악도 어느 순간 지루해진다. 옛날에 고전문학 시간에 '화무십일홍花無十日紅'이라는 말을 배웠을 때 나는 기분이 무척 나빴다. 열흘 붉은 꽃 없다. 아름다운 것도 한때다. 아니, 그걸 누가 모르느냐고. 굳이 이렇게 말을 만들 필요가 있느냐고.

이렇게 말하면 속초에 사는 내 친구는 울산바위를 증거로 대며 영원한 아름다움을 말할 것이다. 이 글을 쓴 다음에 실제로 물어봤더니 친구는 이렇게 말했다.

"아름다운 건 우리보다 오래 남아요."

내게도 경주 불국사의 돌담처럼 종일 들여다봐도 질리지 않는 것이 있다. 하지만 그걸 보는 내 마음은 시시각각 달라진다. 물론 겨우 나 하나의 생각과 감정만으로 '아름다움'을 정의할 수는 없다. 미학은 또 너무 어렵고……. 그래서 기회가 될 때 어린이들에게 물어본다. 아름다움이란 무엇일까?

"예쁜 건데 그…… 되게 예쁜 거요."

"좀 멋있고 부드러운 거?"

질문을 바꾸어본다. 여러분은 무엇을 보고 '아름답다'고 느끼나요? 적어봅시다. 원고지에.

　다른 이야기지만, 독서교실 어린이들한테 종종 원고지를 사용하게 한다. 요즘은 원고지를 사용하는 사람이 거의 없고, 제목이나 이름 쓰는 형식도 사라지다시피 했기 때문에 그런 건 가르치지 않는다. 글쓰기 시간에 원고지를 사용하는 것은 글자를 같은 크기로 쓰는 연습이 되고, 띄어쓰기를 신경 쓰는 연습도 되기 때문이다. 원고지는 값이 조금 비싸더라도 종이 질이 좋고 칸 구분이 부드러운 색으로 된 것을 쓴다. 내가 어렸을 때 빨간 줄 원고지를 싫어했기 때문이다. 구석에 스티커도 붙여준다.

　이렇게 해도 어린이들은 대부분 원고지를 처음 보면 부담스러워한다. 아무리 단순해도 양식은 양식이라, 긴장되는 모양이다. 그래서 처음에는 원고지에 글을 쓰는 대신 낱말을 쓰게 한다. 좋아하는 음식을 쓰기 시작하면 원고지 한 장은 너끈히 넘어간다. 그다음엔, 문장을 쓰되 '절대' 띄어쓰기를 하거나 문장 부호를 넣으면 안 된다고 한다. 처음엔 좋다더니 어느 순간부터 어린이들은 '제발' 띄어쓰기를 하게 해달라고 애원한다. 안 하는 게 더 어렵다는 것이다. 늘 통한다! 나는 이런 술수를 잘 쓴다. 재능이라고 해두자.

'아름다운 것'으로 원고지를 채우는 것도 그렇다. 처음엔 하나도 생각 안 난다고 엄살이던 어린이도 "신기해요. 쓰니까 계속 생각나요" 하며 즐거워한다.

"달빛이 바다에 비치는 모습, 바다와 모래알이 부딪히는 소리, 숲에서 폭포가 쏟아지는 모습, 빗방울이 우산에 튕기는 모습, 물고기 꼬리가 살랑살랑 흔들리는 것, 연꽃, 비가 내리는 모습, 피아노 콩쿠르 때문에 연습하는 곡, 피아노, 피아노 의자, 사슴벌레, 도복, 높은 곳에서 하늘을 보는 것……."

어린이들이 써주었다. 어린이가 무엇을 보고 무엇을 듣는지 알 것 같다.

"영화관, 한동안 궁금했던 것을 알아냈을 때의 기분, 편지, 글을 쓰다가 최근에 알게 된 단어를 썼을 때의 기분, 꽃잎들이 붙은 모습, 새를 보는 것, 유리창에 붙은 빗방울, 질병이 없는 세상, 비행기 날개……."

청소년들이 써주었다. 이런 낭만적인 아름다움이라니.

'아름다운 것들'을 읽다 보면 이따금 이걸 "아름답다, 아니다"라고 말할 수 있나 싶은 것들도 등장한다.

"마라탕, 아이스크림, 떠먹는 요구르트 뚜껑 핥아 먹는 거, 할머니 만두, 밥 냄새, 망고 빙수, 인절미……."

이건 맛있는 거잖아?

"레고, 캐릭터 인형, 마스킹 테이프, 새 공책, 마커 세트, 람보르기니……."

이건 갖고 싶은 거고.

"손흥민이 골을 넣는 장면, 내가 골을 넣는 장면."

아름다운 건 아름다운 건데……. 한편 이 어린이의 10대 누나는 이런 것을 썼다.

"동생이 나한테 잘못해서 엄마한테 혼나는 모습."

아주 구체적인 아름다움이군.

"새 전자 기기를 사다주는 아빠, 숙제 없는 날, 집에 혼자 있기, 독서교실에 일등으로 도착하기, 용돈 받는 거, 뽁뽁이 터뜨리는 모습……."

이런 알쏭달쏭한 아름다움도 있다.

어린이에게 아름다움이란 아마 '나를 행복하게 하는 것'을 뜻하는 모양이다. 재미있는 것, 만족스러운 것, 언젠가 해보고 싶은 것이 어린이가 생각하는 아름다움이다. 그렇다면 아름다움은 사라지는 게 아니라 오히려 매 순간 만들어지는 게 아닌가. 점점 많아지는 게 아닌가. 내가 완전히 잘못 생각하고 있었다. 원고지를 채우는 어린이들 옆에서 나도 아름다움의 목록을 적어보았다. 감은사지 삼층 석

탑, 오리온 별자리, 새하얀 구름, 사이다 병뚜껑 따는 소리, 수평선, 개의 모든 것, 일곱 살 어린이와 하는 악수, 어린이 이마에 맺힌 땀, 옥수수 삶는 냄새, 부처님 오신 날 무렵 거리의 연등, 반짝이는 모든 것, 작은 털장갑, 편의점 건너편 나무 그늘, 가을이 왔다 싶은 아침, 옛날 동시,『릴케의 로댕』, 벚나무 낙엽이 깔린 길, 봄에 나뭇가지에 나는 새잎, 색종이, 코뿔소, 잡채, 오이지, 잠옷, 비누, 보온병, 양산, 국자, 전시회, 지도, 국어사전…….

어린이 옆에서 어린이가 하는 걸 같이 하면 이상하게도 어린이와 비슷해진다. 아름다움의 목록이 끝도 없이 이어지는 것이다. 신기하게도.

아름다운 것을 더 많이, 더 자주 찾아내서 아이들과 나누고 싶다. 아니, 내가 말을 잘못 했다. 아이들과 아름다운 것의 목록을 함께 만들어가고 싶다. 끝도 없이 이어지도록, 그리고 영원히 사라지지 않도록.

읽는 사람

은정이와 유진이는 만난 적이 없다. 같은 학년이지만 학교가 다르고, 사는 곳도 좀 떨어져 있다. 독서교실에서도 수업 시간이 달라서 마주칠 일이 없다. 그런 두 사람이 요즘 자신들도 모르게 만나는 장소가 있다. 교실 한쪽,『하이디』『톰 소여의 모험』『프랑켄슈타인』같은 작품이 놓인 '클래식' 책장 앞이다. 이 책들은 대부분 양장이라 무게를 생각해서 맨 아래 칸에 꽂아두었기 때문에 책 꺼내기가 조금 불편하다. 그래도 한 명은 월요일에, 한 명은 화요일에 똑같이 그 앞에 쪼그리고 앉는다. 은정이는『삼총사』와『홍당무』중에서, 유진이는『꿀벌 마야의 모험』과『폴리애나』중에서 무엇을 먼저 읽을지 고민하는 정도만 다르다.

은정이는 우리나라 동화를 좋아한다. 우리말로 되어 있어서 작가의 마음을 더 잘 알 것 같단다. 출판사를 중요하게 여기고 종종 판권도 살핀다. "이 책은 제가 태어나기 10년 전에 나왔네요. 작가분 아직 살아 계세요?" 하고 묻는다. 한번은 어떤 책의 작가와 내가 개인적으로 아는 사이라고 했더니 깜짝 놀랐다.

"선생님 인맥이 대단하시네요."

동화 작가는 아니지만 그래도 나도 작가인데 그렇게 놀랄 것까지야……. 아무튼 자기가 읽는 책을 쓰는 건 아니니까 내가 작가인 건 별로 관심이 없는 모양이다.

유진이는 독서교실 그림책 중 안 본 게 없다. 그림책의 독자라면 대개 그렇듯이 유진이도 같은 책을 보고 또 본다. 글이 많은 동화를 고를 때도 삽화를 중요하게 여긴다. 그림이 없어도 표지가 예쁘면 일단 읽어본다. 이야기에 대한 평가는 냉정하지만, 마음에 들면 역시 읽고 또 읽는다. 특별히 좋아하는 작가와 삽화가의 조합도 있다.

은정이와 유진이는 각자의 길로 같은 책장 앞에 다다랐다. 지난주에는 미리 맞춘 것처럼 둘 다 850쪽짜리 『제인 에어』를 만지작거렸다. 너무 두꺼워서 나는 아직 안 읽었다. 조만간 나도 따라 읽어야 할까 봐 약간 걱정이다.

"우리 국어 선생님이 6, 7월이 제일 위험하대요. 날씨가 너무 좋은데 창가에서 누가 책을 읽고 있다, 그러면 백 퍼센트 반한대요."

책에는 영 관심이 없고, 공부 삼아 겨우 독서교실에 오는 중학생 하늘이가 말했다. 학교에서는 절대 연애 금지라며 그런 장면을 연출하면 안 된다고 신신당부를 하셨단다. '절대' 안 된다고. 글쎄 왜 그런 구체적인 예를 드셨을까. 창가에서 '책'을 읽으면 안 된다고. 국어 선생님, 저랑 같은 마음이신 거죠?

옆에서 다른 중학생들이 거든다.

"솔직히 책 읽으면 뭐가 있어 보이긴 하지."

나는 웃음을 참고 물었다.

"그 뭐가 대체 뭘까?"

"분위기가 있죠, 좀 생각 있어 보여요."

"침착한 느낌? 혼자서도 뭘 잘할 것 같아요."

쉬는 시간이면 스마트폰 삼매경인 중학생들이 그날은 집에 가기 전에 청소년문고 서가를 얼쩡댔다. 나는 들고 다니기에 '있어 보이는' 책을 몇 권 추천했다. 그냥 가방에 넣고 다니기라도 하라고 했다. 공책을 꺼내다 같이 꺼내서 표지라도 보(여지)게. 그런 멋도 독서의 일부다.

읽는 사람들은 읽는 세계 안에서 서로 알고 지낸다. 정치가 책을 미워하고 사회가 책을 소외시키고 경제가 책을 의심해도, 독자는 계속 생겨난다. 브레히트는 "암울한 시대에도 노래를 부를 것인가? 그래도 노래 부를 것이다. 암울한 시대에 대해"라고 했다. 우리는 계속 읽을 것이다. 우리 세계에 대한 책을.

그러니까
시는

나는 시를 좋아한다.

이 문장을 쓰기까지 얼마나 망설였는지 모른다. 시를 좋아한다는 사실은 맹세코 부끄럽지 않다. 그걸 말하기가 쑥스러울 뿐이다. '시를 좋아한다'고 하면 마치 내가 시에 대해 잘 알고, 어쩌면 쓰기도 하는 사람처럼 보일 것 같다. 나는 전혀 그런 사람이 아니다. 내가 약간은 문학적 허영심을 가진 사람처럼 보일 수도 있다. 나는 매우 그런 사람이다. 그래서 거의 비밀인 것처럼 시를 좋아해왔다. 꽤 오랫동안.

청소년일 때부터 좋아하는 시들을 옮겨 적는 공책이 따로 있었다. 지금 이 문장을 쓰고 너무 부끄러워서 비명을 질렀다. 처음에는 교과서에 실린 시들을 적었다. 한용운

의 「복종」이나 조지훈의 「낙화」, 김수영의 「풀」, 김남조의
「편지」 같은 시. 용돈이 생기면 이름을 아는 시인의 시집
을 샀다. 아는 시인이 많아져서 언제가부터 공책을 접었다.
대신에 외우기 시작했다. 한 연이라도, 한 행이라도. 조금
다른 얘기지만 나는 고등학생 때 정철의 「사미인곡」을 너
무 좋아해서 누가 시키지도 않았는데 외워버렸다. 지금도
마지막 부분은 외울 수 있다.

　출하리 싀어디여 범나븨 되오리라.
　곳나모 가지마다 간 디 죡죡 안니다가
　향 므든 놀애로 님의 오시 올므리라.
　님이야 날인 줄 모르셔도 내 님 조추려 ᄒ노라.

　대학에서는 이전 교육과정 내내 이름 한 번 들어본 적
없는 여성 시인들을 알게 되었다. 시의 내용도 표현도 낯설
어서 나는 무척 당혹스러웠다. 시 읽는 법을 아예 다시 배
워야 했다. 이전의 시들로 아름다운 언어를 배웠다면, 새로
배운 시들로 날카롭게 찌르는 언어를 배웠다. 나는 둘 다
좋아했다.
　한글 프로그램을 쓸 줄 알게 된 다음, 나는 시를 실컷 옮

겨 적었다. 그걸 출력해서 사무실 책상 앞에 붙여두는 게
좋았다. 일하다 잠깐 고개를 들면 잠깐 딴 세상에 다녀올
수 있으니까. 시는 정말 이상하다. 글자로 쓰여 있는데 왜
이미지가 떠오를까.

"왜 그럴까?"

어린이들과 시를 읽으면서 물어보았더니 대부분 어리둥
절한 얼굴이었다. 한 명의 어린이만 말없이 내 눈을 보면
서 싱긋 웃었다. 나는 내가 보여줄 수 있는 가장 따뜻한 눈
길로 어린이의 대답을 받았다. 그날 어린이들과 윤동주의
「반딧불」을 읽었다. 처음엔 이게 무슨 말인가 하던 어린이
들에게 '시적 상황'을 알려주었다.

"달이 초승달이었다가 반달이 되었다가 보름달이 되
는 것 알고 있지? 그믐밤은 달이 없는 밤이야. 그럼 바깥
은 어떨까? 캄캄하겠지. 지금 이 시에서 말하는 사람은 그
런 날 숲속에서 달빛을 찾은 거야. 무엇을 보고? 반딧불을
보고."

"아하! 그래서 부서진 달 조각이라고 한 거네요?"

"예쁘다."

"느낌이 좋아요."

나는 윤동주가 일제강점기 시인이라는 것과 그의 비극

적인 죽음, 그럼에도 불구하고 끝까지 살아남은 청량한 시
에 대해 마저 설명했다. 어린이들은 소리 내어 감탄했다.

우리는 그 시를 외우기로 했다.

> 가자 가자 가자
>
> 숲으로 가자
>
> 달 조각을 주우러
>
> 숲으로 가자
>
> 그믐밤 반딧불은
>
> 부서진 달 조각
>
> 가자 가자 가자
>
> 숲으로 가자
>
> 달 조각을 주우러
>
> 숲으로 가자
>
> 윤동주, 「반딧불」 전문

어린이 모두와 눈을 마주쳐가며 이 사랑스럽고 강인한
시를 나누었다. 이럴 때 내가 독서교실 선생님이라는 사실

이 정말 좋다. 펄쩍 뛸 만큼 좋다.

솔직히 요즘 나오는 시집은 잘 알지 못한다. 하지만 거기에 가장 신선한 언어가 담겨 있다는 건 알기에 알쏭달쏭한 채로 계속 읽는다. 한편으로 나처럼 옛날 문법으로 시를 읽는 사람들을 위해서 시인들이 옛날 시도 계속 써주면 좋겠다고 생각한다. 나처럼 부끄러워서 말 못 해온 독자들이 있다면 털어놓듯이 말해버리자. 시를 좋아한다고.

이런저런 고민으로 잠을 설치던 밤에, 문득 어떤 생각이 떠올라 벌떡 일어났다. 그리고 곧장 출근 가방에 마음 깊이 사랑하는 시인의 시집을 챙겨 넣었다. 그것만으로도 마음이 놓였다. 지금 교실 칠판 한구석에는 이런 구절이 적혀 있다.

> 그러니까 시는
> 시여 네가 좋다
> 너와 함께 있으면
> 나는 나를 안을 수 있으니까.
>
> 진은영 「그러니까 시는」 중에서

우리는 우리를 안을 수 있다.

진은영, 『나는 오래된 거리처럼 너를 사랑하고』, 문학과지성사, 2022.

선생님이라는
어른

지방 도시의 문화행사에 강연을 하러 갔다. 기차 시간을
여유 있게 잡은 덕분에 행사장에 일찍 도착했다. 점심도
든든하게 먹었겠다, 강연 장소에 열린 북 페어를 기분 좋게
구경했다. 몰랐던 지역 출판사의 책과 그곳 동네책방 사장
님들이 세심하게 골라온 책, 엽서와 스티커, 심지어 그것
들을 담을 천 가방까지 샀다. 일을 하러 왔겠다, 시간은 많
겠다, 책과 기념품을 산다는 명분도 있겠다. 떳떳하게 과소
비를 하는 데 이만큼 좋은 기회도 없으니까.

　둘러보니 몇 부스에서는 내 책도 판매하고 있었다. 강연
이 예정된 작가의 책이라 내놓은 것이려니 하면서도 우쭐
해지는 건 어쩔 수 없었다. 혹시 누군가 내 얼굴을 알아볼
수도 있지 않을까? 아니 내가 도시 한복판에서 그러는 것

도 아니고, 이런 행사장에서라면. 뽐내고 싶어지는 동시에 그런 생각을 한 나 자신이 민망해져서 심장이 콩닥거렸다.

내 책이 놓인 부스 중 한 군데서 짐짓 무심한 척하면서 그림책들을 뒤적이는데, 옆에서 어떤 어린이가 그림책 한 권을 유심히 들여다보았다. 무슨 책인지 궁금해서 힐끗댔지만 짐작이 되지 않았다. 어린이는 결국 그 책을 샀다. 알고 보니 부스를 지키고 계신 분은 작은 출판사의 사장님이자 어린이가 산 그림책의 작가이셨다. 작가님은 어린이의 이름을 묻고 사인을 해주셨다.

나도 그 책을 사면서 사인을 청했다. 뽐내는 마음과 민망함이 동시에 일어난 것처럼, 책을 살 때도 두 마음이 동시에 생겼다. 일. 작가님을 본 사람으로서 예의를 지키고 싶다. 이. 혹시 나를 알지 않으실까?

내 이름을 말씀드리자 작가님은 "혹시?" 하며 나와 내 책을 번갈아 보셨다. 이때다. 나는 예전부터 한 번은 해보고 싶었던 것을 했다. 별것 아니라는 듯 어깨를 으쓱이기. 그런 다음 너무 창피해서 이대로 얼굴에서 자연 발화가 일어나도 이상하지 않을 지경이 되었다. 다시는 그러지 말아야지.

그때 옆에 있던 청소년 둘이 무슨 일인지 궁금해하며 다

가왔다. 작가님은 내 책을 가리키며 "작가님이세요" 하고
나를 소개해주셨다. 나는 어깻짓 금지를 피로써 맹세했다.
그러나 청소년들은 나의 사정을 봐주지 않았다.

"우와! 정말이에요?"

"허업!"

둘 다 놀라는 시늉을 하며 야단을 떨었다.

마음속으로는 혹시 이분들도 내 책을 읽었나 싶어 조금
설레기도 했지만, 이번에는 처신을 잘해야 했다.

"에이, 왜 그러세요. 제가 무슨 책을 썼는 줄 알고?"

답이 왔다.

"모르죠. 아무튼 작가라고 하니까."

"작가를 이렇게 가까이에서 보는 거 처음이에요. 대박!"

그들은 강연이 시작되는 것도 안 보고 나갔다. 나랑 사
진까지 찍어놓고, 내가 무슨 책을 썼는지는 끝내 모르는
채로.

그날 강연 중에 한 초등학교 선생님이 질문을 주셨다. 해
가 바뀌어도 같은 나이의 아이들을 만나는데 선생님 자신
은 나이가 들어가니 어떻게 하면 그 차이를 극복할 수 있
을까 하는 내용이었다. 전에도 역시 초등학교 선생님이 비
슷한 질문을 하신 적이 있었다.

　"저는 어린이가 다양한 선생님을 만나는 게 좋다고 생각합니다. 경력은 적지만 친근한 선생님, 경력이 적어서 엄격한 선생님, 연륜이 있어서 너그러운 선생님, 연륜이 있고 엄격한 선생님. 학년에 따라 학교 사정에 따라 여러 선생님을 만나는 것도 어린이에게 주어지는 기회니까요. 조금은 냉정한 선생님, 노래를 못하는 선생님, 덤벙대는 선생님, 아픈 선생님, 피부색이 다르거나 장애가 있거나, 둘 다인 선생님도 만나면 좋겠습니다. 어린이는 선생님을 통해 삶의 여러 모습과 자신에 대해서 알게 되는 것 아닐까요?"

　어린이와 청소년에게 선생님은 날마다 '가까이에서 보는' 의미 있는 어른이다. 아이들에게 선생님의 위상은 어쩌다 마주친 (허세에 찬) 작가와는 전혀 다르고, 소방관이나 과학자와도 다르다. 그러니 선생님을 위해서만이 아니라 아이들과 사회를 위해서 그분들에게 안정과 인정이 필요하다. 그런데 지금 그게 잘되고 있는 걸까?

　일찍 세상을 떠난 한 선생님을 추모하며, 나이도 사는 곳도 다른 선생님들이 마치 하나인 듯한 검은 물결로 도심을 뒤덮었던 일이 떠오른다. 잇따른 동료의 죽음에 크게 흔들리고 두려우셨을 선생님들은 지금 어떤 마음이실까. 오늘도 교육 현장의 변화를 위해 나아가는 선생님들께 응원과 사랑을 보낸다. 많은 이들이 그렇게 지지하고 있다는 걸 알아주시면 좋겠다.

어떤
아이들

길에서 "도道를 아십니까?"라며 다가오는 사람은 쉽게 피할 수 있다. "얼굴이 참 맑으세요" 하는 사람도 따돌릴 수 있다. 그런데 만일 누군가 "혹시 운運을 믿으세요?"라고 묻는다면 나는 곧바로 대답할 것이다. "네네! 저 믿어요. 완전히 믿어요!"라고. 그러곤 아마 순순히 잡혀갈 것이다.

　나는 사소한 운이 나쁜 편이다. 가위바위보에서 압도적 확률로 진다. 제비뽑기, 사다리 타기도 마찬가지다. 선생님이 칠판 앞에서 수학 문제를 풀 사람을 정할 때면 번호로도, 이름으로도, '코카콜라 맛있다'로도 내가 걸렸다. 바로 앞의 아이가 푼 건 나도 풀 수 있었는데 내가 받은 건 어려운 문제였다. 우산이 없을 때 소나기가 그치기를 기다리다가 안 되겠다 싶어서 비를 맞고 뛰어가면 내가 도착한 다

음 비가 깨끗이 그친다. 줄 서기야말로 내 전문 분야다. 한
줄 서기가 정착되기 전 화장실에서는 내가 선 칸의 줄이
(언제나!) 제일 천천히 줄었다. 막히는 길에서 차선을 바꾸
면, 정말 누가 가만히 보고 있다가 조작이라도 하는 것처
럼 내가 떠난 차선이 뻥 뚫린다. 그게 너무 속이 터져서 되
도록 차선을 안 바꾼다. 어쨌거나 옆 차선 차들은 쌩쌩 달
린다. 요령 있는 차선 바꾸기는 아예 포기했다.

　마트 계산대에서 줄 서기는 또 어떤가? 각각 계산대에
몇 팀이 있는지, 장바구니에 물건은 얼마나 있는지 꽤 날
카롭게 분석해서 줄을 서지만 또 실패한다. 앞 팀이 포인
트 적립 카드를 남편 앞으로 했는지 아내 앞으로 했는지
토론하다가 두 사람 전화번호를 모두 입력한 다음 둘 다
회원이 아닌 걸 알게 되는 과정을 나는 뒤에서 지켜본다.
방금 결제한 카드가 할인 혜택이 적용되지 않는 카드인 걸
알고, 결제를 취소한 다음 다른 카드로 다시 하는 팀도 있
다. 어떤 팀은 신용카드가 갑자기 안 되어서 현금을 꺼낸
다. 가진 돈에 맞추어서 물건을 빼느라 계산이 섬세해진다.
옆 계산대의 아저씨도 어린이도 할머니도 모두 떠나고 또
나만 남는다.

　실제로 여기까지 쓰고 편의점에 갔는데, 계산하고 나와

보니 소나기가 쏟아지기 시작했다. 이제 다들 짐작하겠지만 나는 우산이 없었다. 자전거를 타고 놀던 어린이들이 우르르 편의점 차양 아래로 몰려와서는 "야, 이거 우박이야!" "우박이다, 우박!" 하고 외쳤다. 그 정도는 아닌데 어린이들이 왠지 들떠 있어서 참견하지 않았다. 그저 내 상황이 하도 웃겨서 기록해두려고 시간을 확인했다. 2024년 7월 26일 오후 2시 56분. 몇 분 기다리다가 비를 맞고 와서 책상 앞에 앉으니 바깥에서 강렬한 햇빛이 들어온다. 3시 6분. 기상청에 확인해봐도 좋다. 나는 거짓말을 하지 않는다.

　사소한 불운을 확인할 때마다 내가 가진 커다란 행운들에 대해 생각한다. 사람이 다 가질 수는 없으니까. 나의 행운들을 생각하면 작은 불운에는 초연해질 수 있다. 예를 들면 내가 다닌 ㅅ여자고등학교에 대한 것이다. 우리나라에 학교를 좋아하는 고등학생은 많지 않을 것이다. 나 역시 처음 그 학교를 배정받았을 때는 '학교'를 사랑하게 될 줄 몰랐다. 오히려 걱정이 많았다. 중학교 때 친구들이 대부분 다른 학교로 갔기 때문이다. 하지만 돌이켜 생각해보면 그 학교는 내가 스무 살 이전에 가진 가장 큰 행운, 어쩌면 유일한 행운이었다. 그 시절을 떠올릴 때면 마음속에 분홍색 꽃잔디가 한가득 피어난다. 우리 학교에서 제일 흔한 꽃이었다.

고등학생이 된 뒤 나는 선생님들을 좋아했다. 때리지 않았기 때문이다. 1990년대 초반까지도 선생님이 학생을 때리는 일이 적지 않았다. 대학에서 만난 사람들도 지역에 상관없이 대부분 체벌이 만연한 학교를 다녔다고 했다. 나는 중학생 때 모범생이 되는 데 골몰했는데도 몇 번인가는 손바닥이며 엉덩이를 매로 맞았다. '문제아'로 불리는 아이들이 교실 안에서 무방비로 선생님한테 폭력을 당하는 모습을 꼼짝없이 지켜보았다.

고등학교 선생님들은 아무도 때리지 않았다. 그게 학교에서 제일 중요한 규칙이었다. 물론 벌을 안 받은 것은 아니다. 잘못한 아이들은 반성문을 썼다. 반성문의 분량은 잘못의 내용과 정도에 따라 정해졌다. 우리 학교는 교복과 머리 모양 등에 꽤 엄격했고, 청소 시간에 꼭 앞치마를 입어야 한다든가 각자의 책상 덮개에 이름을 수놓아야 하는 등 구시대적인 규칙도 세세했다. 반성문을 쓸 일이 적지 않았다는 뜻이다.

처음에 어떤 아이들은 반성문 쓰는 데 잘 적응하지 못했다. 중학교 때 툭하면 맞던 아이들이 더 그랬다. 반성문 쓰는 게 어렵다고 "차라리 몇 대 맞고 끝나면 좋겠다"라고 푸념하기도 했다. 하지만 다들 금방 익숙해졌다. 반성문을 쓰는 것이 아니라 '맞지 않는 것'에. 어느 선생님 손에도 매가 들려 있지 않은 것에. 선생님들이 고함을 지르지 않는 것에.

2학년 때인가, 한번은 선생님이 수업 시간 내내 거울을 보는 아이를 야단치다가 그 애의 손거울을 깨버린 적이 있다. 중학교 때 같았으면 이후 매질이 이어졌을 텐데, 교실에는 침묵만 흘렀다. 당사자들뿐 아니라 반 아이들도, 갑작스럽게 일어난 폭력적인 상황에 모두 충격을 받았기 때문이다. 그 애는 반성문을 썼고, 선생님은 시말서를 쓰셨다.

물론 괴팍한 선생님도, 신경쇠약이 의심되는 선생님도, 우리 눈에도 무기력해 보이는 선생님도 있었다. 하지만 좋은 선생님이 더 많았다. 내가 이렇게 확신하는 건, 선생님들의 어떤 말과 행동을 아직도 똑똑히 기억하기 때문이다. 우리는 선생님들한테 이런 말씀을 들었다.

"교복을 갖추어 입고, 교표를 꼭 달아라. 그건 너희가 어디에서 무얼 하든지 우리 학교가 보호하는 아이들이라는 걸 보여주는 거니까."

"고등학교는 시간을 버는 곳이다. 대학을 안 가더라도,

앞으로 어떤 일을 하고 싶은지 이것저것 해봐라. 학교 지붕
아래 있을 때, 선생님들이 도와줄 수 있을 때 해봐라."

가톨릭 계열의 학교여서 '종교' 수업도 일정 기간 들었
다. 그때 수녀님은 이런 말씀을 하셨다.

"나는 신앙이 있다. 너희는 꼭 그러지 않아도 된다. 하지
만 누구든 신념은 있어야 한다."

우리는 그 시간에 윤리, 도덕, 철학을 배웠다. 친구와 잘
대화하는 법도 배웠다.

고지식한 학교의 멋이라고 해야 할까? 일주일에 두 번
점심시간에 운동장에서 포크댄스(!) 음악이 울려 퍼졌다.
그러면 놀랍게도 제법 많은 아이가 자발적으로 나와서 원
을 그리며 포크댄스를 추었다. 그러면 소화도 잘되고 무엇
보다 재미가 있었다! 선생님들도 한 번씩 함께하셨다. 무서
운 할아버지 선생님이 허리를 꼿꼿이 세우고 능숙하게 춤
을 추셨고, 여전히 고등학생 같은 개구쟁이 선생님이 장난
스럽게 춤을 추셨다. 좋아하는 선생님과 손잡을 기회를 노
리며 춤을 추는 아이들도 있었다. 선생님과 가까워질수록
굉장히 두근두근했다. 내가 그걸 왜 알지?

그런 날들을 보내면서 나는 사랑받는 게 무언지 배웠다.
선생님들이 나만 꼭 집어 사랑하지 않더라도, 사랑받는 아

이 중 하나라는 사실만으로도 충분했다. 사랑은 자격을
갖추지 않아도 받을 수 있는 것이다. 나만이 아니었을 것이
다. 학교에 있는 동안만큼은 가정의 그늘을, 폭력을, 냉담
함을, 긴장과 불안을 잊을 수 있던 아이들이.

  내가 학교를 사랑한 다른 이유 하나는, 교정이 아름다
웠기 때문이다. 운동장 주위로 건물들이 뻣뻣이 늘어서고
나무 몇 그루와 구령대 등으로 대충 구색을 갖춘 그런 학
교가 아니었다. 우리 학교는 야트막한 언덕에 있었는데, 그
지형을 활용해 공간을 배치한 게 마치 학교가 아니라 공
원 같았다. 언덕길 아래로 큰 운동장(하지만 100미터 달리
기는 할 수 없었다)이, 위로 넓은 잔디밭이 있었다. 잔디밭을
가운데 두고 본관, 별관(음악실), 체육관이 둥글게 모인 구
조였다. 언덕 뒤편에는 작은 운동장(당연히 100미터 달리기
는 할 수 없었다)이 있었다. 체육대회 때는 두 운동장에서
동시에 경기가 열려서 양쪽 상황이 방송으로 중계되기도
했다.

  학교에는 또 아주 오래된 작은 성당이 있었는데, 언제 들
어가도 은은한 꽃향기가 났다. 종교와는 상관없이, 그냥
혼자 있고 싶은 아이들은 가서 멍하니 앉아 있기도 했다.
동산을 포함해 산책로가 아름다웠다. 교정에는 철마다 꽃

이 피었다. 구색을 맞추는 정도가 아니라, 여기저기 정말 많이많이 피었다. 작문 시간 숙제 중 하나가 교정의 꽃 가운데 하나를 골라 묘사하는 것이었다. 나는 꽃잔디를 골랐다.

그런데 내 마음에 학교가 이렇게까지 선명하게, 어쩌면 약간의 과장을 포함하면서까지 아름답게 남은 건 바로 학교 '시설' 때문이다. 빨간 벽돌로 격식 있게 지어진 건물들, (모 기업 회장이 손녀를 위해 기증했다는) 훌륭한 오디오 시스템을 갖춘 음악실, 아늑한 미술실, 바닥의 느낌이 좋은 체육관과 언제나 햇살이 가득 고이던, 아니 넘쳐흐르던 예절실. 학교가 아니었다면 모르고 살았을 좋은 것들이 학교에 있었다. 학교 시설은 누구의 눈치도 보지 않고 모두가 공평하게 사용할 수 있었다. 모두의 것이니까 내 것이기도 했다. 소름 끼치는 벌레 소리를 들으면서, 천장이 무너져 그 벌레들이 내 얼굴 위로 쏟아지는 상상을 하게 되는 밤이 무서워서 나는 야간 자율학습 시간마다 맨 마지막에 도서관을 나섰다. 밤에 학교 언덕을 내려가 정문을 나서는 순간부터는 어둠의 질이 달라졌다.

학교는 공교육을 실행하는 기관이다. 이때의 '공公'은 공평하다는 뜻의 공이다. 아이들에게 학교는 공평하게 배우고 이해받고 보호받는 곳이다. 입시나 진로 준비만 하는 곳이 아니라 하루 대부분 시간을 보내는 '바깥의 집'이다. 누군가의 자녀, 어느 집의 몇째가 아니라 이름을 가지고 한 명의 시민으로 존재하는 곳이다. 그런 학교에서 아이들은 사적인 생활을 가꾸어나간다. 『공공성』˚이라는 책에서 "공적인 것이 사적인 것의 소멸을 요구하지 않는다"라는 설명을 읽으면서 공과 사가 얼마나 얽혀 있는 관념인지 생각했다. 공과 사를 구분할 생각만 했지, 어떻게 합쳐지는지는 생각해본 적이 없었다.

어떤 아이에게는 학교가 자신이 머무를 수 있는 가장 밝은 장소다. 어떤 아이에게는 수업 시간이 하루 중 가장 안정적인 시간이다. 어떤 아이에게는 학교의 나무 한 그루, 꽃 한 송이가 숨통을 틔워주는 휴식이 된다. 어떤 아이에게는 학교 급식이 가장 균형 잡힌 식단이다. 어떤 아이에게는 선생님의 사랑이 절대적으로 필요하다. 죄책감이나 책임감 없이 그저 받기만 해도 되는 사랑이.

힐러리 코텀은 "사람들은 청소년기에 좋은 삶을 위한 기반을 닦게 되고, 혹시 아동기에 무엇인가 잘못되었더라도 이 시기에 그것을 만회할 수 있는 절호의 기회를 얻는다"라고 말한다. 청소년기는 신경가소성(새로운 행동이나 경험에 따라 뇌가 스스로 신경 회로를 바꾸는 능력)이 매우 높은 시기이기 때문이다. 청소년을 제대로 돌보지 못하면 인적 자원, 즉 잠재력과 가능성을 잃게 된다는 점도 지적한다. 그는 영국 복지 시설의 나아갈 바에 대해 상세히 논하는 데, 나는 우리나라의 학교를 떠올렸다.▢▢

아이들에게 학교는 개인의 삶에 직접적인 영향을 끼치는 공공의 장소다. 공교육이 무너졌다느니, 교사가 어떻다느니 하는 말은 정확하지도 않고 정당하지도 않다. 만일 그런 위험이 감지된다면 시민이 함께 머리를 맞대고 해결책을 찾는 것이 옳다. 비난은 학교에도, 시민의 한 사람인 자신에게도 아무런 도움이 되지 않는다. 비난 자체에서 기쁨을 느낄 만큼 내면이 허술한 사람이 아니라면.

나는 열일곱 살에서 열아홉 살까지, 성인이 되기 전 가장 두렵고 길게 느껴지는 시간을 안정된 곳에서 보냈다. 마음에 걸리는 건 그것이 정말 '행운'이라는 점이다. 어떤 아이들에게는 학교마저 삭막하고 암울하다. 그건 예전이나 지금이나 크게 달라지지 않았을 것 같다. 운에 맡길 일이 아니다. 학교가 조금이라도 더 좋아지도록 부단히 애쓰는 한편, 그늘에 있는 아이들을 찾아내야 한다. 이제 나와도 된다고, 여기는 안전하다고 말해주어야 한다. 꿈이라도 말해보자면 나는 모든 아이가 학교를 좋아하기를 바란다.
그렇게만 된다면 더 바랄 게 없겠다.

☐   하승우, 『공공성』, 책세상, 2014.
☐☐ 힐러리 코텀, 박경현·이태인 옮김, 『래디컬 헬프』, 착한책가게, 2020.

열일곱 살이면

나는 눈이 나빠서 아홉 살부터 안경을 썼다. 해를 거듭하
며 시력은 점점 나빠졌고, 지금은 안경이 없으면 일상생활
이 불가능할 지경이 되었다. 의사는 콘택트렌즈를 끼지 말
고 안경을 쓰라고 하지만 그게 잘 안 된다. 내 안경은 알이
너무 두껍고 무거워서 쓰고 있는 것 자체가 힘이 든다. 게
다가 안경을 쓰면 어린이들이 만화에 나오는 박사님 같다
고 놀린다. 거울을 보면 안경알은 뱅글뱅글 돌아가는 것
같고 눈은 좁쌀 같다. 지금보다 조금 덜했지만, 청소년기에
쓴 안경도 느낌은 비슷했다. 그 시절 스마트폰이라도 손안
에 있었으면 친구들의 사진첩에 내가 어떻게 찍혔을지. 필
름 카메라 시절이라 사진이 많지 않은 게 천만다행이다.

 그때 사진을 보면 나는 참 어정쩡하다. 숱이 많은 머리는

사방으로 뻗쳐 있고, 목이 투실투실하고 양 볼은 엄청나게
빵빵하다. 거기에 무거운 안경을 쓰고 있으니 안경의 아랫
부분은 늘 볼살에 파묻혀 있다. 웃는 것도 웃지 않는 것도
어색하다. 얼굴은 지금의 내 얼굴이 될 수도 있고 아닐 수
도 있었을 것처럼 어딘가 윤곽이 흐릿한 느낌이다. 중학교
때는 교복이 없었기 때문에 옷을 알아서 입어야 했는데,
불행히도 나는 얼토당토않은 패션 감각을 가지고 있었다.
소풍같이 분명히 사진 찍을 일이 있는 날은 특별히 신경을
썼는데 바로 그랬기 때문에 사진에 찍힌 나—어른인 언니
의 옷을 무리해서 입은 나—는 정말로 특별한 사진을 남기
곤 했다.

　청소년기 특유의 샘솟는 열망은 누군가의 '팬'이 되는
데 쏟아부었다. 미국 가수를 좋아할 때는 영어 공부를 열
심히 했고, 한국 가수를 좋아할 때는 수없이 많은 가사를
썼다. 고등학교 때는 인기 있는 언니들하고 친해지고 싶어
서 풍물패에 들어갔다. 장구를 치고 싶었지만, 양손이 따
로 놀아서인지 장단을 잘 맞추지 못해서인지 결국 북을 받
았다. 내 생각에 언니들이 나를 뽑아준 건 인원이 부족해
서였던 것 같다.

　우리는 보통 수업이 끝난 뒤 운동장에 모였다. 그리고 연

습이 끝나면 모두가 둥그렇게 앉아서 두런두런 이야기를 나누곤 했다. 하루는 누군가 아영 언니(사실 언니 이름은 잊어버렸다)한테 노래를 불러달라고 했다. 나는 언니에 대해 잘 몰랐다. 따로 인사를 해본 적도 없었다. 그래도 장구를 끝내주게 잘 친다는 것은 알았다. 체구가 작고 별로 말이 없는 사람이었다. 노래 신청을 받은 아영 언니는 조금 망설이다가 노래를 시작했다. 무슨 곡을 부르겠다는 말도 없이.

나는 그 언니의 이름도 얼굴도 기억이 안 나는데, 언니의 노래가 시작된 순간 우리를 감싼 분위기는 생생하게 기억한다. 그렇게 아름다운 순간은 누구도 잊을 수 없는 법이다. 자신은 잊었다고 생각할지라도 몸 한구석에 영원히 새겨져서 못난 것을 덜 미워하거나 고운 것을 더 좋아하게 만드는 일을 부지런히 수행하고 있을 것이다. 우리 모두 열일곱 살, 열여덟 살이었으니 그런 기관이 생기는 건 전혀 이상하지 않다.

그날 언니가 부른 노래는 디즈니 애니메이션 〈인어 공주〉에 나오는 'Part of Your World'였다. 영어 가사 그대로, 물론 반주도 없이. 나는 그때 영화를 보지 않았기 때문에 그날 그 노래를 처음 들었다. 그때 느낀 감동을 표현하고 싶은데, 알맞은 말을 모르겠다. 노트북 자판을 두드리던 손을 들어 손바닥을 본다. 여기에 그 순간에 바칠 만한 낱말이 있으면 좋을 텐데. 그때 우리는 다 비슷한 마음이었던 것 같다. 노래를 듣는 동안은 물론이고 노래가 끝난 뒤에도 한동안 아무도 아무 말도 하지 않았다. 여음이 우리 사이를 떠돌았던 걸까. 누군가 훌쩍였다. 그 장면을 떠올리면 나도 조금 울 것 같다.

우리가 그날 느낀 것의 정체는 무엇일까? 그저 '감수성 예민한 아이들'의 한때였을까? 나는 그렇게 생각하지 않는다. 세월이 오래 흐르고 생각해보니 우리가 느낀 건 예술에 대한 경외감이었다. 너무 아름다우면 감동을 받을 수 있다는 걸 알게 된 것이다. 적어도 나는 두려울 만큼 놀랐다.

수학여행 가기 싫다고 걱정이 가득하던 세희가 돌아와서는 생각보다 훨씬 재미있었다고 했다. 그리고 싱글벙글하며 영상을 보여주었다. 거기에는 휴식 시간 숙소 로비에서 수십 명의 청소년이 노래를 부르는 모습이 담겨 있었다. 중학교 때의 나처럼 생긴 소년이(죄송합니다) 진지한 얼굴로 기타를 쳤다. 아이들은 스마트폰으로 가사를 보면서 노래를 부르고, 또 여기저기서 세희처럼 촬영을 하고 있었다. 얼마나 예뻐 보였는지 모른다. 그 순간을 평생 마음에 남기는 아이들도 있겠지. 왠지 눈물이 찔끔 났다.

청소년은 몸과 마음이 한꺼번에 자라느라 바쁘다. 감정적으로 불안할 때도 많고, 믿어지지 않을 만큼 어리석은 행동을 할 때도 있다. 중학생들의 부모님과 상담을 하다 보면 나도 모르게 "아니, 그 녀석을 그냥 두셨어요?" "아무리 사춘기라도 그렇지, 그래도 할 건 해야죠" 하고 부모님 마음이 된다. "사춘기가 벌써 온 걸까요?" "아유, 사춘기가 빨리 지나가야지" "사춘기가 무슨 유세인가" "사춘기라서……" 같은 말씀을 부모님한테 듣기도 하고 나도 한다.

그러다가 혼자서 가만히 생각해보면, 아이와 침착하게 이야기를 나누어보면, 앞뒤 이야기를 알고 나면, 내가 '사춘기'라는 말로 많은 것을 뭉뚱그리고 있다는 걸 깨닫는다. 아이들의 걱정과 불만, 사랑 중에는 몇 년만 지나도 한 명의 의견과 감정으로 인정받을 내용도 많이 있다. 형과의 불편한 관계("형이 자꾸 화를 내요. 엄마는 형한테 꼼짝도 못하면서 저보고 잘하래요."), 편애로 오해할 만한 사건("제가 100점 받은 건 당연한 거고, 동생이 90점 받은 건 되게 잘한 거래요."), 어머니와 아이의 생각 차이("엄마는 한 과목을 오래

공부하래요. 저는 돌아가면서 공부하는 게 좋단 말이에요."), 사
과할 때를 놓쳐서 꼬여버린 일("미안하다고 하고 싶은데 벌써
지나간 일이라 애매해요.") 같은 것. '사춘기'라는 틀 때문에
생기는 갈등도 많다는 뜻이다.

　중학생이 되는 열네 살부터 고등학교를 졸업하는 열아
홉 살까지, 청소년을 바라보는 어른들의 마음에는 이 시기
가 빨리 지나갔으면 하는 바람도 있는 것 같다. 아직 어른
이 되지 않은 '과도기'이니 웬만한 고민은 어른이 된 뒤로
미루었으면 한다. 다르게 말하면, 어른이 되고 보면 아무
것도 아닌 일에 매달리는 게 답답하게 보이는 것이다. 하지
만 당사자는 그렇지 않다. '사춘기' '청소년기'가 아니라 하
루하루 오늘을 살아간다. 어른이 된 뒤보다 내일이 더 걱정
이다.

　그나마 이런 충돌도 '대학 입시'를 준비하면서 제대로
표출되지 못할 때가 많다. 많은 청소년이 의심 없이 수험생
으로서의 운명을 받아들인다. 내신 문제 하나, 수행평가
하나에 애태우면서도 집중력, 절제력, 끈기는 마음을 따
라가지 못하니 의지와 포기 사이를 오가게 마련이다. 어떤
아이들은 자의든 타의든 탈 없이 학교를 마치고 진학한다.
그리고 어떤 아이들은 어긋난 길을 바로잡지 못한 채 학교

밖으로 나온다. 울타리가 없는 곳으로. 어떤 방황은 더욱 치명적이어서 아이들의 인생을 바꾸어놓는다.

서현숙 작가는 소년원 학생들과 책을 읽은 기록을 『소년을 읽다』[□]에 담았다. 나는 이 책을 읽는 데 한참 걸렸다. 극단의 상황에 놓인 아이들이 보여주는 속내가 너무나 연약해서 그랬다. 그 아이들의 잘못과 미래를 구분해서 바라보는 작가님은 진정한 어른이다. 그에 비해 나 자신은 부끄러워서 한 문장 한 문장 허투루 읽을 수 없었다. 선생님께 책과 생각의 세계를 안내받은 아이들은 그 이름도 낯설었던 '독자'가 되고 시를 외우는 사람이 된다. 작가는 머리말에 "사람을 살아가게 하는 힘은 '사람'이다"라고 썼다. 사람에게는 사람이 제일 힘센 동력이다. 아이들에게는 도와줄 사람이 필요하다.

물론 잘못을 저지르지 않았다면 더 좋았을 것이다. 그런데 많은 아이가 환경에 떠밀려 학교 밖 청소년이 된다. 경제적 어려움, 정서적 불안함 때문에 가정에서 안정을 찾지 못하는 아이들은 학교생활에도 적응하기 어렵다. 『가난한 아이들은 어떻게 어른이 되는가』[□□]에서 강지나 작가 역시 경제적 궁핍이 내면의 힘을 약화시킨다는 점을 지적하고 "자신을 믿고 손을 내밀어주는 사람들, 관계망"을 건강

한 삶의 요소로 꼽았다. 또 "(마음에) 멍들고 있을 많은 청
소년들을 생각한다면 우리는 '정상가족'보다 다양한 가족
형태에 대해 더 얘기하고 관심을 모아야 한다"는 점도 지
적한다. 가정에서도 학교에서도 안정을 찾지 못하는 아이
들이 집을 나오고 학교를 그만두는 것이다.

　사실 영화 〈빅 슬립〉에서 길호를 처음 보았을 때 나도
모르게 떠올린 생각은 '저럴 거면 집에 가지. 그래도 집이
낫지' 하는 것이었다. 어울려 다니던 아이들과도 떨어지고
돈도 떨어져서 길호는 말 그대로 잠잘 곳이 없는 처지다.
남의 집 앞 평상에서 궁상스럽게 자는 걸 보니 안쓰럽기도
하고 답답하기도 했다. 그런데 길호에게는 무심한 새아버
지 말고 가족이 없다. 자꾸 얽히게 되는 '문제아' 친구들과
의 관계도 어떻게 정리해야 할지 모른다. 삶의 고통, 괴로
움은 나이를 따지지 않고 내려앉는 법이다. 열일곱 살밖에
안 된 길호에게는 너무 무거운 짐이다.

　그 짐의 무게를 알아챈 사람은 그 '남의 집' 주인인 기영
이다. 기영은 서른 살이지만 그 자신도 뼈아픈 방황의 시
간을 보냈고, 여전히 보내고 있다. 어머니가 돌아가신 후
그 집에 살면서 건조하고 퍽퍽한 삶을 산다. 그가 집에 식
물 말고 다른 생명체를 들인 것은 아마 길호가 처음일 것

이다. 둘이 가족일 수도, 친구일 수도 있는 사이가 되기까지는 많은 일이 있었다. 영화는 시종 차분한 분위기로 한 장면을, 한 인물을 비춘다. 불쌍한 청소년이 아니라, 누군가를 필요로 하는 청소년을 그린다. 김태훈 감독은 '관객과의 만남'에서 "여기 나오는 어떤 인물이 영화를 보더라도 상처받지 않게 찍으려고 노력했다"고 했다. 나에게 가장 인상적인 대사는 기영이 길호에게 하는 말이다.

"열일곱 살이면 어린 거 아니야. 네 인생 네가 살면 되는 거지."

머릿속에 섬광이 지나갔다. "열일곱 살이면 어린 거 아니야" 다음에 '너 스스로 책임을 다해야지'가 아니라, 네가 살고 싶은 대로, 너의 인생을 살라는 말이 따라왔기 때문이다. 그건 가족이나 과거에 발목 잡히지 말고, 새 인생을 살라는 말로 들렸다. 후회나 죄책감에 사로잡히지 말고 앞을 보고 살라는 말로 들렸다. '나도 모르겠다. 너도 다 컸으니까 네 마음대로 해라'가 아니었다. 나도 어렸을 때 그 말을 들었으면 좋았을 텐데.

한편으로는 지금 우리 사회의 열일곱 살들이 스스로 자기 인생을 개척할 수 있는가 하는 걱정도 든다. 환경 때문이든 자신의 선택이든, 진학 대신 취업을 준비하기로 한

'현장실습생'들에게 일어나는 참사와 사고, 마음에 남는 상처를 생각할 때 그렇다. 입시생일 때 열여덟 살, 열아홉 살 청소년은 시험이 임박한 '최고 학년'으로 여겨지고 대우를 받는다. 그런데 노동 현장에서 같은 나이의 청소년은 제일 아래에서 제일 위험한 일로 내몰리기 일쑤다.

자기 인생을 알아서 설계할 수 있으려면 그럴 수 있는 환경을 만들어주어야 한다. 학교 안에서, 학교 바깥에서, 일터에서 청소년이 고통받는 건 개인이 아니라 사회의 문제다. 어떻게 해야 할까? 어린이에 대해 고민할 때보다 마음도 생각도 훨씬 복잡해진다. 운동장에서 노래를 듣던 마음을 떠올리고, 지금 나의 책임을 계속 생각해봐야겠다. 아이들의 이야기를 더 많이 듣고 읽고 싶다. 어쩌면 나는 잊었다고 생각하지만, 사실은 몸 한구석에 가지고 있는 무언가를 찾을 수 있을지도 모르겠다.

□   서현숙, 『소년을 읽다』, 사계절출판사, 2021.
□□   강지나, 『가난한 아이들은 어떻게 어른이 되는가』, 돌베개, 2023.

일하는
사람

박나은 배우는 내가 만난 직업인 중 가장 나이가 어린 사람이다. 그는 영화 〈막걸리가 알려줄 거야〉에서 주인공 동춘을 연기했다. 동춘은 엉뚱해 보이지만 속이 깊고, 웃지 않아도 사랑스러운 인물이다. 이 영화를 보지 않은 사람이라면 내가 지금 하는 말을 믿지 않을 수도 있는데, 〈막걸리가 알려줄 거야〉는 동춘이가 수학여행에서 우연히 막걸리를 만나고, 막걸리의 모스 부호를 해석해서 모험을 하는 이야기다. 아무래도 믿어지지 않을 것이다. 그런 사람일수록 이 영화를 꼭 봐야 한다. 말이 되지 않는 이야기가 어떻게 '이야기'가 되는지 보여주는 영화이기 때문이다. 나는 '관객과의 대화'에 초대받은 덕분에 배우를 직접 만날 기회를 얻었다. 사실은 배우를 만나고 싶어서 그 자리에 달려

간 것이지만.

행사 전 나는 꽤 신장했다. 평소에 배우를 만날 일 자체도 없는 데다가 어린이 배우를 만난다니 흥분이 되었다. 영화를 보는 내내 '저 배우는 무슨 생각을 하면서 저 표정을 지었을까?' 생각하게 한 멋있는 배우를 만나는 것이니 당연했다. 꼭 존댓말을 써야지. 치근대지 말아야지. 예의 바르게 행동해야지. 그런데 너무 귀여울 것 같아, 내가 막 표를 내면 어떡하지? 다시 한번, 치근대지 말아야지. 하지만…… 만약에 좀 까부는 어린이라면 나도 조금은 장난을 쳐도 되지 않을까?

대기실에 박나은 배우가 등장하는 순간 내가 여태 했던 다짐이나 기대는 다 잊었다. '와, 배우는 아무나 하는 게 아니구나' 싶은 분위기가, 환한 빛이 느껴졌다. 저절로 존댓말이 나왔고, 차마 치근댈 수 없었고, 쑥스러워서 얼굴을 마주 보기도 어려웠다. 박나은 배우는 별로 말이 없었고, 누가 뭘 물어보면 천천히 생각해서 또박또박 말하는 사람이었다. 그러고 보니 함께 무대에 오르는 사람 중 나만 영화도 잘 모르고 무대 경험도 없는 사람이라는 생각이 들어 불안해지기 시작했다. 김다민 감독님, 장성란 기자님 모두 영화 전문가인데.

그런 내 마음을 알았을까? 행사 내내 그는 나와 눈이 마주칠 때마다 예의 바른 미소를 보냈다. 내가 무슨 말을 할 때면 굉장히 중요한 내용이라도 되는 것처럼 진지하게 고개를 끄덕이며 들었다. 관객을 보면서도 마찬가지였다. 자기 직업에 긍지가 있고, 잘해보겠다는 결심도 있고, 무엇보다 여유가 있는 사람이었다. 나는 꼭 물어보고 싶은 게 있었다. 그런데 행사에는 대본이 따로 없었기 때문에, 무대에 오르기 전에 배우에게 살짝 질문을 알려주었다. 혹시 생각할 시간이 필요할까 싶어서였다.

질문은 이랬다.

"배우님이 생각하기에 '배우'라는 직업의 제일 큰 장점은 무엇인가요?"

산뜻하고 또렷한 답이 돌아왔다.

"열심히 노력한 결과를 영화로 직접 볼 수 있다는 점이요."

그날 이후 며칠 동안 곰곰이 이 말을 생각했다. 나는 이 답이 왜 그렇게 좋았을까. 아마도 이 말이 '일'에서 가장 중요한 부분을 담고 있기 때문인 듯했다. 그건 바로 '보람'이다. 그러자 갑자기 보람이라는 말이 낯설게 느껴졌다. 보람, 그것도 일의 보람이라니 요즘 세상에선 조금 사치처럼 느껴지기도 한다. '일'이라고 하면 의무적으로 하는 것, 하고 싶다고 다 할 수도 없는 것, 아니면 어떤 비장한 각오가 있어야 하는 무엇이라고 생각했던 걸까? 일에 너무 큰 의미를 두는 건 옛날 방식이라든가, 일에서 의미를 찾는 건 비현실적이라는 말들에 귀가 젖어 있었던 걸까? '보람'이라는 낱말이 보석 같았다. 반쯤 땅에 파묻힌 채 먼지를 뒤집어쓰고 있어서 얼핏 봐서는 찾아내기 어려운 보석 말이다.

나는 어떨 때 일의 보람을 느껴왔을까? 일이 의미가 있다고 생각될 때였던 것 같다. 편집자로 일할 때는 '책'이라는 결과물이 나오는 데서, 독서교실에서 어린이를 만날 때는 어린이의 생활에 작게나마 영향을 끼친다는 데서 '아, 내가 그래도 의미 있는 일을 하고 있구나' 하고 생각해왔다. 다르게 말하면 가치가 생산될 때다. 내가 일을 하기 전에는 없었는데, 내가 일을 하는 바람에 생긴 어떤 가치. 물론 좋은 가치여야 한다.

일에는 내적인 가치가 있다. 그건 내가 느끼는 만족감, 성취감, 자긍심 같은 것이다. 중고등학교 때는 이걸 '일을 통한 자아실현'이라고 배웠는데 그때나 지금이나 그 말은 알 듯 모를 듯하다. 자아는 난데, 나를 실현하라고? 나는

이미 여기에 있는데 어떻게 더……? 그런데 일을 25년 해
보니 자아실현은 몰라도 '긍지'는 알겠다. 자존심이라고 해
도 좋을 것 같다. 보람이 있다!

　외적인 가치는 '부'의 생산, 즉 돈을 버는 것이다. 치기를
부리던 시절에는 돈이 뭐가 중요하냐고 콧방귀를 뀌기도
했고, 그러면서도 돈 때문에 회사를 다니는 나 자신을 초
라하게 여기기도 했다. 부잣집에서 태어나 일을 하지 않고
도 잘 먹고 잘사는 사람들을 볼 때나 편법으로 교묘하고
약삭빠르게 많은 돈을 버는 사람들을 볼 때면, 꼬박꼬박
출퇴근하고 야근을 하면서 돈을 버는 게 부질없거나 어리
석게 느껴진 것도 사실이다. 그런 마음으로 일을 생각하면
인간의 삶이 뭔가 잘못된 것 같다. 배가 고플 때 사냥을 하
거나 풀을 뜯는 다른 동물들, 흙과 비와 햇볕으로 먹고사
는 식물들에 비해 인간의 삶은 너무 고달픈 것 아닌가? 물
론 각자의 사정이야 있겠지만, 어쨌거나 인간도 자연의 일
부인데 너무 불공평하다고 생각했다.

　그런데 헨리 조지는 일을 하는 것이 "인간의 이성과 자
연적 질서에 부합"하는 것이라고 했다. "자연은 노동에게
만 부를 안겨준다"면서 만일 세상에 한 사람만 있다면 그
사람은 자기가 일한 것 이상을 얻을 수 없을 거라고 했다.

"생산하는 사람이 소유해야 하고, 저축하는 사람이 누려야 한다"는 주장은 그렇게 나왔다. 일로써 자신을 먹여 살리는 건 자연스럽고 떳떳한 일이다. 그는 애초에 자연의 것인 '토지'를 누군가 소유하고 그로 인한 부를 세습하는 것을 가장 큰 문제라고 지적했다. 모든 인간이 마땅히 누려야 할 '일'과 '부'에 대한 권리가 불평등하게 분배되는 것은 자연의 법칙에 위배된다는 주장이다.□

150여 년 전 헨리 조지는 토지에만 세금을 매겨야 정의를 실현할 수 있다고 보았다. 오늘날 '재산과 상속'에 세금을 매기는 문제와 서로 통하는 게 아닐까 생각해본다. 그의 말대로 "생산자가 자신이 생산한 부를(생산한 부만을) 가지는 사회"라면 일할 기회도 모두에게 고루 주어질 것이다. 그런 사회가 되어야 '일'이 진정한 의미를 되찾을 것이다.

이것을 내적인 가치라고 해야 할지 외적인 가치라고 해야 할지 모르겠는데, 나는 일을 하면서 새롭게 알게 되는 게 많아서 좋다. 나에게 맞는 방식, 사람들과 소통하기, 자료를 효율적으로 관리하는 법처럼 두고두고 쓸모 있는 기술을 익힌다. 가본 적 없는 동네에 가보고, 새로운 사람을 만나고, 먹어본 적 없는 음식을 먹어보았다(개인적으로는 매우 중요했다). 독서교실에서는 좋아하는 책을 어린이와 함께 읽을 수 있다. 어린이에게 필요한 것을 궁리하면서 나도 성장한다. 글을 쓰면서 나는 나에 대해 알게 된다. 내가 이런 생각을 하고 있었구나. 내가 이걸 모르는구나. 내가 틀렸구나. 글에 필요한 자료를 읽고, 사람들을 만나서 공부하고, 듣고 말하는 게 좋다.

당연하게도 일이 언제나 쉽지는 않다. 첫 직장을 구하러 다닐 때는 거절을 당할 때마다 마치 사원으로서의 내가 아니라 나라는 인간이 거절당한 것 같아 상처를 받았다. 폭언을 쏟아대는 상사와, 그걸 무심히 받아들이는 직원들을 보고 도망치듯 퇴사한 적도 있다. 당장 그만두고 싶지만 그럴 수 없는 사정 때문에 엉엉 울기도 했다. 표정을 숨기지 못하는 얄팍한 성미 때문에 동료와 마찰을 빚을 때도 있었다. 처음 독서교실 어린이 모집 포스터를 만들어 집 근처 아파트 단지에 일일이 광고를 붙이던 날은 날씨도 마음도 너무 추웠다. 과연 잘할 수 있을까? 이후로도 많은 질문을 떠올렸다. 수업료는 어떻게 정할까? 누구 어머니한테 어떻게 하면 기분 나쁘지 않게 아이의 문제를 말씀드릴 수 있을까? 아니면 그냥 넘어갈까? 프리랜서로 일하는 건 물어볼 사람도 대답할 사람도 나뿐이라는 뜻이다.

일에 대한 내 마음을 대차대조표를 그려 계산해보면 솔직히 '어렵다' '하기 싫다' 쪽 점수가 높을 것 같다. 게다가 요새는 눈도 침침하고 허리도 아프고 목소리도 예전 같지 않고……. 그래서 미래의 내 일에 대한 건 '아, 몰라. 어떻게 되겠지' 하고 고민을 어영부영 미루었다. 그런데 어린이의 일에 대해서는 그럴 수 없는 노릇 아닌가.

얼마 전 중학생 부모님들한테 연달아 비슷한 말씀을 들었다. 아이들이 그렇게 '앞으로 먹고살 걱정'을 한다는 것이다.

"부자는 아니어도 딱히 부족한 것 없이 길렀는데 왜 그럴까요?"

"하고 싶은 일을 하라고 해도, 그걸로 어떻게 돈을 버느냐고 하더라고요."

"엄마는 몇 살까지 일할 건지, 엄마 가게는 어떻게 할 건지 물어봐요."

형식적으로나마 '내가 좋아하는 일을 찾아서 열심히 일하고 돈도 많이 벌겠다'고 말하기보다 현실적인 고민을 먼저 하는 것이다. 독서교실 아이들 몇 명의 일만으로 보고 넘어가기에는 나도 마음에 걸리는 대목이 있다. 아이들이 당장 '일'에 대해 보고 듣는 내용 때문이다.

"경제가 어렵다. 물가는 오르는데 월급은 그대로다. 정규직은 하늘이 내리는 것이다. 회사에도 따돌림이 있다. 인공지능이 일자리를 빼앗는다. 사라지는 직업이 많나. 이떤 직업이 새로 생길지 모른다."

어린이도 청소년도 이런 소식을 듣는다. 이들은 분위기에 민감하고 불안을 일찍 알아차린다. 그래야 살아남을 수 있기 때문이다. 노동 경력 25년인 나도 걱정스러운데 초심자들 마음은 더하지 않을까. 이럴 때 '자아실현' '노동의 힘' '사회인의 의무' 같은 판에 박힌 말로 그 불안을 달래 줄 수는 없다. 그보다는 함께 '노동'을 새롭게 정의하고 마음가짐도 다르게 해야 한다.

나는 사회학자가 아니라 어떤 통계나 전문 지식으로 상황을 설명할 수는 없다. 다만 점점 일하는 '사람'이 보이지 않는다는 건 체감하고 있다. '새벽'같이, '로켓'같이 집 앞에 도착하는 물건도 사람의 손을 거친다. 온라인으로 물건을 고르고 돈을 내고 물건을 받을 때까지 우리는 아무하고도 마주치지 않는다. 하지만 만든 사람, 온라인에 올린 사람, 정산을 관리하는 사람, 배송하는 사람 모두 일하는 사람이다. 사람이 만든다. 포장된 반찬도, 종이컵도, 책도, 스마트폰도 사람이 만든다. 보이지 않는 일은 아예 없는 일처럼, 중요하지 않은 일처럼 여겨지지만 실제로 어느 한 대목도 그렇지 않다. 비록 사회 구조가 노동자를 보이지 않게 만든다 해도, 우리는 찾을 수 있다.

어린이들과 '일하는 사람'을 찾아보기로 했다. 독서교실 근처에서 시작했다. 우선 내가 있다. 어떤 어린이는 "선생님도 일을 해요?" 하고 깜짝 놀랐다. (아니 그럼 내가 노는 것 같으냐!) 미용실 원장님, 피아노 선생님, 약사 선생님, 반찬가게 사장님, 경비 아저씨, 학원 버스 선생님…….

물건이 우리에게 오는 과정도 따져보았다. 내가 제일 잘 아는 책부터 시작했다.

"글 작가, 그림 작가, 편집자, 디자이너, 조판 담당자, 마케팅 담당자, 제작자, 인쇄소 기장님, 제본소에서 일하는 분들, 책을 트럭에 실어 옮기는 분, 서점 직원분……."

"어, 저는 도서관에서 책을 보는데요?"

"그럼 사서 선생님도."

"저는 엄마가 서점 가서 사주는데."

"아, 그럼 버스 기사님도."

"아녜요, 저희 엄마는 운전을 하신단 말이에요."

"그럼 정비소 직원분도?"

이런 식으로 칠판은 '일하는 사람'으로 가득 찼다. 마트

에서 물건을 살 때는 어떤가. 계산하는 분, 만약에 셀프 계
산대라면 차례 알려주시는 분, 진열하는 분, 시식 음식 주
시는 분, 마이크로 세일한다고 알려주는 분, 카트 옮기는
분(내가 찾았다)……

　중학생들과는 무슨 얘기를 해야 할까. 차차 정리해보고
있다. 그럴 수 있다면 나는 아이들에게 '새로 배우기를 두
려워하지 않는 마음'을 길러주고 싶다. 일의 세계가 어떻
게 달라질지 모른다는 건 불안의 요소이자 도전의 요소이
기도 하다. 읽고 쓰기를 잘하고 다양한 미디어를 활용해서
'배우기를 잘하는' 사람이 되도록 돕고 싶다. 전문가를 인
정하고, 전문성을 존중하는 것도 가르치고 싶다. 일이 잘
안 풀릴 땐 해결책을 찾거나 차선책을 찾게 하고 싶다. 이
건 아마 나뿐 아니라 여러 영역의 선생님들이 고민하는 내
용일 것이다.

　내가 생각하기에 우리 어린이, 청소년들의 미래에 제일
중요한 노동의 역량은 남과 잘 협력하기가 아닐까 싶다. 좋
아하지 않는 사람, 나와 생각이 다른 사람과도 일할 수 있
는 사람이 된다면 자신에 대해서도 훨씬 유연해질 것이다.
일에 상처받거나 좌절하는 일도 줄어들 것이다. 구조가 잘
못되었다면 당장 해결하지는 못해도 문제의식은 가지는

사람이 되면 좋겠다.

확실히 글을 쓰다 보면 나에 대해 알게 된다. 이번엔 '일하는 사람'에게 필요한 덕목은 중년의 나 자신에게도 고스란히 적용된다는 걸 알았다. 독서교실 선생님으로서 나는 어린이와 청소년과 앞으로 함께 읽고 말하고 쓰는 사람이 될 것을 안다. 그리고 함께 일하는 사람이 되리라는 것도 안다.

▢   헨리 조지, 전강수 옮김, 『사회문제의 경제학』, 돌베개, 2013.

사랑의
기쁨

순식간이었다. 채도와 명도가 높은 파란색 파도가 휘몰아쳤다. 나도 모르게 웃음이 터졌다. 비슷한 느낌이었는지 주위 사람들도 웃거나 탄성을 지르거나 했다. 공항 건물이 살짝 흔들린 것도 같았다.

귀국한 아티스트 J가 출구에서 차로 가는 시간은 10여 초였다. 몇 시간을 기다린 팬들이 그를 따라가며 환호한 것은 물론이고, 나처럼 누군가를 마중 나왔다가 난데없이 그 파도를 맞은 사람들도 왠지 들떠 웅성거렸다.

누군가 말했다.

"와, 정말 대단하다."

그건 K팝 스타의 인기라든가 팬들의 '열성'을 두고 하는 말이 아니었다. 갑자기 공기를 눈부신 것, 차가운 것, 또는 열렬한 것, 간지럽고 조금 눈물 나는 것으로 만들어버린 사랑이 대단하다는 뜻이었다. 이만한 에너지를 가진 건 사랑밖에 없다.

사실 팬덤 문화에 대해서라면 나도 모르지 않는다. 한반도의 팬덤 역사에서 나는 신석기인쯤 될 것이다. 1990년대 초 미국의 보이 밴드 '뉴 키즈 온 더 블록New Kids On The Block'의 열풍이 시작되기도 전, 종로 어느 레코드 가게에서 재킷에 끌려 그들의 1집 LP를 구매한 중학생으로서(한국에서는 2집이 먼저 인기를 끌었다. 그러니까 나는 나름대로 선구안이 있었던 것이다), 자부심과 추억을 수십 년째 간직하고 있다. 인류는 나날이 기술을 혁신하고 문화를 바꾸어왔지만, 우리 본성은 크게 달라지지 않았다. 누군가의 팬이라면 순정한 사랑을 안다. 구석기시대부터 그랬다.

다만 그날은 두세 걸음 떨어져서 그들을 보고 있었다. 빗길 운전에 긴장했고, 주차 자리를 찾느라 진땀이 났다. 점심을 거르다시피 해서 신경이 곤두섰다. 긴 비행을 마친 사람을 기다리게 할까 봐 서둘렀는데, 출구 근처는 한 무리의 팬들이 점령하고 있었다. 접이식 사다리와 커다란 카메라 등 꽤 전문적인 장비도 보였다. 모 그룹의 팬인 비읍이가 해준 '현장에 가지 못하는 팬 대신 사진을 찍어주는

아르바이트' 이야기가 떠올랐다. 비읍이에게 내색하지는
않았지만 솔직히 현대 문명을 이해하기 어렵다고 생각했
었다. 저 무리 중 한두 명은 그런 사람이겠지, 조금 도끼눈
을 했다. 그러는 사이에 그 파도가 덮친 것이다. 기쁨으로
가득한 사랑의 파도가.

흔히 사랑을 받아본 사람이 사랑할 줄도 안다고 한다.
나는 그 말에 줄곧 의심을 품어왔다. 사랑을 잘하는 사람
은, 사랑을 해본 사람 아닐까? 누군가의 팬이었던 적이 있
다면 알 것이다. 사랑의 진짜 기쁨은 사랑을 주는 데 있다
는 걸. 그 기쁨은 사랑을 받을 기회가 없던 사람도 얼마든
지 누릴 수 있다.

여운이 남은 출구 앞에서 사람들은 자리를 다시 잡았
다. 나오는 이가 처음 보는 사람이 꼭 자신이어야 한다는
듯 저마다 좋은 자리를 차지하려고 이리저리 움직였다. 팻
말로 서로를 알아보고 악수하는 사람들, 가족을 맞이하면
서 거의 우는 사람들, 친구 이름을 소리쳐 부르며 폴짝폴
짝 뛰는 사람들 너머로 나도 남편을 찾아 고개를 뺐다. 기
뻐서 자꾸 웃음이 났다.

배우는
이유

지하철 창문에 나를 비춰 보았다. 정말 오래간만이었다. 바깥은 캄캄하고 안은 환할 때, 창에 비친 내 모습은 지나칠 만큼 그늘이 강조되어 보인다. 얼굴의 주름이며 퀭한 눈두덩이가 극적으로 드러나 평소 거울로 볼 때보다 훨씬 못생겨 보이는 것이다. 그래서 지상 구간에서 창밖의 풍경을 구경하다가도 지하 구간에 들어서면 시선을 돌리곤 했다.

그런데 그날은 아니었다. 출입문 근처에 자리를 잡고 서서 얼굴과 옷매무새를 살폈다. 얼굴이야 그 얼굴로 똑같지만, 다른 때보다 조금 더 신경 써서 화장을 했으니 넘어가기로 했다. 옷도 괜찮아 보였다. 운동화, 청바지, 그리고 카디건. 상황과 장소를 고려해 며칠 전부터 정해둔 대로다.

까디거의 파란색과 주황색이 선명하게 대비되어 새삼 마음에 들었다. 덕분에 얼굴이 조금이라도 밝아 보이면 좋겠다. 솔직하게는, 멀리서도 내가 잘 보이면 좋겠다. 더 솔직하게는, 오늘의 사진이 나를 포함해 누군가의 인스타그램에 올라올 수도 있으니까 실제보다 좀 좋아 보이고 싶었다. 목적지에 거의 다 왔다. 내가 내릴 역은 '국회의사당역'이었다.

이날을 위해 독서교실 5학년 수업을 쉬었다.

"선생님이 무슨 행사에 가거든. '평등 토크'라는 건데, 국회의사당 앞에서 하는 거야. 근데 국회의사당이 서울 여의도에 있어요. 그리고 대중교통으로 가기로 했어. 시간이 아무래도 빠듯할 것 같아."

양해를 구할 때 어린이들이 "오오, 국회!" "진짜요? 그럼 선생님 텔레비전에 나와요?" "선생님 엄청 유명한 사람 같아요" 하고 호응해주었다. 나는 "에이, 뭘" 하고 손사래를 치며 별일 아닌 것처럼 대꾸했지만 속으로는 원숭이 비슷하게 끽끽거렸다. 아마 마음속의 내 포즈도 기분 좋은 원숭이의 행동과 비슷했을 것이다. 내가 국회의사당(의 앞)에서 열리는 행사에 가다니! 그것도 토크 출연자로!

"근데 무슨 내용이에요?"

현주가 물었다. 역시 현주는 좀 예리한 면이 있다. 전에 '법'과 관련된 수업을 시작할 때도 그랬다. 고조선 8조법부터 시작해서 법은 어느 시대에나 있었고, 당시 사람들이 어떻게 살았는지에 따라 그 내용이 달라져왔다는 걸 짚어보는 프로그램이었다. 첫 시간에 "옛날에도 법이 있었을까?"라고 운을 뗐다가 머쓱해졌다. 어린이들이 한목소리로 "네!"라고 답했기 때문이다. 어린이들은 원래 호락호락하지 않다. 이렇게 전형적인 질문은 안 하느니만 못한데, 이제 어떻게 주의를 끌지? 그때 세연이가 뭔가 할 말이 있다는 듯 입술을 달싹였다.

"그런데 옛날에는 법이 좀……."

"…… 구렸나?"

세연이를 대신해서 적당한 표현을 생각해낸 것도 현주였다.

조금 다른 얘기지만, '구리다'라는 낱말 자체는 표준어다. 그런데 그때의 '구리다'는 똥이나 방귀 냄새, 하는 짓의 저열함, 의심스러움 따위를 나타낸다. 그러니 사람들이 '부족하다, 멋지지 않다, 별로다' 하는 뜻으로 쓰는 '구리다'는 속어다. 평소 어린이들이 속어를 쓰면 나는 그걸 대체할 말을 찾아보자고 한다. 그리고 독서교실에서만큼은 그 대체어만 쓰기로 한다. '싸가지 없다'를 '예의 없다' '도덕성이 부족하다'로 바꾸어 쓰는 식이다. 물론 "느낌이 그게 아닌데!"라며 답답해하는 어린이도 있지만 내가 알아서 들어주겠다고 달랜다.

　"옛날에는 법이 구렸다, 무슨 말인지 알겠어. 그런데 독서교실에서는 '구리다' 대신 뭐라고 하면 좋을까?"

　잠시 생각에 잠긴 뒤에 나온 현주의 답은 "후지다?"였다. '후지다'도 속어인데 이럴 땐 어떻게 해야 하는지……. 어린이를 십수 년째 만나는데도 난감한 순간은 늘 새롭게 생긴다.

　"음, 그래, 옛날 법 중에는…… 음, 이상한 것도 많지. 그래서 바꾸기도 하고 없애기도 하고 만들기도 하는 거야. 이런 것처럼."

　나는 내 가방에서 파우치를 꺼내 보여주었다. '차별금지법 제정하자!'라는 문구가 쓰인 것이었다. 어린이들이 그게 무슨 뜻이냐고 물었다.

　"차별을 법으로 금지한다는 걸, 법에 확실히 써놓자는 거야. 지금도 금지하긴 해. 그런데 뭐가 차별이고 뭐가 차별이 아닌지 헷갈리거나, 사람들 생각이 다를 수도 있잖

아. 그럴 때 펼쳐볼 법을 만들자는 거야."

그래서 국회의사당 앞에서 무슨 말을 할 거냐는 현주에게도 선선히 대답할 수 있었다.

"어린이도 차별받을 때가 많다고, 어린이를 위해서도 차별금지법을 빨리 만들자고 하려고. '노 키즈 존' 같은 말 진짜 빨리 없어져야 된다고."

그런 다음 나도 잠시 생각하고 덧붙였다.

"차별하게 내버려두는 거는 이제 좀 구리잖아."

국회의사당에 가보는 건 처음이었다. 건물 안에 들어가본 적도 없거니와, 지금 가는 '문 앞'에도 가보지 않았다. 여태껏 직접 국회를 찾아갈 일도 없었고, 그 앞에서 진행되는 시민운동 행사 같은 데 가본 적도 없었다. 나는 몇몇 단체의 회원이지만 실제 일에는 참여해본 적이 거의 없고, 어쩌다 돈만 조금 보내고 쏙 빠진다. 지금이야 멀리 파주에 산다고 핑계를 대지만, 예전에 서울에 살 때도 마찬가지였다. 나에게 국회의사당은 '벚꽃 시기에 지나가면 (사람 많아서) 큰일 나는 곳'이었다. 별로 감흥이 없었다.

차별금지법제정연대에서 '평등 텐트촌' 토크에 초대해주셨을 때 맨 먼저 든 생각은 '그동안 한 것도 없는데 이렇게 중요한 자리에 부른다고 홀랑 가도 되나?' 하는 것이었다. 연락을 받은 게 그때가 처음은 아니었다. 2021년 차별금지법 제정 국회 청원이 시작되었을 때 차별금지법제정연대에서 '평등의 에코-100'이라는 캠페인을 벌였다. 인권운동가, 언론인, 예술가, 작가 등 여러 분야의 사람 100명이 먼저 서명을 하면서 각자 홍보도 하는 방식이었다. 나는 "어린이들에게 세상이 평등한 곳이라고 떳떳이 말하고 싶습니다. 나이, 성별, 외모, 성적 지향, 그 무엇도 차별의 이유가 될 수 없습니다. 지금 당장 차별금지법을 제정하라!"라는 짧은 문구와 함께 참여했다.

　나중에 보니 참여한 분들은 모두 내가 알고 존경해왔거나, 성함은 처음 보았어도 활동 내용이 존경스러운 인사들이었다. 나 같은 사람은 사양해야 했나 싶다가도 '어린이'와 관련된 사람이 참여하는 데 의의를 두기로 했다. 단체에서도 아마 그런 뜻에서 내게 요청하셨으리라. 그런데도 나는 속으로 어쩔 수 없이 자랑스러운 마음이 들었다. 그래서 '#평등길1110'에도 기쁘게 참여했다. 미류, 종걸 두 활동가가 30일 도보 행진을 하는 동안, 다른 사람들도 그날의 '세 번째 행진자'가 되는 캠페인이었다. 미션은 사람들이 다니는 길에서 문구가 적힌 천을 들고 사진을 찍은

다음 SNS에 올리는 게 다였다. 내가 맡은 날은 마침 친구
가 우리 집에 놀러 오는 날이라, 사진도 친구가 찍어주었
다. 덕분에 우리 개도 캠페인에 참여하게 되었다. 나로서는
숟가락 얹기 민망한 너무 간단한 활동이었다.

　지금 가는 '평등 토크'는 국회의사당 앞에서 단식 중인
두 활동가(역시 미류, 종걸)를 응원하며 열리는 행사였다.
손희정 평론가가 사회를 보고 나와『시사인』의 김다은 기
자가 함께 이야기를 나누기로 했다. 사회자가 다 이끌어주
실 테고, 김다은 기자와는 친구이니 역시 크게 부담이 되
지 않았다. 그래도 여태 했던 것보다는 역할이 큰 것 같아
서 책임감도 들고, 또…… 뭔가 중요한 일을 하러 간다는
자부심도 들었다. 그런 건 해본 적도 없으면서 '옳은 일을
위해' 마이크를 쥐는 '멋진 나'에 나도 모르게 들떠 있었다.
나와 생각이 비슷한 동료 시민들을 만날 거라는 기대도 컸
다. 한 번 더 옷매무새를 다듬었다.

　지하철역 계단을 올라가면서 조금 긴장이 되었다. 바깥
은 어떤 풍경일까. 나와 정치·사회적 성향이 비슷하든 다
르든, 소리 높여 뭔가를 요구하는 사람들이 많겠지? 도떼
기시장 비슷하려나? 이따 발언할 때 떨지 말고 잘해야지.
잘해보자. 잘하겠지? 출구를 나서자마자 마치 걷다가 다

리를 삐끗했을 때처럼 심장이 크게 한 번 덜컹 소리를 냈
다. 잠깐이지만 목 뒤가 서늘했다. 보는 사람이 없는데도
민망해서 아무렇지도 않은 표정을 지었다. 발목 대신 마음
한 부분이 아팠다.

　바깥은 그냥 휑뎅그렁했다.

　　　　＊

솔직히 초중고 12년 교육과정에서 나에게 '공부'는 재미없
고 어려운 것이었다. 하지만 그중에는 거의 충격적이라고
해도 좋을 만큼 감동을 준 지식도 있었다. 맞춤법에 규칙
이 있다는 걸 깨달았을 때 그랬다. 한참 받아쓰기를 하던
1, 2학년 때 나는 1989년 개정 전의 맞춤법을 배웠는데, 그
시절에 한글 공부를 한 대부분 사람들이 그랬듯이 '읍니
다'와 '습니다'가 언제나 헷갈렸다. 그러다가 앞의 말 받침
이 쌍시옷으로 끝나면 '읍니다', 그렇지 않으면 '습니다'로
쓰는 규칙을 알았을 때 얼마나 기뻤는지 모른다. 이제 받
아쓰기 시험을 볼 때마다 '읍니다'와 '습니다' 문제를 운에
맡기지 않아도 된다! 물론 모두 '습니다'로 통일이 되었을
때 더 기뻤지만.

　공을 찰 때는 발등이 공의 아래쪽에 닿게 해야 한다는

걸 배웠을 때도, 물감을 섞으면 다른 색이 만들어진다는 걸 알았을 때도 그랬다. 머릿속에 전구가 켜졌다. 이래서 다들 공부를 하는구나. 반대로 '상대적'이라는 개념을 배웠을 때는 약간 거부감이 들었다. 그 전에는 내가 늘 옳다고 믿었기 때문이다. 아니, 옳은지 그른지 생각해본 적도 없었다. 그저 모르는 것이 있을 뿐, 내가 알게 된 것은 당연히 다 옳다고 생각한 것 같다. 삼 더하기 삼이 육이듯, 번개가 먼저 치고 그다음에 천둥이 치듯 세상 이치는 한 가지라고. 그래서 내 생각이 옳을 수도, 그를 수도, 옳기도 하고 그르기도 할 수 있다는 걸 알았을 때 깜짝 놀랐다. 내가 알 속에 있는 줄도 몰랐는데 갑자기 껍데기가 깨진 느낌이랄까.

가장 잊을 수 없는 순간은 '삼권 분립' 개념을 배웠을 때다. 아마 중학생 때였을 것이다. 국가의 권력이 한곳에 집중되지 않고, '셋'으로 분리되어 있다는 개념에 나는 조금 감동을 받았다. 사실은 꽤 큰 감동을 받았다. 법을 만드는 입법부, 국가를 운영하는 행정부, 법적 판단을 내리는 사법부. 삼각형의 꼭짓점마다 입법부, 행정부, 사법부를 써넣으면서 '세상은 참 말이 되는 곳이구나' 하고 생각했다. 사회는 결코 대충 돌아가지 않는다. 체계적이고 합리적인 원칙이 있다. 각 기관이 하는 일을 제대로 알진 못했지만 어쨌든 삼각형인 게 인심이 되었다. 만약에 나에게 억울한 일이 생기더라도, 셋 중 하나의 도움은 받을 수 있겠지. 세상은 균형 잡힌 곳이다. 세상을 믿어도 된다!

정치에 실망하고 국회에 화를 내고 법원에 답답해할 때도, 어린이들에게 '삼권 분립'을 가르칠 때만은 왠지 떳떳했다. 불의한 자들이 있어도 세상은 원래 정의로운 곳이야. 민주주의는 멋진 것이란다. 어린이들아, 나는 오늘 민주주의가 실현되는 과정에 참여하러 간다. '차별금지법' 제정을 촉구하는 집회의 연사로. 내 권리와 의무를 행사하러 간다.

그런 기대를 안고 나온 '국회의사당역' 앞은 생각했던 것과 달랐다. 높은 건물의 불빛이 훤하고 어디선가 뜻을 알 수 없는 말소리가 크게 울렸지만, 국회의사당 쪽은 컴컴했고 사람도 생각보다 훨씬 적었다. 평일 저녁이고 아직은 날씨도 쌀쌀하니까 그렇겠지. 그래도 평등 텐트촌에 가면 사람들이 있겠지. 그런 마음으로 주최 측 선생님들이 안내해주신 '2문 앞'을 찾아갔다. 가는 길에 이런저런 텐트가 많아서 잘 살펴봐야 했다. 어떤 분이 환한 얼굴로 '차별금지법'이라고 크게 쓰인 팻말을 들고 계시기에 나도 웃으면서 다가갈 뻔했는데 다시 보니 '절대 반대' 팻말이었다. 비슷한 실수를 두어 번 하고 겨우 행사장에 도착했다.

다르게 말할 수 있다면 좋겠지만, 내가 보고 느낀 대로 써야겠지. 우리 텐트는 초라했다. 단식 중인 두 분을 모시기에 너무 좁고 추운 곳이었다. 행사장 역시 좁고 의자도 몇 개 되지 않았다. 하지만 행사가 시작되고 보니 그건 걱정거리가 아니었다. 거기에 온 사람들도 적었기 때문에. 오신 분들에게 드리려고 내 책들을 배낭 가득 이고 지고 왔는데, 남은 책을 도로 가져가야 할 판국이었다. 손희정 평론가, 김다은 기자와 인사를 나누고 하하 웃으면서 행사를 시작했지만 내 마음속은 토하기 전처럼 울렁거렸다. 그저 좋다고 들떠서 온 내가 이 행사장에서 제일 어리석고 초라한 사람 같았다. 이 중에서 제일 할 말이 없는 사람이 나인 것 같았다. 나 말고 더 훌륭한 분을 모셨으면 청중이 많았을 텐데. 불러주신 분들한테도 미안했다.

그날 나의 바람은 한 가지뿐, 우리 텐트 주변의 '차별금지법 절대 반대' 팻말을 들고 있는 사람들한테 내 목소리가 잘 들리도록 또박또박 말하는 것이었다. 내가 하는 말이 재미있고 유익하기를 빌었다. 내가 웃겨서라도 우리 말이 솔깃하기를, 아니면 지나가는 사람이라도 '이거 뭐야?' 하고 잠깐 멈추기를, 그래서 별 관심이 없던 사람들도 사실은 이미 가지고 있던 생각, '그래, 차별금지법이 지금 당장 필요하지' 하는 의견을 꺼내보기를 바랐다. 컴컴한 행사장에서 예쁜 카디건은 의미가 없었다. 목소리, 목소리가 중요했다.

행사가 끝나자 몇 분이 인사를 하러 오셨다. 어떤 분은 내가 쓴 『어린이라는 세계』를 읽고 마침 시간이 되어 오셨다고 했다. 어떤 분은 나도 내 책도 몰랐지만 오늘 이야기 중에서 더 듣고 싶은 부분이 있다고 말을 걸어주셨다. 학교 밖 청소년을 돕는 일을 하시는 분도, 학교 선생님도 계셨다. 그날은 아마 내가 행사를 하면서 가장 당황한 날일 것이다. 연신 감사합니다, 감사합니다 인사를 드리면서도 속으로는 죄송합니다, 죄송합니다 했다. 단식 중인 미류와 종걸 두 분한테도 마찬가지였다.

조금 울적한 기분으로 집에 오는 길에 가만히 생각해보았다. 나는 왜 더 많은 사람이 있을 거라고 기대했던 걸까? 이것만은 확실한데 나의 인기(!)에 기대를 건 것은 아니었다. 그보다 내 무지가 원인이었다. 나는 '차별금지법' 제정이 시급하다는 걸 알고, 또 내 주변에 그런 사람들이 많았기 때문에 이 일이 어느 정도는 순조롭게 진행되고 있다고 믿었던 것이다. 나는 언제나 이게 문제다. 일이 잘 되어간다 싶을 때 방심하는 것. 모두 내 마음 같을 거라고 생각하는 것 말이다.

어린이들한테 뭐라고 하지. 그 궁리를 한 덕분에 나는 더 큰 착각 하나를 발견했다. 당연하게도 이 과정까지가 민주주의의 길이라는 사실을 잊었던 것이다. 기차를 타고, 야근을 마치고, 저녁식사를 미루고 평등 텐트를 찾아온 사람들 한 분 한 분이 각자 '입법, 행정, 사법'을 책임지는 분들이라는 사실을 말이다. 우리 힘은 그렇게 춥고 어둡고 초라한 곳에 기어이 모이는 데 있었다. 모여서 한 번 더 얘기하고 알리는 데 있었다. 그런데 여기서 실망하고 좌절한 다면 나는 너무 건방진 것 아닌가?

전에는 나도 성평등 문제를 외면했었다. 어린이 시민에 대해서 잘 몰랐다. 장애인을 '도와줘야 하는 사람'으로만 생각했다. 소수자의 인권에 무감했다. 이주 노동자들에 대해 아무 생각이 없었다. 그럴 때 나는 진정 자유롭고 평등 한 사람이었을까? 내가 전에 살던 세상은 정의로웠을까? 내가 이 집회에 온 건, 지금까지 많은 사람들이 나에게 가 르쳐주었기 때문이다. 누군가가 계속 목소리를 내어 나를 설득했다. 재미있는 얘기도 해줬고, 멋진 모습으로 나를 매료시키기도 했다. "퀴어 축제는 왜 그렇게 요란하게 해? 점잖게 하면 더 잘 설득이 될 텐데" 같은 무지한 질문에 "정체성을 드러내는 거니까 그렇지. 숨지 않겠다는 뜻이니까" 하고 인자하게 가르쳐준 친구도 있었다. 그러고 보니 나도 여성으로서, 어린이 가까이 있는 사람으로서 듣는 사람 눈치를 살펴가며 말해야 하는 현실에 분통 터질 때가 한두 번이 아니었는데.

나를 안전한 사람으로 여기고 커밍아웃한 친구들이 있어서 나는 차별에 더 예민한 사람이 되었다. 휠체어를 타는 친구들을 사귀고 보니, 전에는 차별인 줄 몰랐는데 알고 보니 차별인 것이 너무 많았다. 어떤 의미에서 차별은 날마다 새롭게 발견된다. 그것을 바로잡을 때 세상은 날마다 평등에 가까워진다. 지금 내가 아는 모든 것은 각자 다른 길로 내게 왔고, 서로 합쳐지고 새롭게 해석되는 데는 십수 년의 시간이 필요했다. 역시, 이 정도로 실망한다면 내가 너무 건방지다.

나는 시민으로서 책임감 있게 계속 배워가야 한다. 아이리스 매리언 영은 "책임을 공유한다는 것은 책임을 나누고 측정하지 않으면서 모두가 개인적으로 책임을 진다는 것"

이라고 했다.˚ 책임에서 벗어나기 위해서는 정의로운 사회 구조를 만들기 위해 남들과 함께해야만 한다고도 했다. 생각해보면 책임을 다해야 책임에서 벗어날 수 있다는 건 당연하다. 나는 나대로 계속해서 배우고, 알려줄 수 있는 이들에게 알릴 책임이 있다.

어린이들은 초등학교에서 '규범'에 대해 배운다. 규범은 우리가 사회에서 다른 사람과 어울려 살아갈 때 지켜야 할 약속으로서, 이 안에 관습, 도덕, 법, 예절 등이 포함된다고 배운다. 즉 법도 인간이 만든 규범의 한 가지다. 이 말은 새로운 법이 필요할 때, 옛날 법이 절대적인 것인 양 거기 구속될 수 없다는 뜻이다. 법이 우리 생활을 위해 존재하는 것인 이상, 삶이 언제나 먼저다. 법과 제도는 우리 삶에 맞게 수정되어야 한다. 신분제를 없애는 데 '사회적 합의'가 필요하지 않은 것과 마찬가지다. 스스로 원해서, 선택해서 태어난 사람은 아무도 없다. 그러니 비록 삶의 환경이 다르더라도 우리 각자는 태어나는 순간부터 똑같은 권리를 인정받는다. 그게 인권이고, 평등이라고 생각한다. 법과 제도 그 위에 인간이 있고 삶이 있다. 시민으로서 우리의 연대는 규범보다 먼저다.

이 글을 쓰는 오늘, 방금, 2024년 7월 18일, 기쁜 소식을 들었다. 대법원 전원합의체(주심 대법관 김선수)가 사실혼 관계인 동성 배우자를 건강보험 피부양자로 등록할 수 있다는 판결을 낸 것이다. "지난 40여 년간 건강보험의 피부양자 제도가 불평등을 해소하는 방향으로 시행되어온 것과 마찬가지로 소득 요건과 부양 요건 등이 동일한 상황에서 불평등을 해결하기 위해서는 오늘날 가족 결합의 변화하는 모습에 적극적으로 대응할 것이 요구됩니다"라는 판사의 부연이 내 귀에 큰 목소리로 들렸다. 나는 이것이 차별금지법 제정으로 가는 아주 큰 걸음이 되리라 믿는다. 이 판결이 있기까지 힘쓴 당사자들과 그들의 동료에게 축하를 전한다. 당연한 것을 위해 싸운 만큼, 마음껏 기뻐하고 그 권리를 누리시길 바란다. 또한 그들에게 감사를 전한다. '내가' 사는 세상을 더 정의로운 곳으로 만들어준 데에, 어린이가 살아갈 세상에 더 큰 자유를 준 데에. 오늘은 기쁜 날이다. 우리 세계가 더 넓어졌다.

▣ 아이리스 매리언 영, 허라금·김양희·천수정 옮김, 『정의를 위한 정치적 책임』, 이화여자대학교출판문화원, 2018.

꽃그늘

가슴을 찢어놓는 것은 언제나 행복의 낱말들이다. 사랑,
축하, 벚꽃, 여행 같은 말들. 소박하고 아름다운 말들이 그
렇게 나를 낭떠러지로 끌고 가곤 했다. 예를 들면 내가 빌
리지도 않은 돈을 갚아야 하던 시절에 그랬다. 한 번 거래
한 적도 없는 은행의 독촉 전화를 받느라 사무실을 뛰쳐나
가던 시절에는 가족에 대해 생각하는 게 두려웠다. 가족
이 두려웠다.

그 무렵 어느 날, 친구가 대여섯 살 된 아이의 손을 잡고
걸어가는 뒷모습을 본 적이 있다. 아무렇지도 않은 그 장
면이 눈이 아플 만큼 부러웠다. 다시는 그 길로 다니지 않
았다. 나의 좌절과 슬픔이 남의 희망과 기쁨을 해칠 것 같
았다. 적어도 나 자신은 해쳤다. 많은 시간이 흘렀고 그럭

저럭 이겨냈으며 그보다 더한 일들을 겪기도 했다. 이제는 확실한 행복을 느낄 때도 있지만, 저 아래에 그때의 서늘함이 남아 있다. 웃을 때 조심하게 된다.

봄은 왜 매번 갑자기 올까. 마음이 아직 겨울에 있는 사람에게 봄은 어려운 계절이다. 밝은 데가 너무 많다. 어디를 가든 마음을 부드럽게 만드는 노래가 흘러나온다. 지루한 일을 보러 시청 같은 데를 가는 길에도 아득한 꽃향기를 맡게 된다. 얼었던 땅을 기어이 뚫고 자란 봄나물을 씹으면 서글퍼진다. 자연은 내 마음 따위 조금도 신경 쓰지 않는 것이다. 다 잘 돌아가는데 내 자리만 없다는 생각에 무서울 만큼 외로워진다. 슬픔의 핵심은 외로움이다. 누가 같이 있어주면 외로움은 덜어진다. 그렇게 슬픔을 이겨내는 한 걸음을 뗄 수 있다.

언젠가 한 어린이가 책을 읽다가 장례식은 왜 3일이나 하는 거냐고 물었다. "시간을 두고 슬픔을 나누는 거야"라고 설명했더니 다시 물었다.

"그런데 슬픔을 왜 나눠요? 그런 말을 들을 때마다 이상했어요. 슬픔을 나누면 슬픈 사람이 많아지잖아요."

나는 당황해서 제대로 답을 하지 못했다. 진짜로 나누어 갖는 게 아니라 그냥 마음을 표현하는 거라는 식으로 대답했던 것 같다. 다시 그런 질문을 받는다면 이렇게 말하고 싶다. 슬픔은 실제로 있어서 한번 생기면 사라지지는 않는다고. 슬픔을 둘이 나누면 두 조각이 되고, 또 나누어서 네 조각이 되고, 그렇게 작아지다가 어느 만큼이 되면 이제 가지고 있을 만해지는 것이라고.

개인의 작은 고통을 다루어보기만 해도 평범한 일상과 사소한 행복이 얼마나 소중한지 알게 된다. 기쁠 때 조금은 슬픔을 생각하게 된다. 그렇다면 슬픔 속에서도 조금은 웃는 게 마땅하지 않은가.

언젠가부터 우리에게 봄은 슬픔과 함께 온다. 함께 기억할 일이 너무 많다. 조금 더 힘이 있는 쪽이 조금 더 짊어지면서 같이 웃기도 하고 울기도 하면 좋겠다. 봄에 슬픈 사람들을 내버려두지도, 어서 이겨내라고 다그치지도 않을 것이다. 다만 그들을 꽃이 만든 그늘로 초대하고 싶다. 나도 그 밝은 그늘에 함께 있고 싶다. 웃으면서도 울겠지만, 그래도 웃으면서 울고 싶다.

3부 어른의 어른

사라진다

기원전 304년, 지중해 로도스섬 사람들은 전쟁이 끝난 것
을 기념하는 동상을 세웠다. 태양의 신이자 섬의 수호신인
헬리오스상이었다. 로도스섬은 원래도 동상으로 유명해
서, 섬에는 이미 수천 개의 동상이 있었다고 한다. 하지만
이번 동상은 그 어떤 것보다 컸다. 당시 아테네의 아테네상
이 12미터였다. 로도스섬의 거상은 높이 32미터로 완성되
었다. 공사는 철근 뼈대에 작은 청동판을 조각조각 이어붙
이는 방식으로 진행되었다. 당연히 발부터 시작해야 했다.
　항구에 커다란 발이 나타난다. 엄지발가락이 사람 하나
만 하다. 발등이 매끈하고 뒤꿈치가 단정한, 잘생긴 발이
다. 구릿빛 피부는 태양 아래서 화려하게 빛난다. 이 발은
천천히 자란다. 정강이와 종아리, 무릎이 생겨나서 마침내

횃불을 치켜든 거대한 사람의 모습이 된다. 뼈가 강하고 근육이 아름다운 태양의 신이다.

나는 이 이야기가 좋다. 거상이 완성되는 과정을 상상하는 게 좋다. 대단한 광경이었겠지. 바닥부터 서서히 자라는 신이라니. 헬리오스는 12년에 걸쳐 누구나 전율을 느낄 만한 크기로 자랐다.

그런데 이 이야기에서 내가 제일 좋아하는 부분은 그 동상이 흔적도 없이 사라졌다는 것이다. '로도스의 거상'은 불과 수십 년 뒤에 무너져 내렸다. 계산이 잘못된 것도, 공사가 부실한 것도 아니었다. 대지진 때문이었다. 부서진 조각들마저 수백 년 뒤에 약탈당해 도로 용광로에서 녹아버렸다. 아주 오랜 시간이 지났으니 이렇게 말해도 괜찮을 것 같다. 나는 거상도, 그걸 만든 사람들도 이제 없다는 게 마음에 든다.

생각해보면 공사장에는 별별 사람들이 있었을 것이다. 동원된 것이 분한 사람도, 청동 만드는 법을 알아서 쏠쏠하게 재미를 본 사람도, 대작업에 참여하는 데서 자부심을 느낀 사람도 있었을 것이다. 태양신의 엉덩이 부분을 망치로 두드리며 자식 걱정을 하는 사람, 청동판을 제대로 들지 않는 동료 때문에 짜증 나는 사람, 아이가 태어나 기쁜 사람, 내일 도망칠 계획인 사람도 있었을 것이다. 그런 식으로 내 앞에 얼마나 많은 삶이 있었을까. 숭고한 삶을 산 사람도 있겠지. 모멸적인 인생을 견딘 사람도 있겠지. 사랑을 충분히 받은 삶도, 내내 울기만 한 삶도 있었을 것이다. 그래도 다들 살았다가 죽고 또 살고 그랬다. 나도 인류의 한 부분으로서 그러고 있다.

그러니까…… 나 하나쯤은 인생을 좀 대충 살아도 되지 않을까? 부분 부분 망치는 건 정말 티도 안 날 것이다. 무력감이 거의 권태가 될 때, 변하지 않는 세상이 걱정스러울 때, 흔적 없이 사라진 거대한 동상과 사람들을 떠올린다. 너무 부담 갖지 말고 되는 대로 살아보자. 인생은 소중하지만, 딱히 무슨 의미가 있는지 잘 모르겠으니까. 어쩌면 없을지도 모르고. 혹시 내 삶에 의미라는 게 있다면, 수많은 사람의 하나로 살아가는 것 자체에 있는지 모른다. 그러니 일단은 존재하는 게 내 의무다. 그건 당신도 마찬가지다.

여름이 오면
나는

여름이 오면 나는 기운이 난다. 낮이 긴 날들이 좋다. 아침이 일찍 오고 밤이 늦게 오는 계절, 내 몫의 시간이 길어진 것 같다. 이렇게 말하면 마치 내가 시간을 아껴가며 하루하루 성실하게 살아가는 사람처럼 보일 수도 있겠다. 실은 그 반대다. 나는 게으른 편이기 때문에, 게으름을 피울 시간이 충분히 필요하다.

　예를 들어 내가 좋아하는 여름 풍경은 이런 것이다. 비오는 여름날 한낮에 방바닥을 깨끗이 닦은 다음 드러눕는다. 청소를 했기 때문에 나는 떳떳하다. 빗소리를 배경으로 판소리 〈춘향가〉를 듣는다. 현대적으로 재해석한 곡 말고, 옛날 명창이 부르는 곡으로. 마음은 느긋해지고 몸은 나른해진다. 깜빡 잠이 들었다가 가벼운 한기와 함께 일어나 않는다. 음악은 끝났고 비는 여전히 오고 나는…… 어른의 음료를 마신다. 그런데도 바깥이 밝다. 밤이 올 때까지 내가 시간을 번 것만 같다. 그래서 밤이 올 때까지 음료를 마신다. 어른의 여름이다.

여름에 누리는 가장 큰 사치는 에어컨도, 휴가도, 이른바 '호캉스'도 아니다. 얼음을 펑펑 쓰는 것이다. 커피나 아이스티를 만들어 마신 다음 정리할 때 개수대에 얼음이 몇 개 떨어지면 이상한 쾌감이 든다. 필요 이상으로 얼음을 썼다는 죄책감도 든다. 사실은 그래서 조금 더 기쁘다. 냉국이나 비빔면을 먹을 때는 물론이고 요리할 때도 얼음을 마음껏 쓴다. 국수를 삶은 다음, 나물을 데친 다음, 가지를 찐 다음 급히 식힐 때 평소에는 대충 찬물을 이용하거나 하는데 여름에는 진짜 '얼음물'을 쓴다. 집에 쌀은 떨어져도 얼음은 떨어지지 않게 한다.

회사에 다닐 때는 얼음이 귀했다. 아이스커피를 마시려고 전날에 얼음을 얼려두고 퇴근했는데, 누군가 얄밉게도 얼음을 쏙 빼 가곤 얼음 틀에 물을 부어두지 않는 경우가 허다했다. 나는 회사 생활에서 틈틈이 생기는 분노와 증오, 저주를 누군지 모를 그 사람들에게 쏟아부었다. 하지만 이제 그건 옛날 일이고, 지금은 냉장고 얼음을 거의 독

차지하고 있다. 어떤 때는 단단해서 잘 녹지 않는 얼음을
가게에서 사다 둔다. 사치다, 사치.

여름에 개와의 산책은 되도록 일찍 나선다. 한낮에는 개
도 나도 너무 덥다. 멋모르던 초보 보호자 시절에는 개가
가자는 대로 돌아다니다가 둘 다 나무 그늘에서 퍼진 적이
있다. 퍼진 내가 퍼진 개를 안고 집에 왔다. 그러기를 몇 번
반복한 뒤 여름 낮 산책은 포기하는 것으로 개와 잘 합의
를 보았다.

우리가 아무리 일찍 가도 집 앞의 작은 공원에서는 누군
가 이미 산책을 하고 있다. 그런데도 산책로는 새것처럼 깨
끗하다. 여름에는 밤마다 길이 새로 나는 걸까? 부지런한
새들이 뭐라고 뭐라고 하는 걸 들으면서 여름의 신비로운
장면들을 본다. 햇빛이 조금만 비추어도 수풀이 새롭게 보
인다. 풀은 확실히 어제보다 자랐다. 나는 여름에 독서교
실 어린이들이 매주 더 자라고 더 새카매져서 문을 연다는
사실을 생각한다.

나는 오이와 토마토만 있으면 여름을 보낼 수 있다(이것
은 과장법이다). 마트에서 사시사철 원하는 채소를 구하는
세상이지만, 통통한 제철 채소는 무엇과도 비교할 수 없
다. 오이는 마요네즈에 찍어서 먹고, 토마토는 숭덩숭덩 썰

어서 설탕에 살짝 재워 먹는다. 간식도 되고 가벼운 식사
도 된다. 어린이들 댁에서 가끔 텃밭 상추를 나누어 주신
다. 시든 것 같아도 물에 담가놓으면 잠깐 사이에 방금 밭
에서 나와 달려온 이들처럼 또 통통해진다. 오이와 토마토
와 상추와 쌈장만 있으면 여름을 보낼 수 있다(이것이 점층
법이다).

　물론 습기와의 대결은 피할 수 없다. 파주는 그렇지 않아
도 습도가 높은 편이니 장마철이 되면 각별히 신경 쓸 것
이 많아진다. 특히 화분이 그렇다. 툭하면 식물의 잎이 물
러진다. 과습이 될까 봐 물을 주지 않으면 갑자기 잎사귀
들이 축 처진다. 그래서 물을 주면 역시 과습이 된다. 그러
면 손쓸 도리 없이 흐물흐물해진 식물의 최후를 지켜봐야
한다. 책들도 신문도 흐물흐물해진다. 나도 그렇다.

　그러나 개는 습도와 산책의 관계를 전혀 고려하지 않는
다. 아침이니까 나가야 한다고 주장한다. 밖에 나가는 순
간 나는 그대로 집에 돌아가고 싶다. 나는 원래 사우나도
못 하는 사람이다. 분명히 개도 그럴 텐데 어째서 아닌 척
하는 걸까. 숨 쉬기 어려울 정도로 물기 가득한 공기 속에
서 모든 생명이 물에서 나왔다는 점을 생각한다. 인류도
참 어렵게 진화했구나. 그런데…… 꼭 그래야 했을까? 계속

물속에서 살았다면 이 고생은 안 해도 될 텐데. 장마철 산
책은 평소보다 짧기 때문에 집에 가기 위해서는 날마다 개
와 협상을 해야 한다. 때로는 개를 안고 집에 들어오는 불
미스러운 사태가 벌어지기도 한다. 발을 씻기고 약속한 간
식을 주고 뒤풀이로 조금 놀아주고 나면 나는 물인지 땀
인지로 범벅이 되어 있다. 하지만 땀은 씻으면 된다. 그러고
서 복숭아를 먹는다. 이 문장을 쓰면서 입에 침이 고였다.
수박, 참외 같은 여름 과일은 물이 많다. 나 좋으라고.

　하지만 여름의 그 무엇도 하지만큼 좋지는 않다. 나는
하지를 내 생일인 것처럼 보낸다. 정확히 말해서 내가 좋아
하는 여름은 낮과 밤의 길이가 같은 춘분부터 1년 중 낮이
제일 긴 하지까지다. 날마다 '내일은 오늘보다 낮이 더 길
다'는 걸 생각하면 우주가 나를 중심으로 돌아가는 것 같
다. 하지 이후도 여름은 여름이지만, 초록이 너무 깊고 비
도 바람도 거세다. 하지 이후의 해는 집요한 구석이 있어서
오히려 천천히 지는 것 같다. 지면에도 오래 머물러 밤까지
열기를 남긴다. 그래도 어찌어찌 견딜 수 있다. 다시 낮과
밤의 길이가 같아지는 추분까지는. 추분 이후로는 동지만
기다리며 산다. 밤이여 어서 정점을 찍어라. 하지 다음으로
좋아하는 날이 바로 동지 다음 날이다. 해가 다시 내 편이

되니까.

*

몇 년 전 이수지 작가님을 인터뷰한 적이 있다. 나 자신도 편집자로 일한 적 있는 계간 『창비어린이』에서 작가 인터뷰 꼭지 진행을 청탁한 덕분이다. 나는 그림책 작가도, 평론가도 아니고 인터뷰 전문가도 아니다. 하지만 용기를 냈다. 이 세상에 이수지 작가님의 댁-작업실에서 이야기 나눌 기회를 마다할 독자가 어디 있겠는가. 이미 몇 번이나 본 작가님의 책들을 보고 또 보고, 관련된 책을 찾아 공부도 해가며 질문지를 꼼꼼하게 작성했다. 시간을 너무 많이 빼앗지 않도록 대략의 시간표도 짰다. 솔직히 농담도 몇개 준비했다(실제로 하지는 않았다). 그리고 솔직히 새 옷도 샀다.

공교롭게도 인터뷰하러 가는 날은 하지였다. 이수지 그림책과 하지라니, 일부러 맞추려고 해도 어려울 우연이다. 작은 문제가 있다면 우리 집과 작가님 댁의 거리였다. 서울을 가운데 두고 우리 집은 서쪽 끝에, 작가님 댁은 동쪽 끝에 있었다. 운전하는 내내 나는 해를 안고 갔다. 하지의 해는 젊고 자신감이 넘쳤다. 좋은 데 가는 나에게 아낌없이 빛과 볕을 뿜어주었다. 덕분에 작가님 댁에 도착했을 때 나는 이미 온 힘을 다해 인터뷰를 마친 사람처럼 넋이 나가 있었다. 얼굴이 벌건 채로.

그 인터뷰는 잡지에 남아 있다.▯ 내가 보고 들은 것을 최대한 잘 정리하려고 노력했기 때문에, 그날 나눈 이야기를 떠올리고 싶을 때는 나도 잡지를 찾아본다. 물론 거기에 적지는 못했지만 내 마음속에 남아 있는 이야기, 장면, 느낌도 있다. 예를 들면 작가님이 만들어주신 화이타를 먹었다는 자랑 같은 것? 그리고 작가님이 주신 매실차에 얼음이 없었다는 것. 우리 집이었다면 얼음을 꽉 채워 마셨을 텐데, 거기서는 주시는 대로 마셨다. 더운 공기 때문인지 미지근한 것처럼 느껴지기까지 하는 매실차였다. 중요한 얘기는 아니지만.

집으로 오는 길에도 나는 해를 안고 운전을 했다. 우리 집은 서쪽이고 해도 마침 가는 길이 같았기 때문이다. 그런데 나는 어떤 생각을 골똘히 하느라 더운 데 신경 쓸 겨를이 없었다. 이수지라는 그림책 작가의 창조성에 대한 생각이었다. 어떤 작가는 정념과 상상력으로 작업하고 그로써 훌륭한 그림책을 만든다. 그런데 내가 만난 이수지 작가님의 작업 과정은 조금 다른 길을 보여주었다. 탐구와 실험, 무엇을 논증할 때처럼 주장하고 이유를 대고 근거를 찾아 증명하는 것. 이수지 그림책의 이지적이고 세련된 느낌은 거기서 오는 것이었다. 그런데 왜 차갑지 않을까?

몇 년 뒤 이수지 작가님이 '한스 크리스티안 안데르센 상'을 받았을 때 많은 사람이 기뻐했다. 나도 기뻤는데, 그게 좀 이상할 정도였다. 마치 내가 상을 받은 것처럼 좋았다. 내 마음이 왜 이렇지? 한국인이라서? 이건 아닐 것 같다. 유명한 상이라서? 그건 어느 정도 그렇다. 워낙 권위 있는 상이니까. 그러다 나는 갑자기, 이수지 그림책의 이성적인 아름다움이 차갑지 않은 이유를 깨달았다. 독자의 몫이 있기 때문이었다.

단지 '글자가 (필요) 없는 그림책'이어서가 아니다. 이런 걸 상상하면 어떻게 이어질까? 이렇게 그리면 무엇이 나올까? 이거 해본 어린이, 어딘가에는 있겠지? 작가가 맡아놓은 독자의 자리가 곳곳에 있어서 독자가 그림책을 함께 완성하는 셈이 된다. 그래서 이수지 작가님이 받은 상의 큰 영예가 독자들에게도, 조금은 나에게도 아주아주 조금은 주어진 듯했다. 아주아주 아주아주 조금이어도 내 마음에는 차고 넘쳤다. 이제 더 많은 어린이가 이 기쁨을 누릴 테지. 전 세계 어린이들 축하해요.

*

순천시립그림책도서관의 '여름의 무대, 이수지의 그림책'
전시회에 다녀왔다. 오로지 전시만을 보기 위한 당일치기
여행이었다. 같이 간 친구도 이수지 작가님을 아주 좋아하
는 이였다. 독서교실에 『동물원』□□의 한 장면 아트프린팅
을 손수 액자에 넣어 선물해준 친구다. 평일 낮에 간 덕분
에 우리는 전시장 곳곳에 원하는 만큼 머물면서 고요한
음악을 듣고 멍하니 앉아 있다가 어느 순간에는 조금 울고
그랬다. 좋은 것을 보고 좋다고 말할 친구가 있다는 건 복
이다. 그림책에 대한 거라면? 축복이다, 축복.

　돌아오는 기차 안에서 졸다 깨다 하면서 두 가지 생각을
했다. 하나는 작가님이 주신 매실차에 얼음이 없었다는 점
이었다. 그건 얼음이 없어도 되기 때문이지 않았을까? 달
고 시고 쌉쌀한 매실이 아침부터 몸에 꽉 찼던 열을 식혀
주었다. 매실만 있으면 되는 것이었다. 또 하나는, 이 전시
의 주된 색채가 파란색이 아니었어도 작가는 결국 여름을
창조했으리라는 상상이었다. 빨간색만으로, 노란색만으로
도 이만큼 아름다운 작품들이, 전시가 완성되었을 것 같
다. 왜냐하면 이수지 작가님에게는 어린이와 그림책만이
중요할 테니까.

사실 이 글은 독서교실 어린이들과 함께 하는 숙제로 썼
다. "여름이 오면 나는"으로 시작해서 "나는 여름이 좋다"
또는 "나는 여름이 싫다"로 끝나는 글을 쓰는 것이다. 자,
어린이들아, 나는 숙제를 다 했다. 이제 선생님 글의 마지
막 문장이 무엇인지 맞힐 수 있겠지? 나는 여름이 좋다.

▫ 김소영, 「경계 그림책 삼 부작의 작가, 이수지를 만나다」, 『창비어린이』,
    2017년 가을호.
▫▫ 이수지, 『동물원』, 비룡소, 2004.

시끄러운
산책

'산책'이라는 말은 느낌이 좋다. 천천히 걸으며 생각에 잠기거나 생각을 비우고, 잠시 멈추어서 주위를 둘러보고, 그러다 문득 무언가를 깨닫기도 하는 호젓한 풍경이 떠오른다. 산책하는 사람들은 그런 데 시간을 쓰기로 작정을 하고 일부러 시간을 낸 것이니, 적어도 산책하는 동안은 느긋한 마음일 것 같다. 그런 사람들은 행복해 보인다.

집 앞의 소박한 산책로는 작은 공원과 연결된다. 왕복해도 한 시간이 걸리지 않는 짧은 길이지만 오히려 그게 장점인 듯하다. 점심을 먹은 동네 직장인들이 즐겨 찾는다. 하긴 요즘 세상에 차도와 떨어진 길이 얼마나 귀한가. 이 동네에 살기로 결정했을 때 중요한 이유 중 하나가 이 산책로였다. 이사를 오면서 나도 산책하는 사람이 되기로 했다.

결심은 그랬다. 날마다 가야지. 음, 2, 3일에 한 번은 가야지. 아, 주말에는 가야지. 단풍 떨어지기 전에 가야지…….
이러느라 산책이라는 것을 제대로 해본 적이 없는 채로 몇 년이 흘렀다.

개와 함께 살면서 비로소 나도 산책하는 사람이 되었다. 그런데 개와의 산책은 내가 막연히 떠올리곤 했던 여유로운 분위기가 아니었다. 개는 언제나 나보다 앞서고 싶어 하고, 갑자기 발견한 고양이한테 돌진하고, 또 갑자기 멈춰 서는 하염없이 청설모를 구경하기도 한다. 그러다가는 또 약속에 늦어서 큰일 났다는 듯이, 모든 게 내 탓이라는 듯이 달린다. 나는 개에게 끌려다니다시피 하면서도 주변에 조심해야 할 뭔가가 있는지 살피느라 내내 긴장한다. 앞에 있는 분이 자기도 모르는 사이에 우리에게 따라잡혀 느닷없이 개와 스치게 될까 봐 그분 들으시라고 개에게 "천천히 가자! 조심조심!" 하고 큰 소리를 내기도 한다. 마치 자전거의 따릉따릉 소리 같은 것이다. 그래도 결국 내가 어떤 분의 산책을 방해하기도 했을 것이다.

그런데 사실 산책로 자체도 그렇게 조용하지만은 않다. 먼저, 이것은 매우 좋은 발견인데, 새소리가 제법 시끄럽다. 새들의 이름을 몰라도 여러 종류의 새가 산다는 것은 알 수 있었다. 개는 참새는 거들떠보지도 않고, 멧비둘기는 장난삼아 쫓아간다. 하지만 까치 앞에서는 왠지 긴장한 듯이 못 본 척 지나간다. 사실 나도 까치는 좀 무섭다. 오래전에 까치가 사냥한 작은 동물을 먹는 장면을 본 적이 있는데 그때의 충격이 여태 가시지 않은 모양이다. 게다가 까치는 우는 소리도 압도적으로 크다. 한번은 산책을 시작하는데, 무슨 영토 분쟁이라도 났는지 산책로 근처 까치들이 언성을 높여 싸우는 소리가 제법 오래 이어졌다. 그러자 어떤 아저씨가 자기 집 창문을 열고 까치들을 향해 "아, 거 되게 시끄럽네!" 외치고는 문을 닫았다. 아마 까치들은 자기들끼리 큰 소리를 내느라 아저씨 목소리는 못 들었을 것이다. 아무튼 산책하면서 새소리를 듣는 건 대체로 즐겁다.

무리를 이루는 것은 까치만이 아니다. 산책하는 분들의 수다도 산책로의 적막을 깨곤 했다. 자주 마주쳐서 얼굴이 익은 팀도 있다. 오며가며 한 번씩 그분들 대화의 한두 마디를 듣기도 한다. 누가 코로나에 걸렸다는 얘기, 어디서 쌀을 보내줬다는 얘기, 거기 칼국숫집 문 닫았더라는 이야기처럼 흘려듣게 되는 소식이 대부분이다. 한번은 어떤 분이 "잡채를 많이 먹어야 되는데" 하고 내 곁을 스쳐 가셨다. 나도 걸음을 재촉하던 차고, 그분들은 원래 빨리 걸으시니까 잠깐 사이에 우리 사이는 멀어지고 말았다. 그런데 잡채를 많이 먹어야 한다니, 대체 무슨 맥락이었을까? 궁금해서 견딜 수가 없었다. 나도 잡채를 많이 먹어야 하기 때문이다. 왜냐하면 나는 잡채를 너무 좋아하니까. 친구가 잡채를 해줄 테니 오라면서 후식은 무얼 먹겠느냐고 하면 잡채로 하겠다고 하는 게 나다. 잡채만큼 몸에 좋은 음식이 또 없다는 정보였을까? 주변 사람 중에 잡채를 너무 안 먹어서 큰일 난 사람이라도 있는 걸까? 결혼식 피로연 같은 뷔페식 식사를 앞두고 다짐을 하신 걸까? 그날 남은 산책길은 온통 잡채 생각뿐이었다. 그런 일 뒤에는 산책 팀의 수다를 허투루 듣지 않는다.

문제는, 가장 결정적인 문제는, 스피커에서 나오는 소리다. 혼자 산책하는 이들 중에는 허리춤에 스피커를 달거나 스마트폰 스피커로 음악이며 라디오며 유튜브 소리를 듣는 사람이 종종 있다. 사실은 꽤 많다. 당사자한테는 내용이 잘 들리는지 모르겠지만, 떨어져 걷는 나한테는 전혀 그렇지 않았다. 그저 까끌까끌한 소리일 뿐이다. 물론 내가 그 소리를 알아듣고 싶다는 뜻은 아니다. 정보 전달도, 음악 감상도 되지 않고 오로지 '소음'으로만 존재하는 그 소음 때문에 어딘가로 뛰쳐나가고 싶은 심정이었다. 문제는 내가 이미 바깥에 있다는 것이었다.

　자기한테 산책의 흥을 돋우는 소리가 남에게는 공해가 되다는 생각을 전혀 못 하는 것일까? 대체 왜 이어폰을 쓰지 않는 거지? 무슨 사정이라도 있는 걸까? 아니면 '야외'는 '공공장소'가 아니라고 생각하는 걸까? 미움이 끓어오르는 건 나 자신에게 가장 괴로운 일이다. 그들을 미워하지 않기 위해 나름대로 노력을 해보았다. 안 들리는 척하는 건 도저히 불가능해서 차라리 이해를 해보려고 했다.

　먼저 내 주위에 또 누가 공공장소에서 스피커를 켜두나 떠올려보았다. 아파트 엘리베이터에서 맨날 소리를 켜고 게임 영상을 보는 청년? 그도 이해가 안 간다. 어쩜 이렇게 빤한 공간에서 남을 의식하지 않을 수 있나. 잠깐이라도 소리를 줄이면 되잖아. 화가 난다. 스마트폰 가게 앞의 음악 소리도 견디기 어렵다. 횡단보도 앞에서 신호가 바뀌기를 기다릴 때마다 찢어지는 사랑과 이별의 노래가 내 머리통을 흔든다. 옆 가게들은 괜찮을까? 그보다, 이런 음악이 정말 홍보에 도움이 되는 건가? 점점 화가 난다. 아니면 내가 바뀐 세상을 받아들이지 못하고 소리에 너무 예민하게 구는 걸까? 아니야, 그런 게 어디 있어! 다 공공장소인데!

　많은 사람이 '어린이는 공공장소에서 시끄럽게 군다'는

편견을 갖고 있다. 그에 대적해서 나는 '어른은 공공장소에
서 시끄럽게 군다'는 편견⋯⋯은 아니고 뭐랄까 '전제'를
두고 있다. 왜냐하면 많은 어른이 공공장소에서 큰 소리로
대화하기 때문이다. 대형 마트에서 일행을 부를 때 목청껏
소리를 지르는 어른이 얼마나 많은가. 라면 진열대에서 왼
쪽 끝의 비빔면과 오른쪽 끝의 짬뽕라면 중 뭘 살지 큰 소
리로 의논하는 부부는 그들 사이에서 '진라면 순한맛'을
찾는 나를 없는 사람 취급한다. 식당에서 큰 소리로 누구
에 대한, 특히 부장님에 대한 불만을 말하고, 전화 통화를
하고, 추억을 나누며 박장대소할 때, 그 사람들은 옆 테이
블에서도 한 부부가 밥을 먹고 있다는 건 신경 쓰지 않는
다. 중요한 얘기는 아니지만, 사실 나의 남편은 그럴 때 오
히려 작은 목소리로 말한다. 마치 공간 전체의 소음을 조
금이라도 줄여보려는 사람처럼. 그래서 균형은 내가 맞춘
다. "뭐라고요? 시끄러워서! 안! 들렸어요!"
    나는 그렇게 생각하지도 못한 장소에서 누군지도 모르
는 타인의 사생활을 알고 싶지 않다. 그럴 땐 빨리 먹고 나
가려고 서두르게 된다. 이런 적은 있었다. 카페에서 뒷자
리 분들이 역시 소리 높여 뭔가를 얘기하기에 일찌감치 포
기하고 '그만 일어나자' 하고 자리를 정리하던 차였다. 갑

자기 어떤 분이 "근데 그 집이 잡채를 잘해"라고 말한 것이다. 나는 그분들 대화를 듣지 않으려고 노력하고 있었기 때문에 '그 집'이 어디인지 전혀 몰랐다. 잡채를 잘하는 집이라니. 반찬 가게일까? 식당일까? 잡채를 '메뉴'로 하는 식당은 거의 없는데. 가정집인가? 아니면 중국음식점? 도로 자리에 앉아 이번에는 최선을 다해 대화를 들었지만 끝내 '그 집'이 어디인지는 알아내지 못했다. 공공장소라도 잡채 얘기만큼은 크게 하면 좋을 텐데…….

그런데도 '시끄럽다'는 이유로 야단을 맞거나 눈총을 받는 건 어린이들이다. 그때의 '시끄럽다'가 혹시 어른들이 대화를 나누는 데 방해가 되어 시끄럽다는 뜻은 아닐까? 나도 아직 익숙해지지는 못했지만, 식당에서 아기가 스마트폰 스피커를 켜고 노래를 들으면 신경 쓰인다는 듯이 째려보는 사람을 나도 종종 째려본다. 그런 사람들이 산책로에서 스피커로 유튜브를 볼 것 같다는 편견을 가지고. (아기에게 스마트폰을 보여주는 문제는 여기서 논하지 않겠다.) 흔히 어린이가 공공장소의 예절을 모른다고 하지만, 사실 어린이들은 대체로 일과를 공공장소에서 보낸다. 어린이집, 유치원, 학교. 조심하라고 배우고, 나누어 쓰라고 배우고, 조용히 하자는 말을 듣는다. 암만해도 어린이들에게만 뭐라고 하는 건 공평하지 않다.

다만 한 번, 스피커 산책자들에 대해 다르게 생각할 일은 있었다. 작은 블루투스 스피커를 사려고 검색할 때였다. 방에서 쓸 것이었고, 가끔은 방을 옮겨서 일할 때 들을 수도 있으니까 이동이 편한 작은 것으로 찾아보았다. 또 어차피 나는 음악을 잘 모르고 그저 일할 때 적당한 소음이 필요했던 거라 비싼 것은 필요 없었다. 그렇게 내 검색이 흘러 흘러 도착한 곳은 '효도 라디오'였다. 스피커 산책자들이 가지고 다니는, 운동 기구 옆에 버젓이 틀어놓은 그 기계들이었다. 효도 라디오라니! 나는 이 세상에 그런 이름의 카테고리가 있다는 것조차 몰랐다. 거기에 그렇게나 다양한 제품이 있는 것도.

내가 그토록 마주치기 싫어했던, 대체 이해가 안 간다며 조금은 무시했던 '스피커 산책자'들에게도 그들의 세계가 있었다. '인기 절정 효도템' '어르신들 잇 아이템' '어버이날 선물 추천' 같은 광고 문구를 보고 알았다. 누군가는 그걸 갖고 싶어 하는구나. 누군가는 선물하려고 찾아보는구나. 제품의 성능을 비교하고, 색깔을 고심하고 했구나. 또 정성껏 홍보 문구를 만들고. 이쪽에도 이쪽 나름의 세계가 있었네. 아주 잠깐이지만 애틋해졌다. 다들 사정이 있나 보네. 스피커 산책자와는 여전히 마주치기 싫고, 어쩔 수 없이 내 옆을 스쳐 갈 때면 눈을 질끈 감게 되지만 그래도 전처럼 아주 많이, 미움이 끓어오를 정도로 싫어하지는 않게 되었다.

그러던 어느 날 하람이가 기분 좋은 얼굴로 조금 일찍 독서교실에 왔다. 스마트폰에서 흘러나오는 작은 소음과 함께였다. 신발을 벗고 들어오면서 하람이는 소리를 껐다. 하람이가 좋아하는 동화 시리즈가 있는데, 그걸 읽어주는 프로그램이 있어서 들으면서 왔다고 했다. 그런 말을 하는 하람이의 눈은 반짝였고 입은 계속 웃고 있었다. 나는 차마 하람이한테 왜 이어폰을 쓰지 않았느냐고 묻지 못했다. 하람이가 행복해 보였고, 솔직히 동화를 읽는 거라면 소음이 좀 나도 괜찮지 않나 하는 마음도 있었다. '스피커 산책자'들의 소음이 당사자들에게는 재미있는 이야기겠지…….뭐…… 그런 건가…….

그래서 이제는 스피커 산책자와 마주치면 나에게 짧은 최면을 건다.

'저분들은 스피커가 엄청나게 큰 시디플레이어를 어깨에 메고 덩실덩실 춤을 추던 1980~90년대 미국 뒷골목의 청년들이다. 지금 알아들을 수 없는 랩이 스피커에서 쏟아

져 나온다.'

　나의 산책길 풍경은 다채롭다. 작은 동물들이 바스락거리고, 중노년 여성들이 두 개 이상의 사투리가 섞인 대화를 나누고, 사슴 목걸이를 하고 덩실대는 미국 청년들이 있는 곳이다. 호젓하다고는 할 수 없지만 나름의 재미가 있다. 나는 계속해서 바란다. 저 미국 뒷골목 청년들이 어서 철이 들어서 주변 사람들을 보아가며 자기 생활을 즐기면 좋겠다. 어린이가 소음을 내면 '나도 한때 저랬지' 하며 너그러이 이해해주면 좋겠다. 그리고 누구든 잡채에 대해서는 좀 큰 소리로 말하면 좋겠다.

무심은
금물

한국 영화나 드라마를 보다가 야외 장면이 나오면 가끔 저
기가 어딜까 궁금해진다. 나는 그런 걸 찾아보는 게 재미
있다. 대부분은 인터넷 검색으로 알 수 있다. 어느 시의 옛
날 시장 관사라든지, 어느 시의 호텔이라든지, 또 어느 시
의 상업 시설이라든지 그런 걸 알아낸다. 어느 동굴은 내
가 본 것만도 네 편의 작품에 나오기도 했다. 그렇게 멋진
장소를 찾아내다니, 방송계에서 일하는 분들이 얼마나 발
품을 팔까 싶다. 덕분에 우리나라에 저런 곳도 있다는 걸
알게 되는 게 한국 작품을 보는 즐거움 중 하나다. 대단한
풍경이 아니어도, 내가 아는 건물이나 골목이 나오면 특히
좋다. 반갑고 왠지 뿌듯한 기분마저 든다.

　하지만 예외가 있다. 바로 화면에 파주출판도시가 등장

할 때다. 재미있게 보다가도 이곳이 나오면 갑자기 작품에 대한 마음이 식어버리고 만다. 나는 이곳을 속속들이 안다. 큰길의 건물은 물론이고 저기가 어느 회사 모퉁이인지, 어디의 골목인지, 인물의 동선이 어떻게 되는지도 다 알 수 있다. 내가 여기서 10여 년 직장 생활을 했기 때문이다. 그런데 화면에서 만나는 게 반갑지 않은 건 '옛 일터'가 반갑지 않아서가 아니다. 옛 일터에서 자주 본 촬영 현장, 정확하게는 '촬영 현장의 주변 통제'가 떠오르기 때문이다.

파주출판도시는 서울에서 뚝 떨어진 부지에 만들어졌기 때문에 워낙 풍경이 좋다. 아파트처럼 높은 건물 없이 하늘이 탁 트여 있다. 실제 크기는 '단지' 정도 되지만 어쨌든 계획된 신도시답게 차도가 널찍하고, 그에 비해 차는 적게 다닌다. 재미있는 건물, 멋진 건물, 단정한 건물이 고루 있다. 거기서 일하는 이들의 출퇴근이 불편하고 편의 시설이 턱없이 부족한 데 대해서는 자세히 말하지 않겠다. 아무튼 출판도시는 내가 생각해도 야외 촬영에 딱 맞는 곳이다. 근무 시간에는 길에 다니는 사람도 없으니 제작진 입장에서는 상황 통제가 한결 쉬울 것이다.

그렇다고 사람이 안 다니는 것은 아니다. 적어도 점심시간에는 우리도, 그러니까 거기서 일하는 사람들도 밥을 먹으러 나간다. 늘 다니던 길에서 촬영을 하고 있으면, 다들 좀 귀찮지만 그러려니 하고 멀리 돌아서 가곤 했다. 실제 카메라에 잡히는 부분이야 얼마큼인지 모르지만, 관련된 차량과 도구들이 차지하는 공간이 적지 않다. 스태프들도 많다. 어쩔 수 없이 촬영장 주변을 지나가게 되기도 하는데 근처에 가기도 전에 "촬영 중입니다. 돌아서 가주세요. 협조 부탁드립니다" 하고 우리를! 우리가 다니던 길에서! 통제하는! 누군가가 나타난다.

게다가 그 목소리며 몸짓에 나는 늘 기분이 안 좋아졌다. 양해를 구하는 게 아니라 음, 쫓아내는 듯한 태도였다. 마치 내가 촬영장을 구경하려고 기웃대기라도 했다는 듯이! 그분들도 자기 일을 하시는 거겠지만 그런 일방적인 제지가 내심 불편했는데, 알고 보니 동료들도 비슷했다. 뾰족한 수는 없어서 매번 부글부글하며 지나갈 뿐이었다.

촬영장으로서 출판도시가 널리 알려진 덕분인지, 가까이 있는 우리 동네에서도 뭔가를 찍는 광경을 곧잘 본다. 그날은 개와 산책을 하고 있었다. 길 건너에서 무슨 촬영이라도 하는지 요란뻑적지근한 무리가 마침 우리 산책길을 차지하고 있었다. 원래대로라면 그쪽으로 가야 하지만, 나는 그 제지당하는 느낌이 싫어서 산책 방향을 포기했다. 신호등 색깔이 바뀌기를 기다리는 동안 '아, 정말 싫다' 하고 생각했다. 아무것도 모르는 개는 신호 기다리는 것도 아깝다는 듯이 주위를 킁킁댔다. 나는 개와 신호를 번갈아 살폈다. 계속 빨간불이었다.

　문제는 여기서부터 시작되었다. 이 길은 사람도 차도 적게 다닌다. 우리가 서 있는 횡단보도는 유난히 신호가 길다. 그래서 동네 사람들은 종종 빨간불에 길을 건너기도 한다. 나는 그러지 않는다. 개 교육을 위해서도 그렇고, 동네 어디에서 아는 어린이를 만날지 몰라서도 그렇다. 스태프 몇 명이 자꾸 우리를 쳐다보았다. 아마 우리 전에는 무단 횡단을 하는 사람들이 있었을 것이다. 그러니 우리도 그러길 바라는 마음이었겠지. 하지만 계속 빨간불인 걸 어쩌겠는가? 지휘하는 사람인지, 누군가 무전기에 대고 "건널 건지 물어봐"라고 했는데, 동네가 너무 조용한 나머지 그만 나까지 그걸 들어버렸다. 그럼 건너려고 서 있지! 그렇게 생각하면서 못 들은 척하려다가, '나 지금 그 말 다 들었다!' 하고 얼굴에 쓴 다음 그쪽을 보았다. 약간 무서워서 노려보지는 못하고 그냥 쳐다보기만 했다.

　그런데 지시를 받은 스태프가 무전기를 든 채로 나에게

다가오는 순간, 우리 쪽으로 다가오는 또 다른 이가 있었다. 1, 2학년쯤 되어 보이는 어린이였다. 마침 그때 신호가 바뀌어서 우리 셋은 나란히 길을 건넜다. 그때 그 무전기를 든 스태프가 어린이한테 "빨리 가, 빨리" 하고 재촉하는 게 아닌가. 그건 확실히 어린이뿐 아니라 나와 개한테도 들으라는 말이었다. 내가 주전자였으면 콧김을 뿜으며 뚜껑을 열었을 것이고, 수사자였으면 갈기 달린 거대한 머리를 흔들며 촬영 도구가 다 날아가도록 포효했을 것이다. 하지만 나는 사람이었다. 분쟁을 일으킬지 상황을 '통제'할지 순간적으로 결정해야 했다.

분하지만 화는 내지 않기로 했다. 지금 어린이와 개와 함께 있기 때문에. 내가 보호해야 하기 때문에. 원래는 어린이가 스태프 쪽에서 걷고 있었는데 내가 자리를 바꾸었다. 내가 할 수 있는 거라곤 그쪽 스태프들 들으라고, 특히 어린이가 정확히 들으라고 "천천히 가도 돼요! 뛰지 말아요. 횡단보도니까요!" 하고 외치듯 말하는 것뿐이었다. 어린이는 얼떨떨한 얼굴로 길을 건너서는 나에게 허리를 숙여 인사했다.

"감사합니다."

처음으로, 지금 촬영하는 작품이 무언지 알고 싶었다. 실

수로라도 보지 않으려고. 최소한 내 친구들은 못 보게 하
려고.

나도 그 스태프가 무슨 나쁜 뜻으로 그랬을 거라고는 생
각하지 않는다. 바쁘거나 지쳤거나 둘 다였을 것이다. 가뜩
이나 나와 개 때문에 신경이 쓰이는데 어린이까지 나타났
으니 무심히 "빨리 가"라고 재촉을 했을 것이다.

그래서 나는 알게 되었다. 어린이한테는 '무심히' 하면
안 된다고. '별 뜻 없이' 하면 안 된다고. 어린이 눈치를 봐
야 한다는 게 아니다. 특별 대우를 하겠다는 것도 아니다.
어린이가 있다는 걸 안 이상, 상대가 어린이라는 사실을 고
려해야 한다. 비건인 친구와 외식을 하려면 비건 식당에 가
야 한다. 당연하다. 다리가 불편한 노인과 식당에 가려면
앉기 편한 식당을 찾아야 한다. 한국어를 못하는 외국인이
라면 주문에 시간이 걸려도 그러려니 하게 된다. 어느 자리
에 어린이가 있다면 그를 '무심히' 대하면 안 되는 것이다.
나한테야 "빨리 가세요" 할 수 있어도(사실은 안 되지만), 어
린이한테는 그러면 안 된다. 보행 신호에 횡단보도를 건너
는, 보호자도 없는 어린이한테는.

나는 오랫동안 나 자신을 무해한 사람이라고 생각해왔
다. 일부러 누구를 괴롭히는 것도 아니고 남을 방해하거나

다투는 것도 아닌 이상, 나는 무해하다고. 대체로 무심하면 무해하고, 무해하면 된 거라고. 그런데 어린이를 가까이에서 보면 무심한 것도 잘못일 때가 적지 않았다.

　한번은 어느 대형 마트 입구에 카트의 손잡이를 닦으라고 소독제와 휴지가 놓여 있는 걸 보았다. 소독제는 분무기에 들어 있어서 그걸 뿌리고 휴지로 닦으면 되는 것이다. 어떤 사람은 귀찮아서 그냥 가고, 어떤 사람은 꼼꼼히 소독했다. 나도 카트를 하나 꺼내려고 다가가면서 보니 어떤 분이 카트 손잡이에 호쾌하게 분무기를 뿌리는데, 바로 옆에서는 조그만 아이가 그분에게 매달리며 뭐라고 뭐라고 종알거리고 있었다. 그렇다. 자신과 가족을 지키려는 아빠의 바람과 달리, 어린이 얼굴에 약이 뿌려지는 셈이었다. 순식간의 일이고 이미 끝나버린 데다 내가 용기가 부족해서 그분에게 뭐라고 말을 못 한 게 두고두고 마음에 걸린다.

　어린이가 있을 때 무심해지면 안 된다. 마지막에 탄 승객이 어린이일 때는 버스 기사님들이 좀 더 시간을 두고 출발했으면 좋겠다. 헬스장 광고에 여성 남성 할 것 없이 신체 노출이 많은 거야 그렇다 쳐도, 같은 건물에 어린이가 다니는 학원이 몇 개나 된다면 그런 사진이 담긴 광고판을 입구에 세워두면 안 된다. 담배를 피우더라도 어린이가 지나가면 서 있는 방향을 바꿔야 한다. 연기가 어린이에게 직접 가지는 않게. 식당에 어린이가 있으면, 암만 반주가 과했더라도 욕을 안 해야 한다. 일행이라도 그를 말려야 한다. 방송이나 영상도 어린이 시청자가 있다면 고려를……. 세상에 어린이가 얼마나 많은데. 그래서 내 결론은 우리가 무심해지면 안 된다는 것이다. 어린이한테도 어른끼리도 어린이끼리도.

이제는 횡단보도에 어린이가 있으면 슬쩍 자리를 옮긴다. 어린이와 차도 사이로. 딴생각하느라 신호를 못 본 운전자가 급제동이라도 하려면 어린이보다는 내가 더 잘 보일 테니까. 물론 나도 무섭다. 그래서 조금이라도 부주의한 운전자는 눈을 부라리며 쳐다본다. 어떤 사람은 그럴 때 미안하다는 듯 손을 들어 인사한다. 하지만 선팅이 진해서 운전자가 잘 안 보일 때는 운전석과 번호판을 두어 번 번갈아 본다. 마치 번호판을 외우는 것처럼(외우지는 못한다). 그러면 다음번엔 그 사람도 더 신경 쓰지 않을까?

산책길에 어린이가 보이면 나는 스스로 사복 경호원이라고 생각한다. 우리 개는 덩달아 경호견이 된다. 그러면 좀 멋있는 것 같다. 물론 실제로 우리가 활동할 일은 없기

를 바란다. 그래도 어느 날 텔레비전에서 우연히 카메라에 잡힌 어린이를 본다면, 그리고 화면 한구석에서 웬 아주머니와 코가 큰 개가 기웃거리고 있다면 그게 바로 저희라는 걸 알아주세요.

어렵게
말해주세요

운전을 하다가 재미있는 걸 보았다. 앞차가 트럭이었는데, 짐칸에 이런 광고 문구가 쓰여 있었다. '키다리 사다리'. 아마도 사다리차를 빌려주는 업체의 차인 듯했다. '키다리' 와 '사다리'의 비슷한 점이 단박에 떠올랐다. 둘 다 세 글자 낱말인데 첫 글자만 다르다. 두 낱말을 붙여놓은 이의 유머 감각이 느껴졌다. 여섯 글자 모두 받침이 없어서 발음하기 쉽고 리듬이 생겨서 기억하기 쉽다. 몇 년 전 일인데 여태 기억나는 걸 보면 역시 효과적인 광고였다.

　가게 간판이나 광고판 보는 걸 좋아한다. 예쁘고 세련된 디자인보다 투박해도 개성이 담긴 문구를 찾았을 때가 훨씬 좋다. 한번은 '나는 가구다'라고 쓰인 간판을 보았다. 처음에는 어리둥절했다. 사람이 어떻게 가구가 되지? 굳이 이름을 저렇게 지었을 때는 어떤 이유가 있을 텐데. 그러다가 '나는 가수다'라는 텔레비전 프로그램 이름이 생각났다. 이 방송이 인기가 높아서인지 한동안 우후죽순으로 '나는 누구다'류의 간판이 많이 생겼다. '나는 목수다, 나는 셰프다'와 같이. 그렇지만 가구는…… 그러다 깨달았다. 이런 비논리를 감수하고 '나는' 다음에 '가구'를 붙인 건 '가수'와 '가구'가 음운 하나만 다른, 얼핏 비슷해 보일 정도인 낱말이기 때문이라는 것을. 지금껏 본 '나는 누구다' 중에서 제일 마음에 든 이름이었다.

문 앞에 붙은 광고지도 유심히 보는 편이다. 며칠 전 '해보라 조명'이라는 업체의 광고지를 보고 좋았다. 조명 업체 이름이 '해보라'라니. 해처럼 밝은 조명을 보라는 뜻도 되고, 자기네 업체에서 한번 해보라는 뜻도 된다. 마침 이어지는 광고 문구도 좋았다. 집의 조명을 교체해주는 곳은 많아도 자기네처럼 수리해주는 곳은 많지 않으니, 광고지를 버리지 말고 갖고 있다가 필요할 때 연락하라는 당부였다. 조명이라는 게 광고 하나 때문에 멀쩡한 걸 바꿀 만한 물건은 아니다. 하지만 언젠가는 바꾸든 고치든 해야 한다. 나는 정말 그 광고지를 부엌 한쪽에 붙여두었다.

조금 다른 얘기지만 지방 국도에서는 이런 간판도 보았

다. '아산 도깨비 경매장'. 궁금해하지 않을 도리가 없다. 마침 차도 밀리고 해서 남편에게 "저긴 뭐 하는 데일까요? 도깨비가 경매를 하나?" 하며 웃었더니 남편은 또 진지하게 "도깨비'를' 경매하는 데일 수도 있죠" 하고 말을 받았다. 그렇다면 도깨비가 도깨비를 경매하는 곳일 수도? 그건 좀 으스스한데. '아산'이라고 했으니 어쩌면 전국 곳곳에 은밀한 경매장이 있을 수도? 나중에 찾아보니 '도깨비 시장'처럼 온갖 것을 다루는데 실제로 경매에 부쳐 판매하는 곳이라고 한다. 아무튼 도깨비는 도깨비였다.

지역 홍보 플래카드도 좋다. 지역 특산물이라든가 관광할 만한 곳의 정보를 얻는다. 언젠가는 차를 타고 가다가 '구석기 축제 허허벌판'이라는 문구를 보았다. 지나치고 나서는 내가 본 게 맞나 싶었다. 아니 '허허벌판'에서 어떻게 축제를 해요? 말도 안 돼! 그런데 또 생각을 해보면 구석기 유적지에서 축제를 한다면 그곳은 허허벌판일 수밖에 없다. 과연 그런 곳에서는 어떤 식으로 구석기 체험을 하게 될까? 잊을 수 없는 광고였다. 이런 소박하고 솔직하고 재미있는 광고 문구를 보면 내가 한국어 사용자라는 사실이 즐거워지고, '쉽게 쓸 수 있으면 쉽게 쓴다'는 내 글쓰기 원칙이 옳다는 걸 확인하는 듯해 뿌듯하다.

솔직히 이 글의 주제와는 상관없지만 지역 광고 얘기가 나온 김에 하고 싶은 말이 있다. 다른 지역도 그렇겠지만 내가 사는 파주도 몇 번이나 시의 슬로건이 바뀌었다. 딱히 인상적인 것은 별로 없었는데, 한동안 눈이 번쩍 뜨이는 슬로건을 사용한 적이 있다. 남과 북의 지도자가 실제로 경계선을 넘나들며 격의 없(는 듯)이 만나던 때 파주의 슬로건은 '한반도 평화 수도 파주'였다.

파주는 전부터 통일전망대, DMZ(비무장지대) 등 분단과 관련된 장소가 유명했고, 관련된 행사도 많았다. 다르게 생각하면 그만큼 북한과 가장 가까운 도시 중 하나라는 긴장도 꽤 높았던 것이다. 문재인 대통령이 자유로를 지나 판문점 회담장으로 가는 장면이 생중계되자 독서교실 어린이들은 조금 흥분 상태가 되었다. 원래 전쟁 가능성이 주요 뉴스가 될 때마다 어린이들은 어른보다 훨씬 긴장한다. 정말 전쟁이 일어날까 봐 무서워하는 어린이는 아마 전국 곳곳에 있을 것이다. 나도 대구에 사는 조카에게 걱정을 들은 적이 있다. 그러면서도 파주 어린이들이 더 긴장해 왔다는 생각은 못 했다. 오히려 평화 분위기가 만들어지자 그동안 어린이들이, 우리가 얼마나 그늘에서 살고 있었는지 알게 된 것이다.

이런 시국에 '한반도 평화 수도 파주'라니. 나는 그간의 긴장 상태에 대한 보상이라도 받은 것 같았다. 게다가 파주는 물리적으로 한반도의 중앙에 있으니 적절하기도 하다. 작은 문제라면 실제로 우리나라 수도가 파주라고 오해하는 어린이가 있었던 것 정도다.

그즈음 어느 날 서울에서 일을 보고 돌아오는 길에 이번에는 눈을 부릅뜨게 하는 슬로건을 보았다. '평화의 시작, 미래 도시 고양'. 아니 고양시까지는 안 그래도 되잖아? 이렇게 되면 서울에서 북쪽으로 가는 이들이 보기에 '평화'라는 훌륭한 프레임이 고양시의 것이 된다. 고양시는 왜, 어쩌면 이렇게 얄밉게도, 일을 잘했나? 고양시는 고양이도 있으면서!

쉬운 말이 좋다. 쉽게 쓸 수 있으면 쉽게 쓰는 게 좋다고 생각한다. 한 명이라도 더 잘 이해할 수 있는 글이 좋은 글이라고 생각한다. 그러느라 작가가 고생하더라도, 그래서 더 많은 사람이 읽고 '해석'하는 대신 자기 생각을 정리하는 데 힘을 쓰는 게 좋다고 믿는다. 그렇게 쓰려고 노력한다.

그러나 어렵게 써야만 한다면 어렵게 써야 한다. 복잡하게 설명해야 하는 건 복잡하게 설명해야 한다. 2학년 어린이한테는 '수도'의 개념, 실제 우리나라 수도, 도시를 홍보하는 말, 거기에 쓰인 비유를 차근차근 설명해야 한다. "그건 그냥 광고야"라고만 할 수는 없는 것이다. 간단한 표현이 늘 좋은 건 아니다. 그 표현이 말을 '듣는/읽는' 사람보다 '하는/쓰는' 사람의 편의를 위한 것이라면 더욱 그렇다.

수업 시간에 지현이가 며칠 전 '노 키즈 존'이라서 유명 카페에 못 들어간 얘기를 했다. 함께 있던 어린이 중 한 명은 자기도 그렇게 쓰인 걸 본 적이 있다고 했고, 두 명은 그게 뭔지 몰랐다. 지현이한테 설명할 수 있겠느냐고 했더니 친구들에게 이렇게 말했다.

"어린이는 못 간다는 뜻이야."

"왜?"

"떠든다고. 그리고 위험하다고."

한 어린이는 "안 떠들면 되잖아?"라고, 또 한 어린이는 "아, 그런 데가 있구나" 했다. '노 키즈 존'이라는 걸 봤다는 어린이는 왠지 기분이 나빴다고만 했다.

가게 형편에 따라 어쩔 수 없이 어린이 손님들을 받기 어려운 곳이 있다는 걸 안다. 내가 아는 어떤 가게는 "아이들을 키우는 집이라 고민을 많이 했는데, 뜨거운 음식 때문에 사고가 몇 번 나서 할 수 없이 '노 키즈 존'으로 운

영합니다"라는 안내가 붙어 있다. 식탁에서 직접 죽을 끓여가며 먹는 가게라서 그런 것이다. 강연 등에서 이 주제가 나오면 난감해하시는 분들도 자주 만난다. 어린이 때문에 생기는 사고며 곤란한 일에 대해 상세히 들은 적도 많다. 구체적인 사연을 만날 때면 나야말로 난감해진다. 요컨대 '노 키즈 존'을 운영하는 분들이 모두 어린이를 미워해서, 어린이 일행을 싫어해서 그러는 게 아니라는 것도 알고 있다.

그러니 '노 키즈 존'이 없는 세상은 그저 이상일 뿐일까? 아니다. 그렇지 않다. '노 키즈 존'은 사라져야 한다. '어린이'라는 사실은 명백히 어린이의 정체성이다. 정체성 때문에 특정한 장소에 출입을 못 하게 하는 것은, 실질적으로 어쩔 수 없다 해도, 논리적으로 어쩔 수 없이 차별이다. 이 차별이 사회적으로 허용된다면 '노 휠체어 존'이, '노 시니어 존'이, 또 '노 무슨 무슨 존'이 생길 것이다. 사실 문제 상황을 가정한다면 차별과 배제는 제일 쉬운 해결책이다. 나는 이 어려운 문제를 어렵게 풀고 싶다. 평등을 찾아가는 길은 원래 어려운 법이니까.

나는 '노 키즈 존'이라는 '쉬운 말'이 없어지면 좋겠다. 말과 함께 그 개념도 낡은 것이 되어 사라지면 좋겠다. 카페에 식당에 '노 키즈 존'이라고 써 붙이는 간단한 해결책보다, 서로의 사정을 헤아리고 조율해가는 번거롭고 불편한 해결책이 더 합리적이다.

이런 상상을 해본다. 만일 내가 유리 공예를 좋아하는 사람이라서 틈틈이 작품을 만들고 열심히 돈을 모아 작은 가게를 차렸다고 하자. 그런데 시작 단계라 아무래도 가게가 너무 좁고 위치도 썩 좋지 않다. 그럼에도 차차 입소문이 나서 찾아오는 사람이 많아졌다. 어느 날 나는 문의 전화를 받는다.

"제가 휠체어로 움직이는데, 갈 수 있나요?"

그럼 나는 어떻게 답해야 할까? "이곳은 '노 휠체어 존'입니다"라고 말하고 전화를 끊어야 할까?

이런 상황이라면 누구든 조금 더 자세히 설명할 것이다. 가게가 좁아서 휠체어가 움직일 수 없고, 그마저 비탈길에 있어서 아무래도 손님이 오시기는 어려울 것 같다고. 그러면서 '양해'를 구할 것이다. 언젠가 가게를 확장하면 꼭 알려드리겠다고 전화번호를 받아둘 수도 있다. 온라인 숍을 열 예정이니 조금 기다려달라고 할 수도 있다. 나와 비슷한 스타일로 작업하는 이들의 넓은 가게를 소개할 수도 있다. 아마 번거롭고 민망한 과정이 될 것이다. 하지만 이게 맞다. 맞는 길을 알면 맞는 길로 가야 한다.

　마찬가지로 '노 키즈 존'이라는 말 대신, 구구절절 설명하는 게 맞다. 깨지기 쉬운 장식품이 많아서 어린이 출입이 어렵다거나, 난간이 위험해서 어린이 출입을 제한한다거나, 음식이 뜨거워서 어린이가 돌아다니면 위험하기 때문에 어린이 동반석을 어디어디로 제한한다거나, 여러 이유를 설명하는 게 맞는다고 생각한다. 그래 봤자 결론은 똑같다고 하더라도, '노 키즈 존'이라는 말로 차별을 당연시해서는 안 된다. 좋을 때나 나쁠 때나 '쉬운 말'은 영향력이 강하기 때문이다. 손님이 헛걸음하지 않게 홈페이지나 지도 앱에 미리 표시를 한다면, 적어도 '몇 세 미만 출입 제한' '몇 세 이상 출입 가능' 등으로 돌려 말하면 좋겠다. 역시 결론은 똑같더라도 최소한 그 과정이 번거롭기라도 해야 되는 것 같다. 더 좋은 방법이 생각날 때까지, 나는 어린이 출입 제한 구역에 대해서만큼은 복잡하게 말하고 싶다.

　나 역시 카페에서 어린이 동반 일행이 너무너무 시끄럽다면 사장님께 말할 것이다. 하지만 누구든 그런 말을 하는 건 껄끄러우니까, 나도 아마 어지간하면 참을 것이다. 옆자리의 어른 손님들 목소리가 너무 커서 모처럼 생긴 휴식 시간을 방해받더라도 어지간하면 참는 것처럼. 참다 참다 못 하겠으면 어떻게 해야 하나? 사장님한테 말한다. 무척 난감한 얼굴로. 그러면 사장님도 진짜 진짜 그러기 싫은 얼굴로 가서 그 손님들에게 얘기해야 할 것이다. 이 자리 소리가 너무 커서 다른 손님이 불편해하시니까 목소리를 조금 낮추어주실 수 있겠느냐고, 어린이가 테이블에서 떨어진 데까지 돌아다니지 않게 해주시면 좋겠다고. 그런 말을 해야 하는 사장님은 얼마나 속이 상하고 불편할까.

만일 그 손님들이 그걸 잘 알아듣는다면 "아 미안합니다" 하고 주의하겠지. 눈치도 없이 오히려 큰소리를 치며 화를 내는 사람도 있긴 있을 것이다. 상황이 그렇게 되면 내가 사장님 편을 드느라 끼어들고, 나까지 언성을 높여서 또 난리가 나고, 사장님이 두 팀을 말리고……. 그렇더라도, 나는 이 복잡하고 어려운 상황이 '노 키즈 존'이라는 간편한 말보다 좋다. 그 상황을 피하기 위해서라도 서로 참아주는 것이 관용 아닐까?

실제로 내가 사장님이 된다면 또 생각이 달라질지 모른다. 그러면 사장님 입장에서 또 복잡하게 생각하고 복잡하게 말해야겠지. 그러니 이 문제만은 되도록 많은 사람이 머리를 맞대고 풀어가면 좋겠다. 일단 '노 키즈 존'이라는 말부터 없애고 보자. 무슨 '노 스모킹 존'도 아니고. 그런

말을 사용하기 전에도 우리는 어린이와 함께 잘 사 먹고
잘 놀고 잘 구경했다. 사회의 면면이 달라져 제재가 필요해
지더라도, 한 가지 사실만은 잊지 않으면 좋겠다. 어린이의
출입을 제한해야 할 때는 오직 어린이를 보호해야 할 때뿐
이다.

예외 사항

어둠 속에서 한 사람씩 모습을 드러내기 시작했다. 나는
그제야 얼마나 많은 이들이 웅크린 채 자신의 차례를 기다
리고 있는지 깨닫고 소스라쳤다. 일이 이렇게 될 줄은 정말
몰랐다. 처음 나선 이가 마치 어떤 감정을 억누르려는 것처
럼 숨을 깊이 들이쉬고 입을 열었다.

"그럼 7번까지는 되나요?"

"글쎄 아직 몰라요. 있어보시라구."

답을 한 이는 홀연히 주방으로, 나머지 사람들은 다시
어둠 속으로 사라졌다. 그러자 오히려 금방 현실로 돌아올
수 있었다. 내가 지금 무얼 하는 거지? 제정신인가? 설 전
날 저녁에 만둣국을 먹겠다고, 이 저녁에 감히 '○○ 만두'
의 문을 열다니. 함께 온 남편은 순진하게 주차장 차 안에

서, 나와 만둣국 2인분을 기다리고 있었다.

나는 문자 메시지를 보냈다.

– 한참 기다려야 될 것 같아요.

– 얼마나요?

– 글쎄 그걸 아직 모른다고 하네…….

그때 문이 열리고 새로운 손님의 인기척이 나자 가게 안의 사람들은 일제히 그쪽을 쳐다보았다. 나도 그랬다. 다른이들은 모르겠지만 내 생각은 이랬다.

'혹시 일찌감치 주문해서 만두를 맡아놓은 사람이면 어떡하지? 아니면 사장님이 헷갈려서 나보다 저 사람들한테 먼저 만두를 주면 어떡하지?'

이른바 '웨이팅'으로 악명 높은 이 만둣집은 점심시간마다 아수라장이 되는 곳이다. 언제나 수십 명(정말 수십 명)이 비닐하우스 같은 엉성한 대기실에서 차례를 기다린다. 그런데 다들 조용하다. 왜냐하면 사장님이 입장 순서를 한번에 몇 팀씩, 그리고 단 한 번만 불러주시기 때문이다. 모두 같은 처지이니 알아서들 조용히 있다. 한번 엉키면 큰일난다.

이 가게에는 그 흔한 '번호 뽑기' 기계가 없다. 사장님한테 일행이 몇 명인지, 먹고 갈 건지 가져갈 건지 얘기하면

플라스틱 번호판을 주신다. 여기 적힌 번호는 일련번호가
아니기 때문에(그렇다고 테이블 번호도 아니다) 내 앞에 몇
팀이 있는지 알기가 어렵다. 사실은 내 주문이 사장님 수
첩에 정확히 적혔는지 확신도 없다. 그저 모든 것이 순조롭
게 돌아가기만을 기도할 뿐이다.

　모르는 사람이 보면 '손님이 뭐 이렇게까지 눈치를 봐?'
싶을 것이다. 하지만 우리 동네 사람들은 다 안다. 기다리
다 화가 나도, 다음에 다시 오나 봐라 싶을 만큼 화가 나
도, 뚝배기에 담긴 만둣국 국물을 한 숟가락 떠먹는 순간
자긍심이 마음을 채운다. 기다릴 만했어. 이 만둣국은 영
혼의 음식이다. 지나고 보면 기다림은 한순간이다. 집에 갈
때면 아예 생각도 나지 않을 만큼.

　그래서 그랬을까? 그날 가게에 들어가면서도 별로 걱
정을 안 했다. 원래 포장은 오래 기다리지 않아도 되기 때
문이다. 게다가 가게 주변이 한산했다. '연휴라서 다들 어
디 가셨나 보군' 하면서 계산대로 직진했다. "2인분 포장
이요!"라고 말하려고 "안녕하세"까지 말했는데 사장님은
"지금 여기 다 기다리는데 만두소가 떨어져가서 글쎄 몇
개가 나올지를 몰라요" 하며 허허 웃었다.

　알고 보니 저녁때는 포장만 가능한데, 그 포장을 하러

온 이들이 불 꺼진 홀에 흩어져 앉아 처분만 기다리듯 풀 죽어 차례를 기다리고 있었다. '7번' 패를 든 아저씨가 이미 나서서 만두 제작 상황을 물어보아서 사장님이 답하려고 할 때 내가 들어섰던 모양이다. 물정 모르는 신입 손님이 기세 좋게 들이닥치자 어둠 속에 있던 분들이 아마도 나를 경계한 듯 존재를 드러내며 사장님 곁으로 모인 것이다.

"있어보시라구"라는 애매한 말을 듣고 다시 어둠 속으로 흩어졌던 사람들은 사장님이 전화를 받으러 나오자 조금 동요했다.

이번에는 어떤 아주머니가 차분한 목소리로 물었다.

"사장님, 대강 언제까지 기다리면 될까요?"

"글쎄, 만들어봐야 아니까, 있어보세요."

아니 있어보라니? 그건 만두를 살 가능성이 어느 정도는 있다는 건가?

처음의 7번 아저씨가 두 손을 모으고(정말 그랬다) 공손히 물었다.

"저…… 그러니까…… 될지 안 될지 알려주실 수 있는 때가 언제쯤인지…….."

"허허, 아니 내가 만두가 있는데 안 주나. 있어들 봐요."

사장님은 여유가 있었고 계속 웃었다. 손님들은 초조했

고 웃지 않았지만 아무도 가게 밖으로 나가지 않았다.

00어 분을 그렇게 초조하게 기다려 나는 2인분 포장에 성공했다. 가게를 나서는데 또 어떤 순진한 분들이 "4인분 포장……" 하며 들어섰다. 과연 그들의 운명은…….

사정이 이렇다 보니 귀한 손님이 오면 이 가게를 가야 될지 말아야 될지 내적 갈등에 휩싸인다. 이렇게 맛있는 걸 사주고 싶기도 하고, 그 복잡한 곳에 데려가는 게 미안하기도 하고. 그래도 되도록 데려가서 맛을 보게 해주는데 그러면 우리 일행은 같은 영혼을 가진 사람들이 된다.

나는 원래 '줄 서서 먹는 식당'에 가지 않는다. 배가 고픈 채로 기다리는 게 싫어서다. 기다리는 시간을 계산해서 배가 고파지기 전에 줄을 서기 시작해도, 음식 냄새를 맡으면 곧장 배가 고파지고 점점 화가 치솟는다. 어느 정도 시간이 지나면 기다린 게 아까워서 포기할 수도 없고, 과자 따위로 위장을 달래기도 애매한 상태가 된다. 아무리 좋아하던 식당이라도 줄을 서야 될 정도로 인기를 끌면 가지 않는다. 못 간다.

그러니 그 소란을 생각하면 아무리 맛있다고 해도 그 만둣집에 계속 가는 건 나로서는 좀 예외적인 상황이다. 사실 이 만둣집에 대한 나의 애정은 처음 먹었을 때보다, 열

번 먹었을 때보다, 어느 날 차림표 아래 붙은 안내문을 보
았을 때 가장 확실해졌다.

　1인 1주문 부탁드립니다.
　(어르신 및 어린이는 예외)

　이 터프한 식당에서 '어르신 및 어린이'라는 낱말을 보
니 왠지 마음이 따뜻해졌다. 초등학생도 아니고, 몇 살 이
상도 아니고, 무슨 우대도 아니고. '어르신 및 어린이는 예
외'라니. 말투가 너무 다정하지 않은가. 이 가게의 만둣국
은 만두가 크고 양이 많아서 어떤 어린이는 한 개만 가지
고도 배가 찰 수 있을 정도다. 어른도 다 못 먹을 때가 종
종 있다. 아마 그래서 특별히 이런 안내문을 붙이신 것 같
다. 설명하기 어렵지만 '예외'라는 말이 마치 '보호'처럼 느
껴진다. 그래서 더욱 나는 이 가게에서 얌전해진다. 어르신
과 어린이를 '예외'적으로 대접하는 식당의 만두가 맛까지
최상이라니!
　내가 좋아하는 동네 식당이 또 있다. 거긴 해장국집이다.
술꾼이라면 누구나 아침에도 점심에도 먹고 싶어 할 해장
국을 몇 종류 판다. 뚝배기에 담겨 나오는 음식은 하나같

이 뜨겁고 맵다. 나는 콩나물 해장국을 주문한다. 그중 제일 순한 맛 음식이지만 역시 뜨겁고 맵다. 내가 아주 좋아하는 해장 방식은 아니지만, 함께 나오는 달걀을 깨 넣는 즐거움이 있다. 그리고 반찬 중에서는 열무김치가 맛있다. 아니 이게 중요한 건 아니고. 내가 알기로도 역사가 십수 년이 훨씬 넘은 가게인데 언제나 사람이 북적인다. 얼핏 보기에 우리처럼 동네 사람인 듯한 이들도 많고, 자전거나 모터사이클 동호회 사람들도 자주 온다.

나는 이 식당의 화분들을 좋아한다. 특별히 예쁘거나 독특한 건 아니지만, 한데 모인 크고 작은 화분들을 보면 마음이 편해진다. 조금 깨진 사기 화분, 플라스틱 화분, 고무 화분(일명 '다라이') 등 종류도 다양하다. 이 화분들은 어느 날은 식당 한가운데 모여 있고 어느 날은 창가에 집합해 있다. 밤에 먹고 마시며 재미있게 놀고 아침에 일어나 어딘지 죄책감이 느껴질 때 이 해장국집에 가면 한결 마음이 놓인다. 응원받는 것 같다. 오늘도 놀렴. 내일 또 풀어줄게……

사장님은 호탕한 여성분이다. 몸을 움직이는 범위도 넓고 목소리도 크다. 화분도 직접 가꾸시는 듯하다. 커다란 화분도 자리가 마음에 안 들면 여기 두었다 저기 두었다

하시는 기세가 있다. 한번은 주차장에서 차를 빼던 운전자
가 벽돌 화단을 부순 적이 있다. 꽤 큰 소리가 나서 사람들
이 고개를 빼고 무슨 일인가 살폈다. 그런데 운전자는 자
기가 부순 것이 무엇인지, 얼마큼 부서졌는지 몰랐던 건지
아무튼 가던 길을 갔다. 도망간 것이다. 창가의 손님이 사
장님한테 "아이고 저거를 잡아야지!" 하니까 우리 사장님
은 껄껄 웃으며 말씀하셨다.

"아이고 무슨 바쁜 일이 있었나 보네. 괜찮아요. 지금 뭐
어떻게 해. 쫓아가? CCTV에 다 잡혀 있어. 잡으면 돼요."

잡긴 잡으시는구나.

또 어떤 날은 나와 남편이 음식을 먹고 카드로 계산을
했는데 사장님이 갑자기 천 원짜리 한 장을 주셨다.

"어버이날이니까 부모님한테 전화들 하라고."

그런데 반말을 좀 안 하시면 좋겠다. 저희도 어엿한 손님
인데요.

해장국집에는 해장이 아니라 그냥 식사를 위해 오는 손
님도 많다. 가족 손님도 자주 본다. 간밤에 얼큰하게 드신
듯한 어른들은 어떤 여운이라도 있는지 큰 소리로 이야기
하고, 함께 온 자제분들(주로 청소년)은 고개를 푹 숙이고
스마트폰만 들여다보고 있다. 매운 걸 먹네, 못 먹네 하는

어린이 손님도 가끔 본다.

어느 날 역시 콩나물 해장국을 먹고 있는데, 옆 테이블 근처에서 인기척이 느껴졌다. 사장님이 어떤 테이블 옆에 서서 손님들이 식사하는 걸 빤히 보고 계셨다. 무슨 일이라도 있나? 그 일행 중 네댓 살 되어 보이는 어린이가 있었다. 사장님은 아이 어머니인 듯한 분한테 말씀하셨다.

"그래서, 그걸, 반찬을 사 온 거야? 뭐야, 장조림이야?"

"네, 애가 매운 걸 못 먹어서요. 죄송해요."

미리 양해를 구한 듯한 분위기였지만 아무래도 어머니 마음이 편하지만은 않았을 것이다.

"근데 이게 뭐야, 왜 반찬을 밥뚜껑에 놨어?"

"아…… 반찬이 다 매워서 따로…….."

"그릇을 하나 달라고 하지. 있어봐."

아이 어머니가 "아이, 아니에요, 사장님. 그냥 먹어도 돼요" 하며 말렸지만 사장님은 귓등으로도 안 듣고 새 접시를 가져다주셨다.

나는 어린이 앞에서, 청중 앞에서, 무엇보다 글에, 되도록 속어를 쓰지 않으려고 한다. 그런데 이번만은 예외로 해야겠다. 그때의 사장님 말씀을 그대로 옮겨야 하니까.

"애기가 가오가 있지."

애기가 가오가 있지. '아기가 체면이 있지'라고 순화해야
겠지만. 이 말이 너무 멋지지 않은가? 애기가 가오가 있지.

나는 음식점 앞에서 줄을 잘 못 선다. 뜨겁고 매운 음식
을 잘 못 먹는다. 손님이 기다리거나 말거나 혼자 허허 웃
으면서 제왕적 권력을 누리는 사장님도 보통은 좋아하지
않는다. 손님한테 반말을 하는 사장님도 마찬가지다. 그런
데 두 분에 대해서만은 예외다. 만둣국집도 해장국집도 오
래오래 지금처럼 장사가 잘되기를 바란다. 어려서 그 음식
을 먹고 자란 이들이 친구를 데리고 가족을 데리고 또 자
주 오기를 바란다. 쫄쫄 굶으면서 줄을 서고, 할머니가 된
사장님한테 이런저런 잔소리를 들으면 좋겠다.
　일단 지금은 어린이들에게 바란다. 나와 같은 단골 어린
이들아, 뜨거운 국물 조심하고 매운 것 무리해서 먹지 마
라. 만둣국에 고명을 바로 넣지 말고, 만두 한 알씩 앞접시
에 던 다음에 조금씩 올려서 먹어라. 콩나물 해장국도 매
우니까 처음 나왔을 때 괜히 한 숟가락 먹어보지 말고 바
로 계란부터 풀어라. 같은 식당에서 맛있는 것 같이 먹고,
우리 씩씩하게 살아가자.

어린이가
미워질 때

연말을 맞이해서 독서교실의 묵은 자료들을 정리했다. 처음 일을 시작할 때부터 모아놓은 자료들이 많았다. 온갖 출판사의 팸플릿, 도서관 프로그램 홍보물, 근처 초등학교의 추천 도서 목록, 언제 다녀왔는지 기억도 나지 않는 세미나 자료집은 이제는 낡은 자료라 처분하기로 했다. 하지만 헌책방에서 겨우 구한 절판된 이론서들은 그러기가 어려웠다. 책을 펼치면 그때 공부하던 내 마음이 고스란히 되살아났다. 이 책들이 새롭게 출간되더라도 내가 밑줄을 긋고 메모해가며 읽은 책을 버릴 수는 없을 거라고 생각했다.

어린이들이 두고 간 글과 그림 역시 아무리 사소한 것이어도 버릴 수가 없었다. 자기 이름도 고른 크기로 쓰지 못

하던 어린이들이 언제 커서 중고등학생이 되었나 생각하
니 세월이 새삼스럽고, 그들의 어린 시절을 알고 있다는 것
에 뿌듯해졌다. 하지만 그런 기분은 오래전 이것저것 메모
한 공책을 넘기다가 와장창 깨지고 말았다. 밑도 끝도 없
이 한 문장이 이렇게 적혀 있었다.

"못된 어린이는 정말 못됐다."

나 자신에게 소스라치게 놀랐다. 내가 정말 이렇게 날이
선 말을 적었단 말인가. 책에, 신문에 싣는 글마다 어린이
에게 친절한 어른이 되자고 줄기차게 주장하는 나인데. 정
말 내가 썼단 말인가. 그러다가 그 문장 위에 쓰인 날짜를
보고는 더 할 말이 없어졌다. 독서교실을 연 지 1년도 되지
않았을 때였다. 내가 무엇 때문에, 더 정확하게는 누구 때
문에 저 말을 썼는지 생생하게 떠올랐다.

처음 독서교실을 열 때, 수업할 준비는 얼추 되었는데 정
작 함께 수업할 '어린이'를 구할 방법을 몰라 난감했다. 동
네에 별다른 연고도 없고 또 내게 자녀도 없으니 어린이며
부모님들을 만날 일이 없었던 것이다. 한동네에 살던 지인
이 한두 명 소개해준다고는 했지만, 거기에만 기댈 수는 없
어서 전단을 붙이기로 했다. 한글 프로그램으로 어설픈 광
고를 만들어 출력해서는 근처 아파트의 관리사무소들을

돌았다. 다행히 광고를 보고 연락을 주신 분들이 계셨다. 소개받은 어린이 몇 명, 광고를 보고 찾아온 어린이 몇 명과 겨우 수업을 시작할 수 있었다.

　그런데 내가 진행하는 수업이 학습지 공부하듯 하는 수업도, '논술' 수업도 아니다 보니 초기에는 부모님들과 조율할 부분이 많았다. 나는 상담도 수업도 서툴렀으니, 일단 좋은 책들을 밑천 삼아 버텨야 했다. 하지만 부모님들 입장은 달랐을 것이다. 수업료를 내가며 초보 선생을 참아줄 필요를 못 느끼실 만도 했다. 지인을 통해 나를 소개받은 분들은 그래도 조금 더 기다려주시는 편이었지만, 광고를 보고 오신 분들은 그러지 않았다. 한두 달 만에 아이를 그만 보내겠다는 분들도 계셨다.

　그때 한 어머니는 내놓고 '그만두겠다'고는 하지 않았지만, 눈에 띄는 결과물이 없는 것을 아쉬워하며 거의 매주 이런 말씀을 하셨다.

　"지켜봐야 아는 거겠죠. 그래도 땡땡이가 이거 좋아해요. 그러니까 조금 더 해봐야겠죠."

　이제 와서 생각해보면 충분히 하실 수 있는 말씀인데, 그때는 "조금 더 해봐야겠죠"가 꼭 '두고 볼 테니 잘해라' 하는 뜻으로 들렸다. 그러지 않으려고 해도 초조해졌다. 설

상가상으로 그런 말씀을 하실 때 옆에 어린이가 있었기 때문에 그에게 내가 어떻게 보일지도 너무 신경이 쓰였다.

이런 순간이 몇 번 반복되는 사이, 언제부터인가 어린이의 수업 태도가 달라졌다. 수업 준비가 되어 있지 않을 때가 많았고, 수업 시간에도 자주 딴청을 부렸다. 활동지에 자꾸 낙서를 하고, 글쓰기를 하다 말고 한참 엎드려 있는가 하면, 내 질문에는 성의 없이 답하곤 했다. 내가 이야기를 하는 동안 드러내놓고 벽에 걸린 시계를 힐끔거리기도 했다. 끝나기만 기다리고 있다는 듯이. 나는 너무 힘이 들었다. 혹시 어린이가 그만두고 싶어 하는 것이라면 그렇게 하는 게 좋겠다는 생각이 들어서 하루는 침착하게 물어보았다.

"땡땡아, 수업이 조금 힘들거나 지루하니? 그러면 우리 몇 달 쉬었다가 만나도 돼."

그때 어린이의 대답은 이랬다.

"저 이거 좋아해요. 그러니까 조금 더 해봐야겠죠."

그 순간의 기분이 또렷이 생각난다. 역시 이제 와서 생각해보면, 어린이로서는 어머니의 말씀을 따라 하는 게 이상한 일이 아니었다. 하지만 이미 그 말씀을 '두고 보겠다'는 뜻으로 들은 나로서는 어린이의 말에 큰 상처를 입고 말았다. 일을 시작하던 무렵의 걱정과 긴장이 어린이의 한 마디 말에 투영되기도 한 것 같다. 아마도 그날일 것이다. 공책에 뾰족한 말을 적은 날이.

나는 어머니께 땡땡이는 내 수업보다 이러저러한 수업이 더 도움이 될 것 같다는 그럴듯한 의견을 드리고 어린이와 헤어졌다. 여태 이 일을 '수업에 기대하는 바가 서로 달라서 내가 먼저 그만두기를 권한 일'로 기억하고 있었는데, 공책의 메모를 보니 모든 일이 생생하게 기억났다. 지금 이렇게 구구절절 사연을 썼지만 사실은 변명할 여지가 없다. 그때 나는 그 어린이를 미워했다. 어린이의 태도와 말이 불쾌하게 여겨질 수는 있었겠지만, 내가 지나쳤다.

그런데 나는 왜 그때 '못된 어린이 때문에 힘들다'도 아니고, '못된 어린이는 정말 못됐다'라고 적었을까? 아마도 '어린이는 원래 착하다'라는 전제를 두었기 때문일 것이다. 그럼에도 불구하고 못되게 구는 어린이니까 그건 정말로 못된 것이라고, 내가 이해해줄 여지가 없다고, 미워하는 나를 정당화하며 그렇게 쓴 것이다. 같은 말을 어머니한테 들었을 때보다 어린이한테 들었을 때 더 큰 타격을 입은 것도 어린이에 대한 그런 편견 때문이었던 것 같다. 순진무구해야 할 어린이한테 그런 대접을 받았다는 생각에 배신

감도 들고 자존심도 상했던 것이다.

그 어린이와 헤어진 뒤로 여러 해 다양한 어린이를 만난 경험을 되짚어서 생각해본다. 어린이는 정말 티 없이 순진한가? 어린이의 마음은 착하기만 한가? 그렇지 않다. 어린이도 계산적인 행동을 하고 남에게 상처를 주기도 한다. 때로는 너무 이기적이고, 욕심이 지나쳐 어리석은 선택을 하기도 한다. 그런 다음에 별로 반성하지 않고 같은 잘못을 반복한다. 어른과 마찬가지다. 그럼에도 불구하고 어린이를 '순수한 존재'로서 상상하고 천사 같은 모습을 기대하기 때문에 실망도 커진다. 내가 그랬던 것처럼.

어린이에게서 좋은 모습만 보고 싶은 것은 자연스러운 바람인지도 모르겠다. 어린이를 사랑하고 위하는 마음에서도 되도록 고운 모습만 보고 싶어지게 마련이다. 나 자신만 해도 그렇다. 오랫동안 나는 '밝고 명랑한 어린이'를 이상적으로 여겨왔다. 활달하고 잘 웃는 긍정적인 어린이. 고백하자면 내가 어렸을 때 그런 어린이가 되고 싶어 했다. 그렇게 보이려고 부단히 노력하기도 했다. 왜 그랬을까? 어른들이 그런 어린이를 좋아한다고 생각해서, 그 기대에 부응하려고 그랬던 것 같다.

그러나 나에게 밝고 명랑한 모습만 있었을 리 없다. 어둡고 우울하고 차가운 면도 가지고 있으면서 그 모습을 들키지 않으려고 애쓸 때도 있었다. 나의 명랑함은 과대 포장되어 있었던 것이다. 한편으로는 그것조차 나 자신이 편집한 기억이 아닐까 싶다. 어쩌면 나는 너무 까부는 어린이였을 수도 있고, 또박또박 말대꾸를 하는 골치 아픈 어린이였을지도 모른다. 누군가에게는 솔직하지 못한 어린이였을 수도 있다. 돌이켜 보니 같은 반 아이들에게 '선생님한테 잘 보이려고 잘난 척한다'는 비난을 들은 적도 있다. 그런 내가 마냥 '밝고 명랑한 어린이'였을까?

어린이에 대한 어른들의 편견은 자신의 경험에서 비롯될 때가 많다. '나는 어렸을 때 이랬다'는 기억을 근거로 '어린이는 이렇다' 또는 '어린이는 이래야 한다'는 정의가 내려지는 식이다. 그렇게 각자 착한, 활달한, 얌전한, 공부 잘하는, 어른 말씀을 잘 듣는 어린이를 떠올리고 주변의 어린이에게 그런 모습을 기대한다. 어린이가 기대와 다르면 실망하고 비난하기도 한다. '나는 어렸을 때 식당에서 안 울었는데 저 아이는 왜 울지?' 하는 식이다. 그런데 우리가 잘 아는 어린이는 자기 자신, 딱 한 명이다. 그것도 자의적으로 정리된 기억이다. 그것만으로 어린이를 이해하기란 불가능하다. 어린이를 이해하려면 눈앞의 어린이를 보아야 한다.

어린이에 대한 미움으로 이를 꼭 물고 쓴 문장을 마주하고 나니, 몇 년 전의 것이라고는 해도 부끄러웠다. 그런 마음이 어린이에게 전해졌으리라는 생각에 며칠을 괴로워했다. 오래전의 일이라 사과할 길도 없었다. 이럴 때의 해결책은 단 하나. 앞으로 잘하는 것뿐이다. 그런데 어떻게 하는 게 잘하는 걸까? 어린이를 절대 미워하지 말아야 할까? 그럴 수 있을까?

나는 어린이가 미워지는 순간에도 최선을 다해 어른스럽게 대처하겠다고 마음먹었다. 미운 모습은 누구에게나 있게 마련이고 그런 걸 마주하면 불편한 게 당연하다. 그래도 나는 어른이니까 그 상황을 감당해야 한다. 생겨난 미움을 잘 처리하고 새 얼굴로 어린이를 보고 한 번 더 어린이를 다독이는 것이 어른의 몫이다. 그런 어른이 될 수만 있다면 나는 더 좋은 사람이 될 것 같다. 이론서에서 읽은 적은 없지만, 그것만은 분명히 안다.

오래전, 전단 광고 덕분에 만난 또 다른 어린이가 있다. 상담을 오신 어머니 곁에서 그 어린이는 조금 부루퉁한 얼굴로 앉아 있었다. 겨울방학에 할 일이 늘어난 게 마음에 안 드는 눈치였다. 하지만 의외로 나와 호흡이 잘 맞아서

사춘기 한복판을 가로지르는 동안에도 함께 있을 수 있었
다. 우리는 머리를 맞대고 책을 읽고 공부도 하고 친구 문
제도 이야기했다. 그 어린이는 나와 다투다시피 한 적도 있
지만 내게 안겨 울기도 했다. 내가 미울 때도 많았을 텐데,
서툴렀던 나를 참아준 고마운 어린이였다.

그 아이가 이번에 대학수학능력시험을 치렀다. 본격적
인 입시 준비가 시작된 뒤로 통 만나지를 못했는데 코로나
19로 뒤숭숭한 가운데 시험을 맞이하는 것이 늘 마음 쓰였
다. 시험 전날 안부를 전하면서 일부러 무심한 투로 "시험
잘 보고, 끝나고 어디 가서 놀지 말고 집에 가!"라고 메시
지를 보냈다. 그랬더니 "선생님, 항상 보고 싶어요. 끝나고
좋은 마음으로 연락드릴게요"라는 답이 왔다. 걱정하는
나를 안심시키는 다정한 말이었다. 나는 이제야 겨우 어른
이 되겠다고 결심하고 있는데, 그때 그 어린이는 벌써 이렇
게 어른이 되었구나. 시간이 흐른다는 사실에서 용기를 얻
는 연말이다.

동심이란

실시간 온라인 강연 중에 작은 방송 사고를 냈다. 강연은 출판사에서 마련한 '독자와의 만남' 행사로, 내가 좋아하는 어린이문학 작품들과 어린이를 그린 그림 등을 소개하는 시간이었다. 그중에는 노먼 록웰의 〈발견 The Discovery〉이라는 그림도 있었다. 한 어린이가 부모님 것으로 짐작되는 서랍장에서 산타 옷과 수염을 발견하고 충격을 받은 얼굴로 서 있는 그림이다. 이 그림을 화면에 띄우고 화가의 재치에 대해 말하고 있는데 카메라 너머 출판사 분들도, 댓글 창도 술렁였다. 시청자 중에 어린이도 있다는 것이었다.

방송을 시작할 때 '어린이와 함께 보고 있어요'라는 댓글도 읽어놓고는 깜빡 잊었다. 나는 하던 말을 얼버무리고

얼른 화면을 넘겼지만 등에 땀이 났다. 이 글의 독자 중에
도 어린이가 있을지 모르니 더 자세히 쓰지는 않겠다. 어쨌
든 나중에 들으니 "아니지?" 하고 울먹인 어린이도 있고,
"친구들 얘기를 듣고 짐작은 하고 있었다"며 담담하게 받
아들이는 어린이도 있었다고 한다. 산타의 정체는 독서교
실에서도 논란이 일곤 하는 주제다.

　"어떤 애들은 산타가 엄마라는데, 저는 아닌 것 같아요.
우리 엄마가 그렇게 비싼 걸 사줄 리가 없거든요."

　꽤 논리적인 어조로 이렇게 말하는 어린이에게 뭐라고
대꾸해야 한단 말인가. 그럴 때면 슬쩍 화제를 바꾸곤 했
다. 어린이가 산타의 비밀을 아는 순간을 최대한 늦추기
위해 애쓰는 보호자와 선생님들도 계시다고 알고 있다. 솔
직히 나는 어린이들이 자연스럽게 알게 되는 게 좋지 않은
가 하는 입장이지만, 그렇다고 내가 나서서 알려주고 싶었
던 건 아닌데!

　이제 5학년이 되는 정우에게 이제 다 알겠거니 하고 이
이야기를 하다가 혹시 하고 멈칫했다. 다행히 정우는 빙글
빙글 웃으며 말했다.

　"선생님, '동심 파괴' 하셨네요."

　정우는 산타에 대해 안 지는 오래됐지만, 안 믿는다고

하면 선물을 못 받을까 봐 한동안은 계속 믿는 척했다고
한다. 가만, 선물을 받고 싶어서 산타를 믿는 척하는 것도
'동심' 아닌가? 정우가 '저야 뭐 이제 다 컸죠' 하는 얼굴이
라 차마 그런 말을 하지는 못하고 속으로만 웃었다.

  그런데 사실 나는 동심이라는 단어를 쓰기가 늘 조심스
럽다. 어린이라는 존재를 또렷이 드러내는 '어린이'라는 말
은 환영하면서 '어린이의 마음'을 가리키는 말을 내켜하지
않는다는 게 이상하게 보일지 모르겠다. 단어 자체로 보면
어린이가 느끼고 생각하는 것, 하고자 하는 바를 뜻하는
말이니 문제 될 것이 없다. 문제는 이 말이 쓰일 때는 주로
어린이의 밝고 착한 마음과 순진하고 귀여운 생각 등 긍정
적인 뜻만이 담겨 있다는 것이다. '순수한 동심' '동심을 지
켜준다'처럼.

  물론 그런 '동심'을 마주할 때도 많다. 예은이는 친척 어
른이 보이스 피싱 피해를 입었다는 이야기를 하면서 "그런
데 그 보이스 피싱 하시는 분이요……"라고 표현했다. 내
가 웃으면서 "그럴 때는 '분'이라고 안 해도 될 것 같은데?"
했더니 예은이는 영문을 모르겠다는 얼굴로 "어떨 때요?"
하고 되물었다. 이런 게 동심이구나 싶은 순간이었다. 요즘
한자를 많이 배워서 웬만한 단어는 한자로 쓸 수 있다는

선재가 의기양양하게 "1子無식"이라고 썼을 때도 그랬다. 우리 개를 보고 귀엽다고 야단스럽게 쓰다듬으면서도, 얼마 전 반려견을 떠나보낸 친구 앞에서는 조심스러워하던 어린이를 보고서도 생각했다. 이런 것이 어린이의 마음이구나.

그러나 당연하게도, 어린이의 마음에는 그늘도 있다. 조절하기 어려운 짜증과 불만, 질투와 이기심이 있다. 어리기 때문에 오히려 편견이 심하거나 무례한 어린이도 있다. 이런 마음에 대해서도 어른들은 '지켜주고 싶은 동심'이라고 할까?

나는 어린이책의 독자로서 '당당한 어린이' '되바라진 어린이' 캐릭터를 특별히 좋아해왔다. 그런데 정작 현실에서 그런 어린이를 만났을 때는 부끄럽게도 화가 날 때가 더 많았다. 현실의 어린이들은 책 속에서와 달리 마냥 천진난만하지 않다. 언젠가 도서관 앞 건널목에서 맑은 얼굴로 웃으며 떠드는 어린이들을 보고는 슬쩍 옆에 서본 적이 있다. 대체 무슨 얘기가 그렇게 재미있는 걸까, 나는 왠지 조금 들떠서 대화를 엿들었다. 그리고 머리를 한 대 맞은 듯한 기분이 되었다. 내용은 알 수 없고 비속어와 혐오 표현이 난무한 대화였기 때문이다. 다시 봐도 어린이들 얼굴은

그저 해맑았다. 어린이에게 좋은 교육이 필요하다는 생각
과 별개로, 나 역시 어린이에게 '동심'을 당연한 것으로 기
대해왔다는 사실을 새삼 깨달은 순간이었다.

　동심에 대한 오해는 결국 어린이를 어른의 세계와 떼어
놓는다. 어린이가 옳은 마음이나 천진한 낙관을 보여줄 때
단지 어려서, 순진해서, 잘 몰라서 그런다고 생각하는 것이
다. 동심은 찬미되는 만큼이나 무지하고 현실 감각이 없는
것, 철없는 생각으로 치부될 때가 많다. 어른이 되면서 잃
어버릴 수밖에 없고, 잃어버려야 성숙해지는 무언가로.

　나 역시 어른이 미성숙한 행동에 동심이라는 말을 갖다
붙이면 눈살이 찌푸려졌고, '내면의 상처받은 아이'에 집
착하는 것도 경계해왔다. 어른에게는 어른의 몫이 있으니
까. 그렇다면 어린이의 마음은 대상화될 수밖에 없는 걸
까? 여기까지 생각하고는 머리가 너무 복잡해져서 고민을
미루고만 있었다.

　그런데 며칠 전, 이번에 중학교에 입학하는 태현이의 말
을 듣고 다시 생각해보기로 했다. 태현이는 이제 어린이날
선물을 못 받을 것이 아쉽다고 하면서 몇 살까지가 어린이
냐고 물었다.

　"정해진 건 없지만 보통 초등학생까지를 어린이라고 하

긴 하지. 그런데 「유엔아동권리협약」에서는 열여덟 살이
안 된 사람들까지 어린이라고 해. 성인이 되기 전 사람들
을 모두 어린이로 보호하자는 뜻일 거야."

"그럼 우리나라도 중학교 1학년까지는 어린이로 해주면
좋겠어요. 저도 이제 막 어린이가 끝나가지고 아직 모르는
게 많거든요."

'어린이가 끝난다'니, 그럼 '어린이의 마음'이 이제부터
'청소년의 마음'이 되는 걸까? 열아홉 살이 되면 '어른의
마음'이 되고? 어딘가 이상하다.

곰곰이 따져보니 우리 몸과 마음은 성장하는 방식이 서
로 다르다. 몸의 성장은 자연의 일이고 나이와 상관이 있
다. 일정한 방향이 있고 어느 순간 멈추며 그다음에는 소
멸을 향해 간다. 마음은 그렇지 않다. 몸과 달리 자랐다가
뒷걸음치기도 한다. 정체기를 겪기도 하고 완전히 다른 차
원으로 갑자기 도약하기도 한다. 사람마다 성장을 맞이하
는 시기도 모습도 다르다. 그러니 어린이의 마음이라고 해
서 꼭 어른보다 미숙한 것은 아니다.

말장난 같지만 마음이 자란다는 것은 전 단계의 마음을
버리고 떠나는 것이 아니라, 동심원을 그리는 것이다. 어린
이의 마음을 가장 안쪽에 두고, 차차 큰 원을 그려가는 것.

정확히 말하면 원은 아닐 수도 있다. 나 자신의 마음을 돌아보면 어느 부분은 푹 꺼지고 어느 부분은 부풀어 올라 모양이 좀 이상한 도형이 되어 있다. 어린 시절 중에는 다시는 생각하고 싶지 않은 깊은 골짜기들도 있다. 어느 부분은 제대로 자라지 못했지만 나중에 열심히 메워서 꽤 괜찮은 모양으로 만들기도 했다. 어쨌거나 나라는 사람의 안쪽으로 걸어 들어가면 어린이의 마음이 있다. 내내 그 마음만 들여다보고 살아도 곤란하지만 결코 잊으면 안 된다. 내 삶은 단절되지 않았기 때문이다.

어느 도서관 강연에서 있었던 일이다. 어린이 독서 교육에 관심 있는 분들을 대상으로 한 '독서법' 관련 강연이었다. 그런데 강연장에 가서 보니 청중의 절반 정도는 노년층 이용자들로, 독서 동아리 활동을 하시는 분들이라고 했다. 내가 준비한 내용은 어린이책과 어린이 독자에 대한 것이라 당황스러웠지만 어찌어찌 일반적인 독서와 연결하며 강연을 이어갔다.

나는 강연 때 청중과 함께 동시 한 편을 외우곤 한다. 동시를 소리 내어 읽고 뜻을 생각하고 외우는 과정이 얼마나 좋은지 같이 느껴보고 싶어서다. 그날의 작품은 윤동주의 짧은 시 「개 1」이었다.

눈 위에서

개가

꽃을 그리며

뛰오.

윤동주, 「개 1」 전문

단 한 문장으로 풍경이 눈앞에 그려지고, 개에 대한 사랑을 느낄 수 있어서 특별히 좋아하는 시다. 외우기도 쉬워서 강연 때 자주 소개한다.

이 시를 읽어드린 다음 화자가 개를 좋아하니까 개의 발자국도 꽃으로 보이는 모양이라고, 그래서 화자에게 눈밭은 꽃밭이 되었을 것이라고 나의 해석을 덧붙였다. 그리고 모두 함께 소리 내어 읽었다. 그때 맨 앞줄에서 처음부터 열심히 강연을 들으시던 노년 여성께서 눈가에 손수건을 대셨다. 처음에는 내가 잘못 본 줄 알았다. 그런데 시를 반복해서 읽고 눈을 감고 외우는 동안 그분은 연신 눈물을 닦으셨다. 애써 못 본 척했지만 나도 따라 눈물이 나서 혼났다.

왜 우셨을까? 남의 사연을 함부로 짐작하면 안 되겠지만, 오랫동안 그분 생각이 떠나지 않았다. 그냥 시가 아름

다워서 우셨을지 모른다. 최근에 개와 이별하셨거나, 다른 힘든 일을 겪고 계신지도 모른다. 그런데 나는 자꾸만 눈밭에서 개와 뛰어노는 한 어린이의 모습이 떠올랐다. 그분의 마음속에 동시 한 편으로 불러낼 수 있는 개가 있는 것은 아닐까. 시의 힘도 대단하지만, 동심이라는 것도 어지간히 끈질기다고 생각했다. '어린이의 마음'이라는 말뜻 그대로라면 동심은 결코 나약하지 않다.

그나저나 부모님 서랍에서 산타 복장을 발견한 어린이는 이제 동심을 잃게 될까? 어른이 되면 어린이들에게 자기가 알게 된 것을 폭로할까? 어쩌면 산타 복장을 더 꼭꼭 숨기는 어른이 될 수도 있지 않을까? 무심히 산타의 비밀을 흘려버린 어른으로서 면목 없지만, 동심의 힘에 기대를 걸어본다.

어른의
어른

서우가 3주 만에 독서교실에 왔다. 감기가 심해서 학교에
도 못 갔다고 했는데 마침 연휴가 이어지는 주였다. 그런
참에 체험학습 신청서까지 내고 한동안 푹 쉬었다고 했다.
원래도 마른 편인데 5학년이 되면서 부쩍 키가 커서 서우
는 몸이 호리호리했다. 거기다 아프기까지 했다니 안쓰러
운 마음으로 기다렸는데, 막상 서우 얼굴을 보고 "하하!"
웃고 말았다. 정말 나도 모르게 터져 나온 웃음이었다. 나
는 곧바로 실례라는 걸 깨닫고 사과하려고 했다.

"서우야! 미안해. 선생님이……."

서우는 멋쩍은 얼굴로 웃으면서 말했다.

"괜찮아요. 제가 살이 좀 쪘죠?"

"아니…… 통통해졌네. 다행이다. 나는 너 아팠다고 해

서 걱정했거든.”

　서우를 알고 지낸 2년 사이에 이런 모습은 처음 보았다. 살이 조금 붙은 정도가 아니라, 얼굴이 동그래져서 온 것이다. 차마 말은 못 했지만 정말 너무 귀여웠다. 서우가 자리에 앉을 때까지 나는 속으로 ‘보약이라도 먹었나?’ 생각했다. 뒤에서 보니 종아리마저 토실토실했다. 의문은 서우의 말 한마디로 풀렸다.

　“저 계속 할머니네 가 있었거든요.”

　서우 할머니 할아버지는 농사를 지으시는데, 전에 듣기로 “땅에서 나는 건 다 하는” 농사라고 했다. 쉬는 동안 부모님 없이, 형과 동생도 없이 혼자 할머니 댁에서 놀았다고 했다. 게임은 원래 잘 안 하고, 유튜브는 보다가 지겨워져서 끄고, 그냥 텔레비전이나 보면서 뒹굴뒹굴하고 있으면 할머니 할아버지가 자꾸 뭘 먹으라고 가져다주셨단다. 서우는 평소와 다르게 관심을 독차지하는 게 좋아서 (짐작하기로 실컷 어리광을 부려가며) 먹으라고 하시면 먹고, 자라고 하시면 자면서 요양을 제대로 하고 온 것이다.

　공교롭게도 그 무렵 나는 건강이 좋지 않아서 체중이 줄어가고 있었다. 어린이들은 의외로 어른의 외모 변화에 무딘 편이라 내가 머리 모양을 바꾸어도 잘 못 알아차린다.

그래도 매주 보던 나를 3주 만에 보아서인지 서우는 뭔가를 알아차렸다.

"선생님도 어디 아프셨어요? 살이 빠지신 것 같아요."

약도 먹고 쉬기도 하는데 좀 그렇게 되었다고 하고 어물쩍 넘어가려는데 서우가 내 눈을 바라보며 진지하게 말했다.

"선생님도 할머니네 한 3일 다녀오세요."

역시 하하 웃었지만 솔직히 솔깃했다.

그때 나는 내 끼니 챙기는 게 버거워서 대충 때우기가 일쑤였다. 살림은 남편한테 많이 의지했지만 나 자신을 돌보는 게 어려운 시기였다. 아침에 일어나기 힘든 게 아파서인지 그냥 게을러서인지 분간이 안 갔다. 지금 산책을 나가는 게 나을지, 한숨 자는 게 나을지도 헷갈렸다. 나도 누가 제시간에 깨워주고, 억지로라도 밥을 먹게 하고, 학교에 (일하러) 갈지 말지 결정해주고, 공부할(일할) 시간과 노는 시간을 정해주면 좋을 텐데. 숙제(원고) 검사도 해주고. 서우처럼 귀여워지는 건 바라지도 않는다. 누가 생활을 '시켜'주면 좋겠다는 생각은 지금도 종종 한다. 카리스마 없는 내가 말 안 듣는 나를 돌보는 이 비극의 고리는 언제 끊길 것인가.

나는 성인이 된 뒤로 내가 어른이라는 사실에 불만을 가져본 적이 한 번도 없다. 오히려 나이가 들수록 좋다는 생각마저 든다. '정신 승리'가 아니고 정말로 그렇다. 아는 게 많아진다거나 생각이 깊어진다거나 세상 보는 눈이 달라진다거나 하는 이상적인 이유 때문도 아니다. 사실은 그냥…… 내 마음대로 해도 되는 게 많아져서 그렇다. 그럴 여유가 생긴 덕분이기도 하고, 결정적으로 '마음대로 하고 싶은 것'이 점점 줄어든 덕분이기도 하다. 대체로 만족스럽게 나이 들어가는 중에 아쉬운 것 한 가지는 나에게도 어른이 있었으면 하는 것뿐이다. 가끔 꾀병에 눈감아주고, 어제 소영이가 아파서 숙제(원고)를 못 마쳤다고 학교(출판사)에 전화해줄 어른 말이다.

다른 의미에서 어른이 있었으면 좋겠다고 생각한 적도 있다. 존경할 수 있는 어른, 닮고 싶은 어른, 때로는 기대고 싶은 어른, 한마디로 '좋은 어른'이 있으면 좋겠다고. 그래서 '이 시대의 진정한 어른'들에 대한 이야기에는 귀가 커진다. 일평생 사회에 헌신하고도 겸허함을 잃지 않는 분들, 왕성한 활력으로 인생이 나이와 함께 낡아가는 게 결코 아니라는 걸 보여주는 분들 덕분에 나도 의지를 다지게 된다. 예리한 지성을 유지하며 냉정하게 사회를 비판하는 어른의 말씀에는 가슴이 서늘해진다. 특히 다정한 어른의 느긋한 유머에는 곧장 눈물이 쏟아진다. 나는 어른을 좋아한다. 그건 사실이다.

그런데 어쩌면 내가 '좋은 어른'을 바라는 마음에 조금 불순한 구석이 있는 건 아닐까 생각해본 적이 있다. 어느 자리에서 들은 이야기 때문이다.

"저는 세월호에서 희생된 학생들과 동갑이에요. 그때 소식을 알면서도 선생님들이 하래서 그냥 공부를 한 게 두고두고 마음에 남아요. 이제 저는 어른이 되었는데 그 친구들은 아니잖아요. 과연 어떤 어른이 되어야 할지 생각을 많이 해요. 그 뒤로 세상이 달라진 것 같지도 않고, 저도 그때 공부하라고 하던 선생님들이랑 똑같은 어른이 된 것 같아요."

그분은 내게 어떤 어른이 좋은 어른이라고 생각하는지 물었다. 어린이와 관련된 말을 하고 글을 쓰는 사람이다 보니 사실 자주 듣는 질문이다. 전에는 내가 존경하는 어른들을 소개하기도 하고, "어린이를 존중하는 어른"이라거나 "책임을 다하는 어른" 등으로 답하곤 했는데, 그날은 갑자기 너무 부끄러워서 답을 찾지 못했다. 결국 뭐라고 얼버무렸는지 기억도 안 난다. 아마 횡설수설했을 것이다. 세월호 참사를 '어른'으로서 목격한 나에게는 그 질문이 마치 여태 어른들은 무얼 하고 있었느냐는 질책처럼 느껴졌기 때문이다.

혹시 나는 '나에게도 어른이 필요하다'는 말 뒤로 숨었던 게 아닐까? 나 자신도 어른이면서 아닌 척하느라고, 겸손한 외양을 하고 존경하는 어른의 이름을 읊어온 것 아닐까? 그분들을 마음으로부터 공경하는 것과 별개로, 그렇게 '좋은 어른'이 되는 건 먼 훗날의 일로 미룬 것 같다. 어른이 된 지 수십 년이 지났는데도. 그 말은 '훌륭한 어른'한테 여러 책임을 떠넘겼다는 뜻도 된다. 내 생각이 지나친 걸까?

내 마음을 파고들어 본다. 내 마음은 내 것이기 때문에 내가 제일 잘 안다. 나는 존경하는 어른들이 있으면서도 툭하면 '이 시대는 진정한 어른이 부족하다' '본받을 사람이 없다'는 식으로 아쉬움을 부풀렸다. 내가 어른 역할을 제대로 하지 못하는 게 참조할 세대가 없기 때문이라고, 누가 묻지도 않았는데 변명거리를 미리 만들어둔 것 같다.

어린이한테 어른은 절대적인 존재다. 어린이가 먹고 입고 자는 문제는 전적으로 어른 손에 달렸다. 물질적인 면만 아니라 정신적인 면도 그렇다. 어린이는 어른이 사는 모습을 보면서 산다는 게 어떤 건지 배운다. 세상은 어떻게 돌아가는지, 무엇이 옳고 그른지 배운다. 어린이는 모르는 게 있으면 어른한테 물어본다. 어린이끼리 해결되지 않는 갈등을 어른이 중재한다. 잘잘못을 따지고 화해시키거나 떼어놓는다. 훈육하고 위로한다.

정확하게 근거를 댈 수는 없지만 어린이들은 대체로 어른들을 좋아하는 것 같은데, 나는 그것이 어른의 권위에서 비롯된다고 생각한다. 어린이를 돌보고 책임지는 권위다. 그리고 내게는 그런 모습이 어린이가 어른에 속해 있는 게 아니라 어른에게 기대어 있는 장면으로 보인다. 나는 어른이니까 어린이가 기댈 수 있는 사람이 되어야 하는 게 옳다. 내가 먼저 '좋은 어른'이 되어야 하는 것이다. 다른 어른 뒤에 숨지 말고, 그분들한테 기대어서.

얼마 전 어린이들과 '안간힘'이라는 낱말의 뜻에 대해 이야기를 나누었다. 누군가 안간힘이 "어떤 힘인데, 잘 안 쓰던 힘도 다 쓰는 것"이라고 했다. 나는 참 좋은 정의라고 생각했다. 그럼 우리는 어떨 때 '안간힘'을 쓸까? 돌아가면서 말해보기로 했다.

"학교 갈 때요."

"동생 앞에서 안 울려고요."

"점심 먹고 수업 시간에 잠이 올 때요."

"어? 나는 반댄데. 저는 잠이 안 올 때 안간힘을 써요."

불면에 일가견이 있는 어른으로서 나는 잠이 안 올 때는 안간힘을 쓰면 안 되고, 반대로 힘을 빼야 한다고 말해주었다.

"순서가 중요해. 발에 힘을 빼고, 다리에 힘을 빼고, 배에 힘을 빼고, 손에 힘을 빼고, 이마에 힘을 빼고……. 잠이…… 온다…….."

나는 정말 진지하게 설명했는데, 어린이들은 진지한 얼굴로 무슨 말인지 하나도 모르겠다고 했다. 그런 식으로 힘을 빼려면 계속 신경을 써야 하는데 그러다 잠이 다 깨겠다고 말이다.

나는 설명을 바꾸었다.

"한마디로 자는 척하는 거야. 그럼 진짜 잠이 오거든."

그제야 어린이들이 "아하!" 했다. 내 말에 조금은 권위가 생긴 듯했다.

이제부터 어른에게도 어른이 필요하다는 말은 더 조심스럽게 하려고 한다. 일단 내 한 몸 챙기는 건 어떻게 될 것 같다. 스마트폰 알람 덕분이다. 일어나, 밥 먹어야지, 약, 간식, 잘 준비. 알고 보니 어른의 어른은 알람이었다.

한편으로 나는 내가 존경하는 어른들처럼 좋은 어른이, 지금 당장 되고 싶다. 김장하, 박막례, 채현국, 김영만 선생님 같은 어른이 되고 싶다. 그래서 이제부터 안간힘을 써보려고 한다. 내가 마치 그런 어른인 척하고 사는 것이다. 따뜻하게, 힘 있게, 현명하게, 재미있게. 그리고 세월호 참사와 부조리를 잊지 않은 그 '젊은 어른'처럼, 솔직하고 진지한 어른이 되고 싶다. 어린이가 기댈 수 있는 어른이 되고 싶다. 아니, 꼭 되고야 말겠다.

할머니

나이가 드는 건 좋은데 노인이 되는 건 두렵다. 나는 생활의 경험을 쌓고 나에 대해 더 잘 알게 된 지금이 과거 어느 때보다 좋다. 앞으로도 그럴 것 같다. 그런데 노인이 된 나는 상상이 되지 않는다. 눈이 침침하고 근력이 부족하고 청력이 떨어지는 신체상의 노화도 걱정이지만, 사회적으로 어떤 존재가 될 것인지 떠올리면 겁부터 난다. 모든 신기술에 꼴등으로 적응해온 나는 키오스크와 태블릿 주문에 익숙해지는 데만도 엄청난 스트레스를 받았다. 따라잡을 자신도 없고, 초연해질 배짱도 없다. 나는 도태될 것이다.

    광고 속 할머니는 보통 온 가족과 함께 등장한다. 희끗희끗한 머리가 단정하게 손질되어 있다. 깔끔한 니트를 입고 딸 아들 손주들에 둘러싸여 온화하게 웃는다. 이런 게 사람들이 이상적이라 생각하는 할머니 모습일까? 하지만 나는 누군가의 할머니가 될 수 없다. 자녀가 없으니까. 그런데도 마트 같은 데서 나를 "어머니"라고 부르는 사람들은 앞으로 나를 "할머니"라고 부를 것이다. '할머니'는 나이 든 여성을 친근하게 부르는 말이기도 하다. 할머니라는 말 자체는 좋다. 다만 어떤 할머니가 될지, 진로가 고민된다. 어떤 사람들은 우아한, 명랑한, 귀여운, 세련된 할머니가 되고 싶다고 한다. 그러려면 경제적·정서적 여유가 필요하고, 내 나이쯤부터 그런 기미가 보여야 할 텐데 그른 것 같다. 역시 나는 도태될 것이다.

그러다 어느 날 동네 미용실 의자에서 갑자기 길을 찾았다. 염색 자주 하면 머리가 상할 수도 있으니 며칠 있다가 오시라는 원장님한테 호통을 치는 할머니 덕분이었다.

"죽을 때까지 몇 번이나 할지도 모르는데 그냥 해줘!"

할머니는 원장님이 염색약을 바르는 동안에도 엄청난 기세로 말씀을 이어갔다.

"나는 인제 하고 싶은 거 다 해. 수박도 한 통씩 먹어. 복숭아는 일곱 개. 포도는 입이 시릴 때까지. 아주 잇몸이 시릴 때까지. 내가 90살까지는 살아야지 했는데 이제 12년밖에 안 남았어."

그러자 다른 할머니들의 증언이 쏟아졌다. 나는 술 먹고 담배 피우고 못된 건 다 하는데 블루베리를 먹어서 건강하다, 나는 파프리카 먹고 눈이 좋아져서 안경을 내던졌다, 나는 운동 안 하고 친구들이랑 얘기나 하면서 히루에 딱 만 보만 걷는다. 할머니들 머리는 모두 짱짱하게 까맸다.

이제 내 꿈은 수박 한 통을 해치우는 할머니가 되는 것이다. 저녁에 아파트 벤치에 앉아 산책 나온 동네 강아지들의 인사를 받는 할머니도 되고 싶다. 도서관에 '큰글자도서'를 제일 많이 신청하는 할머니가, 철마다 버스를 타고 패키지여행을 다니는 할머니가 되겠다. 병원에서 검사실을 잘못 찾고 의사에게 같은 질문을 세 번 하는 할머니도 되겠지. 그 걱정은 그때 가서 하자. 2053년의 '요즘 문화'에 쩔쩔매는 할머니가 되겠지만 그때 가서 쩔쩔매자. 일단 머리가 까맣고 후드티를 입는 할머니가 되고 싶다. 나의 노후 준비는 수박 먹는 양 늘리기, 블루베리랑 파프리카 챙겨 먹기다. 나중에 만 보를 함께 걸을 친구들과 계속 술 먹기, 동네 강아지들 이름 많이 알기다. 잘하면 끝까지 살아남을 것 같다.

친구가 있는
어른

독서교실 입구에 귀여운 스노볼이 하나 있다. 흔들거나 뒤집으면 흰곰이 흰 눈을 맞는 장면이 연출된다. 이걸 보내준 친구는 편지에 "가끔 흔들어서 눈 맞게 해주세요"라고 썼다. 그래서 한번씩 어린이들한테 뒤집어달라고 한다. 처음 해보는 어린이도, 몇 번 해본 어린이도, 심지어 나조차도 "우와, 귀여워" "너무 예쁘다" 하고 감탄하게 된다. 어디서 샀느냐고 물어보는 어린이도 종종 있다. 나는 속으로 무척 뽐내는 마음이 되지만, 좀 무심한 듯 말한다.

"나도 몰라. 친구한테 선물 받았거든."

조금 큰 곰 인형을 두 개 가져온 날도 교실이 종일 떠들썩했다. 3학년이든 6학년이든 인형을 하나씩 안아보고, 얼굴을 파묻어보고, 옆에 끼고 앉아서 과자를 먹었다. 어김

없이 어디서 샀느냐는 질문이 들어왔다. 열몇 개나 인형을 가지고 있다는 3학년 연찬이였다.

"나도 몰라. 어떤 친구가 이사 간다면서 이 인형들을 독서교실에 기증한 거야."

"누가 이사 갔는데요?"

"말해도 모를걸. 선생님이 회사 다닐 때 만난 친구야."

"아아, 어른 친구구나."

아마도 연찬이는 '어떤 친구'를 '어떤 독서교실 어린이'라고 생각했던 모양이다. 나는 "선생님도 친구 있어!" 하고 하하 웃었다.

독서교실에는 어린이들의 눈길을 끌 만한 것이 많이 있다. 내가 산 것도 있고, 친구들한테 받은 것도 있다. '독서교실에 가면 특이한 거, 예쁜 거, 처음 보는 거 많다'는 이미지를 주려고 아낌없이 장식품으로 꺼내둔 것이다. 손톱만 한 강아지 사기 인형, 비슷한 크기의 유리 고슴도치, 손으로 만든 미니어처 책은 어린이들이 손에 쥐기에 딱 좋다. 나는 그런 것을 누구나 볼 수 있는 자리에 두었다. 어린이도 어른도 가끔 내게 묻는다.

"이거 누가 훔쳐 가면 어떡해요?"

물론 속상하겠지만, 누군가 그걸 그만큼 갖고 싶었다는

뜻 아니겠느냐고 대답한다. 견물생심인 법인데, 정말 내가 괜히…… 하고 생각하다가 정신을 차렸다. 어린이가 가져갈 것을 전제로 생각하면 안 되지!

가장 인기 있는 것은 고양이 인형 두 개다. 손에 쥐면 콩주머니 느낌이 나서 좋다. 어린이들이 만져봐도 되느냐고 물으면 나는 흔쾌히 "그럼. 실컷 만져봐" 하고 대답한다. 둘 다 이미 내가 하도 많이 만져서 이제 빨아도 소용없는 정도가 되어버렸기 때문이다. 기왕 이렇게 된 것, 어린이들의 손때도 골고루 묻히면 좋지 않을까 생각한다. 연찬이는 이 인형을 만지면서도 물었다.

"이거 어디서 사셨어요?"

"일본에서. 하나는 내가 샀고, 하나는 친구가 내 생각 났다고 사 온 거야."

연찬이는 억울하다는 듯 소리를 빽 질렀다.

"선생님은 왜 이렇게 친구가 많아요?"

'나이가 많아서 그렇지!' 하고 대꾸하려다 참았다.

"그러고 보니 그렇네. 그런데 친구가 많다기보다…… 친구들이랑 서로 좋아하는 걸 찾아주는 거야. 연찬이 너야말로 친구 많지 않아?"

누군가 "얘 친구 되게 많아요" 하고 대신 대답했다. 연찬이는 반박했다.

"아니야, 그냥 아는 애가 많은 거야."

"그게 친구 아니야?"

"아니지, 놀아야 친구지."

왠지 나의 인간관계가 설명되는 기분이었다. 놀아야 친구지, 그런 거구나.

새 학년이 시작되면 잘 맞지 않는 아이와 한 반이 되어 "이번 학년은 망했어요" 하고 푸념하는 어린이들이 있다. 옆에 있으면 자꾸 밀어서, 같이 써야 하는 학용품을 만날 먼저 쓰려고 해서, 무얼 그리거나 쓸 때 따라 해서 그 애가 싫단다. 그럼 좀 안 친하게 지내면 되지 않느냐 했더니 선생님도 엄마 아빠도, 같은 반 친구니까 사이좋게 지내라고 한단다.

알고 보면 어린이의 인간관계도 꽤 복잡하다. 반 아이들뿐 아니라 엄마 아빠의 친구네 아이하고도 '친구'가 되어야 한다. 엄마 말로는 "아기 때부터 친구"라는데, 사실 만난 적은 몇 번 없는 경우도 있다. 산후조리원 동기 모임이니까……. 어쩌다 놀이터나 학원에서 잘 맞는 친구를 만나도 그 애가 한두 살 많거나 적으면 어른들은 같은 학년 친구 사귀기를 내심 바란다. 친구를 친구라 부르지 못하고 친한 언니, 형, 동생이 되어 한쪽은 돌보고 한쪽은 따르는 모양새가 되기 쉽다. 내가 어떤 친구랑 여덟 살 차이가 난다고 했더니 "그래도 친구예요?"하며 깜짝 놀란 어린이도 있었다. 어른 되면 그럴 수 있다고 가르쳐준다.

독서교실에서 같이 수업하는 어린이들한테 '사이좋게 지내라'는 말은 하지 않는다. 서로가 누군지 조금 궁금해하는 정도면 되는 것 같다. 처음 온 어린이가 있으면 돌아가면서 자기소개를 하게 한다. 학교나 학년 이런 건 다 아니까 말 안 해도 되고, 자기에 대해 남들이 알았으면 하는 것 세 가지를 말하면 된다. 한 바퀴 돌고 다른 친구가 발표했던 내용을 기억해서 누가 누군지 알게 하는 것이다. 그것만으로도 적당한 관심이 생기는 것 같다.

학년이 올라갈수록 슬슬 왜 같은 반이면 친구가 되어야 하느냐는 불만을 토로한다. 사실 그럴 때 뭐라고 해야 하는지 나도 잘 모른다. 왜냐하면 나도 학창 시절 내내 그게 이상했기 때문이다. 공식적으로는 학교에서는 공부만 하는 게 아니라 여러 사람이랑 지내는 연습도 하는 거라고 말한다. 비공식적으로는 "그런데 나는 그냥 운인 것 같아. 뽑기 같은 거지"라고 솔직히 말한다.

어린이 되기 전까지, 사실은 어른이 된 뒤에도 한동안

나는 내가 남과 관계 맺는 방식에 어떤 문제가 있다고 생각했다. 항상 인기 있는 아이가 되고 싶었는데, 솔직히 그럴 만한 매력이 있는 건 아니었다. 인기 있는 아이와 친구가 되려고 해도 그 아이 주변에는 이미 친구가 많았다. 학년 초마다 주눅이 들었다. 운 좋게 좋은 친구들도 만났지만 그건 그 애들이 착해서 나랑 친구를 해주는 거라고 생각했다. 대학에서는 같은 학번 언니 한 명 빼고는 친구가 아예, 아예 없었다! 그런데 이제는 "친구가 왜 이렇게 많아요?" 같은 말을 듣는 사람이 된 것이다.

　사춘기가 시작되고 친구 문제로 고생하는 아이들에게는 "선생님도 어렸을 땐 친구가 별로 없었다, 지금 친구들은 다 어른이 되어 만난 사람들이다" 하고 위로한다. 하지만 아이들에게는 별로 가닿지 않는다는 걸 안다. 아이들한테 어른이 된다는 건 얼마나 까마득한 일인가. 한번은 친구 문제로 애먹는 중학생 재연이한테 "근데 친구가 그……꼭 필요한 건 아닌 것 같아. 언제 천천히 생기면 좋겠지만…… 이게 또 운이잖아? 그래도 사람들을 만나는 경험이 쌓이면 그…… 확률이 올라가는 거지. 마음이 맞고 말이 잘 통하는 사람을 찾으면 잘 지내다가 천천히 친구가 되어도 되는 것 같고…… 아니 근데 아니어도 되는데……

재연아, 내가 중학생 딸이 없어서 진짜 말을 잘 못 해주겠다"라고 얼버무렸다. 그날 재연이는 집에 가면서 "요즘 들은 말 중에 제일 말이 되는 말 같아요"라고 했다.

지금 나와 '같이 노는' 친구들을 떠올려본다. 어떻게 만났더라? 일을 하면서, 인터넷 서점의 서재에서, 또 누구의 친구라서, 동네 사람이라서, 내가 끈질기게 들러붙어서, SNS로 알게 되어서 그들은 내 친구가 되었다. 친구들의 속마음은 모르지만 어쨌든 같이 놀기는 하니까.

몇 달 전 독서교실에 작은 행사가 있었다. 처음 오는 어린이들을 위해 주말 하루를 '독서교실 구경의 날'로 정해서 아무 때나 편할 때 들르라고 한 것이다. 한 친구가 그걸 알고 도와주러 오겠다고 했다. 손님들이 한꺼번에 많이 오거나 하면 힘들지 않겠느냐고. 나는 친구에게 일을 시키고 싶지 않았기 때문에 거절했다.

"그럼 저 구석에 가만히 있을게요. 아무것도 안 하고."

친구가 맞았다. 나는 처음 보는 어린이들 몇 명을 한꺼번에 대접하느라, 또 보호자들과는 수업 얘기를 나누느라 내내 허둥댔다. 친구는 컵을 치우고, 어린이들과 이야기를 나누어주고, 책장을 정리했다. 어느 순간 보면 구석에 가만히 앉아 그림책을 보고 있기도 했다. 몇 번이나 마주 보고

울었고, 그보다 천 배는 많이 함께 웃었던 친구. 그날 친구
가 베풀어준 도움은 모두 소중했다. 무엇보다 나랑 같이 있
어주었다는 것 자체가 고마웠고, 그런 친구를 둔 내가 자
랑스러웠다. 곰 인형들을 기증해준 것도 물론 고맙고.

　친구가 많다는 말을 들은 날, 나는 재연이한테 했던 말
중에 하나를 취소해야겠다고 생각했다. 친구가 꼭 필요한
것 같긴 하다고. 근데 언제 누구와 만날지 모르니까, 독서
교실 구경의 날 만난 내 친구처럼 착하고 멋있게 자라고
있으라고. 어린이들이 친구를 원하는 만큼, 누군가의 친구
가 되어주면 좋겠다. 친구를 만드는 건 어려운 일이지만,
그만한 수고를 할 가치는 충분하다. 친구 덕분에 나도 계
속 좋은 사람으로 살려고 노력하게 되니까.

친절한
사람

한 분야에서 어느 정도 일을 하거나 놀거나 하면, 직접 만
난 적은 없어도 '이름으로 아는' 사람들이 생긴다. '저 사
람은 왠지 좋은 사람일 것 같아' 하고 짐작하게 되는 사람
도 있는데, 실제로 만나면 대부분 정말 좋은 이들이다. 그
런 마음이 서로 통해서 친구가 된 사람들도 적지 않다.

그날 만난 친구도 오랫동안 이름만 아는 사람이었다. 우
리는 일 때문에 연락을 주고받게 되었고, 마침내 약속을
잡아 만나기로 했다. 이번에도 내 느낌이 딱 맞았다. 맛있
는 음식을 두고도 대화를 나누느라 점심을 먹는 둥 마는
둥 했다. 커피를 사 들고 공원 산책을 하면서도 각자 일을
해온 얘기, 서로를 알게 된 일, 요즘 읽은 책, 어떤 일에 대
한 전망, 공통으로 아는 친구 얘기, 나라 걱정, 기대와 희망

에 대해 말하느라 주변을 제대로 둘러보지 못했다. 다리가 아파서 벤치를 찾아 앉은 다음에야 공원에 가을이 꽉 차 있는 것을 알아차렸다. 해는 따갑고 바람은 선선한 날이었다. 하늘은 가짜인 것처럼 새파랬다. 풀밭은 낙엽으로 빈자리가 없었다. 나뭇가지를 꼭 붙잡은 나뭇잎들은 오후의 해를 받아 힘껏 반짝이다가 문득 부는 바람을 타고 가까이, 멀리, 어디로든 시원스럽게 날아갔다. 내 마음속에 기쁨이 꽉 차 있었다.

일어나 다시 걷는데, 어떤 분이 유아차를 옆에 두고 자신과 아기의 사진을 찍으려고 애쓰는 게 보였다. 하늘과 나무와 바람에 날리는 나뭇잎과 자신과 아기 모두의 얼굴이 나오는 사진을 찍으려는 모양이었다. 남이 찍어줘도 한 화면에 담기 쉽지 않을 텐데, 마침 내가 그쪽으로 가고 있으니까 나한테 부탁하면 좋겠다 하는 마음으로, 그 마음을 담아서, 그 마음을 쏘아대며 그분을 바라보았지만 나와 눈이 마주치지 않았다. 가까운 데서 보니 외국에서 오신 분이었다. 그걸 안 순간 나도 모르게 친구한테 말도 안 하고 그쪽으로 걸어갔다.

"사진 찍어드릴까요?"

웃는 얼굴로 그분이 든 스마트폰을 가리키며 말했지만,

상황이 갑작스러워서인지 내가 한국어로 말해서인지 그
분은 조금 놀란 듯 어쩔 줄 몰라 하셨다. 영어로 말해야 하
나? 'Can I take your picture?' 가만, 이럴 땐 'for you?'를
붙여야 하나? 그때 마치 내가 갑자기 영어를 잘하는 사람
이 된 것처럼 영어가 나왔다.

"Would you like me to take your picture?"

실은 친구의 입에서 나온 말이었다. 결국은 손짓을 섞어
가며 다시 설명해야 했지만, 사진을 찍어드릴 수는 있었다.
우리는 그분에게 스마트폰을 돌려드리고 가던 길을 갔다.
이 일에 대해선 아무 말도 하지 않고, 곧장 조금 전까지 하
던 얘기로 돌아갔다. 무슨 얘기였는지는 기억이 안 나지만
어쨌거나 '어린이' 얘기였을 것이다. 그날 우리의 제일 큰
주제였으니까.

나중에 그 친구와의 만남에 대해 가만히 생각해보니, 아
기와 엄마의 사진을 찍어드린 그 순간이 나와 새 친구가
마음이 가장 잘 통한 순간이었다. '저분 사진 찍어드릴까
요?' '우리나라 분 아닌 것 같죠' '싫어하려나?' '영어로 할
까요?' '제가 물어볼까요?' '아니면 제가?' 이런 망설임이라
든가, '아기 엄마가 고생이겠네' '어느 나라 사람일까요?'
'뿌듯하네요' 같은 감상도 한마디 없었다. 이 작은 이야기

는 우리 산책의 한 부분으로 자연스럽게 녹아들었다. 한 가지 일로 서로의 모든 것을 알 수는 없다. 그렇지만 그 일 덕분에, 친구가 그럴 때 어떻게 행동하는 사람인지는 알게 되었다.

어떤 이들은 돈이 오갈 때, 싸울 때, 위기 상황에서 누군 가의 참모습을 본다고 한다. 나에게는 '친절함'이 기준이 되는 건지도 모르겠다. 지금이야 이럴 때 "사진 찍어드릴 까요?"가 자연스럽게 나오지만, 몇 년 전까지만 해도 무척 망설였고 괜히 떨기만 하다가 기회를 놓칠 때가 많았다. 그 전에는 아예 생각하지도 못했다. 사진 한 장 찍어주겠다고 나서는 게 무슨 큰 착한 일이나 대단한 친절도 아니다. 하 지만 나에겐 왠지 쑥스러운 일이었다. 어린이 일행을 눈여 겨보고 혹시 도움이 필요하면 나설 준비를 하면서, 나는 다정함뿐 아니라 용기도 필요하다는 걸 알았다. 거절당하 거나, 무안해지거나, 때로는 후회할 각오까지도 해야 친절 한 사람이 될 수 있다. 저분에게 도움이 필요한지 아닌지 판단도 잘해야 하고, 나서는 순간도 잘 잡아야 한다. 어디 까지 돕고 퇴장할지도. 나는 새로 사귄 친구가 앞으로도 나와 잘 통할 거라는 확신이 들었다.

그런데 '친절을'에는 왜 '베풀다'가 붙을까? '주다' 정도면 좋을 텐데. 너무 거창한 것 같아서 '베풀다'라는 말을 쓰지 않으려니까 표현이 잘 되지 않는다. 아무튼 내가 용기를 내면서까지 누군가에게 친절을 드리는 이유는 그게 나에게 이익이기 때문이다. 기쁨, 뿌듯함, 효능감, 자신감 등 좋은 감정이 아무렇게나 뒤섞인 기분은 남에게 친절을 줄 때만 느낄 수 있다. 게다가 작은 친절도 결코 공짜가 아니다. 늘 후한 값을 매겨준다.

　나는 작은 친절이 좋다. 버스에서 힘겹게 내려 차도에 선 채 한숨을 쉬는 할머니가 인도로 올라오시기 편하게 팔을 내드린다. 사람들이 쳐다봐서 부끄러울 때도 있지만, 딱 거기까지만 하고 무심한 척 딴 데를 보면 된다. 유아차 일행이 건물에 들어설 때 조금 빨리 가서 문을 열어드린다. 역시 부끄러우니까 아기한테 인사를 한다. "안녕하세요!" 하고 조금 작은 목소리로. 길에서 어떤 할아버지가 "여기서 제일 가까운 문방구가 어디 있어요?" 하고 물으신 적이 있다. 지팡이를 짚고 계시기에 "제일 가까운 문방구는 노란 간판 건물 2층에 있어요. 그런데 조금만 더 걸으시면 다음 건물 1층 모퉁이에 문방구가 있어요" 하고 알려드렸다. 할아버지는 지팡이를 살짝 들어 올리며 "헤헤! 고마워요" 하고 가셨다. 정말 "헤헤!"라고 무척 귀엽게 웃으셨다. 잠깐이지만 할아버지랑 내가 무슨 작당이라도 한 것 같은 기분이었다.

조금 심각한 친절을 드린 적도 있다. 밤 산책 중 앞에서 달리다가 쓰러진 여성분을 보고, 아무것도 모른 채 달리기를 계속하는 그분 가족을 소리쳐 불렀다. 그리고 혹시 도움이 더 필요할까 봐 그분들이 되었다고 할 때까지 옆에 있어드렸다. 한번은 아파트 단지 안에서 의식을 잃은 여성분을 구하는 걸 도왔다. 어느 정도 의식을 되찾고도 대화가 잘 안 되었는데, 구경하는 사람들은 "술을 얼마나 마셨기에"라며 혀를 차기도 했지만 알고 보니 그분은 중국인이었다. 구급차가 오는 동안 내가 대담하게도 여성분의 가방을 열어 지갑을 꺼내 보고 확인한 것이다. 모든 과정을 그분 눈앞에서 하나하나 설명하면서 진행했다. 어떤 아저씨가 "우리 아파트 사람 아니네" 하며 뭔가 안심이라도 된다는 투로 말해서 째려보았다. 밤이라서 안 보였겠지만. 다행히 먼저 발견하고 119를 부른 청년이 있어서 그분과 함께 구급차가 떠날 때까지 자리를 지켰다. 그분 옆에도 개가 있고 내 옆에도 개가 있었다. 역시 사람은 개가 있어야 한다. 구경꾼들이 흩어질 때 청년의 개한테 "수고 많으셨습니다" 하고 인사하고, 청년한테 "큰일 하셨습니다" 한 다음 개와의 산책을 마무리했다.

다시 말하지만 나는 이런 일을 할 때조차 용기가 필요하다. 남을 구하기 위해 목숨을 걸기로 순식간에 판단하고 행동하는 분도 있지만 나는 어린이한테 화장실 순서를 양보할 때조차 용기를 내야 한다. 그래도 계속 손톱만한 용기라도 내보려고 한다. 보상도 보상이지만, 내 생각에는 '친절'만큼 구체적으로 세상에 윤기를 더하는 행동이 없기 때문이다. 물론 친절하게 대한 것을 후회하게 만드는 사람도 있다. 나의 친절을 이용하거나 나를 얕잡아 보는 사람들 말이다. 그럴 테면 그러라지. 그런 사람들 때문에 다른 사람에게 줄 친절이 줄어들면 안 된다. 그러면 내가 지는 게 되니까.

해담이는 상냥한 남자 어린이다. 학교에서는 까불기도 곧잘 하는 모양인데, 독서교실에서는 참 차분하고 의젓하다. 하루는 해담이가 "선생님, 버스 타본 적 있으세요?" 하고 물었다. '아니, 없어. 선생님은 어릴 때부터 운전을 했거든' 하고 장난을 치려다 참고, 아주 많다고 말해주었다.

"저는 오늘 처음으로 혼자 버스를 타봤어요. 독서교실 오려고요. 좀 걱정도 했는데 정말 엄청 재미있더라고요! 이제 봄이 오니까 바깥에 꽃 피는 것도 보고 여름에는 나뭇잎도 보고 그럴 거예요. 너무너무 기대돼요."

해담이는 내내 싱글벙글하더니 집에 갈 때 나한테 버스 정류장과 노선을 몇 번이고 확인했다. 다른 아이들이 해담이한테 지도 앱 사용하는 방법을 알려주었다. 나는 조마조마해서 나중에 집에 잘 도착했는지 어머니한테 확인까지 받았다. 나중에 해담이한테 들었는데, 버스 정류장의 노선도를 한참 들여다보고 왔다 갔다 하니까 어떤 분이 도와주셨다고 했다. 여성분인데 아주머니인지 할머니인지는 잘 모르겠다면서. 그분은 해담이와 같은 버스를 타셨는데, 재미있게도 그다음 주도 그다음 주도 같은 시간에 정류장에서 만났단다. 이런 이야기에 나는 심장이 터질 것 같다. 처음 버스를 타는 어린이의 요 작은 모험담에.

하루는 해담이가 음료수를 두 캔 가지고 교실에 왔다. 하나는 자기가 이미 마시고 있고, 하나는 새것 그대로였다. 목이 말라서 샀는데 '원 플러스 원' 행사라서 하나를 더 받았단다.

"처음에는 사회 실험을 해보려고 했거든요. 계단 중간에 음료수 놓고 누군가 가져가게 하면 좋을 것 같아서요. 2층에 놓으려고 했는데 거긴 사람들이 다녀서 좀 창피하더라

고요. 3층에 가니까 사람은 없는데 그럼 누가 안 가져갈
것 같고. 그러다 보니까 못 놓고 왔어요.”

　　그래서 나한테 줄 줄 알았는데 해담이는 그걸 가방에 넣
었다. 그러곤 집에 가면서 말했다.

　　“그 사회 실험 있잖아요. 생각을 해봤는데, 잘 못할 것
같아요. 대신에 버스 기사님 드리려고요.”

　　“어떻게 그런 생각을 했어?”

　　“제가 고맙기도 하고, 받으면 기분 좋으실 것 같아서요.”

　　이번에는 해담이도 용기를 내는 데 성공했다고 한다. 이
대로라면 해담이는 상냥한 어른이 될 것 같다.

　　날마다 보는 험악한 뉴스만큼, 험악한 뉴스에 무감해지
는 나 자신에게 겁이 난다. 그럴 때 친절해지기로 한 번 더
마음을 다진다. 누군가에게 친절을 주려면 상황 파악도 잘
해야 되고, 용기도 내야 한다. 어쩌면 내가 할 수 있는 일,
내가 낼 수 있는 용기는 여기까지일지도 모른다. 그래서 더
소중히 여기려고 한다. 마지막까지 가지고 있는 게 ‘친절
함’이라면 나는 그에 걸맞은 판단력도, 용기도 갖고 있을
테니까. 언제까지나 다정하고 용감한 어른이 되고 싶다. 그
게 나의 장래희망이다.

어떤 어른

2024년 11월 13일 1판 1쇄
2024년 11월 27일 1판 2쇄

지은이
김소영

편집	**디자인**	
이진, 이창연, 조연주	조정은	

제작	**마케팅**	**홍보**
박흥기	김수진, 강효원, 백다희	조민희

인쇄	**제책**	
천일문화사	J&D바인텍	

펴낸이	**펴낸곳**	**등록**
강맑실	(주)사계절출판사	제406-2003-034호

주소	**전화**
(우)10881 경기도 파주시 회동길 252	031)955-8588, 8558

전송
마케팅부 031)955-8595, 편집부 031)955-8596

홈페이지	**전자우편**	
www.sakyejul.net	skj@sakyejul.com	

블로그	**페이스북**	**트위터**
blog.naver.com/skjmail	facebook.com/sakyejul	twitter.com/sakyejul

ISBN 979-11-6981-341-9 03810